W0382331

Le gardien de l'ombre

MAUREEN CHILD

Le gardien de l'ombre

NOCTURNE

éditions Harlequin

Titre original : ETERNALLY

Traduction française de LUCIE DELPLANQUE

HARLEQUIN®
est une marque déposée par le Groupe Harlequin

NOCTURNE®
est une marque déposée par Harlequin S.A.

Si vous achetez ce livre privé de tout ou partie de sa couverture, nous vous signalons qu'il est en vente irrégulière. Il est considéré comme « invendu » et l'éditeur comme l'auteur n'ont reçu aucun paiement pour ce livre « détérioré ».

Toute représentation ou reproduction, par quelque procédé que ce soit, constituerait une contrefaçon sanctionnée par les articles 425 et suivants du Code pénal.

© 2006, Maureen Child. © 2010, Harlequin S.A.

83-85, boulevard Vincent-Auriol, 75646 PARIS CEDEX 13.

Service Lectrices — Tél. : 01 45 82 47 47
www.harlequin.fr

ISBN 978-2-2802-1311-0 — ISSN 2104-662X

1

La première victime fut retrouvée gisant sur le trottoir de Hollywood Boulevard, près de l'étoile dédiée à l'actrice Nicole Kidman.

Un peu éméchés, des touristes qui rentraient d'une fête, au petit matin, faillirent marcher sur le corps de Mary Alice Malone et furent bien obligés de mettre un terme un peu brusque à leurs vacances.

Souvenir de Los Angeles…

Le soleil se reflétait dans les objectifs des appareils photo et inondait les lieux du crime d'une lumière crue et impitoyable. Sous le corps de la jeune femme, une petite mare de sang s'était échappée en rigoles sombres jusqu'au caniveau. Les grands yeux bleus de la victime semblaient contempler le ciel clair du matin avec un étonnement figé.

Plus tard, le corps fut recouvert d'une couverture, mais Mary Alice Malone n'était plus depuis longtemps d'humeur à apprécier cette attention.

D'inévitables badauds, mus par une curiosité malsaine, s'étaient amassés près de la scène ; les flashs crépitaient et les touristes, qui s'étaient trouvés là par malchance, sanglotaient, en s'étreignant les uns les autres. Les policiers s'efforcèrent de circonscrire les lieux du crime, en tendant un ruban jaune tout autour, et tentèrent tant bien que mal de chasser la pitié de leur regard, afin de se donner l'air professionnel qui semblait s'imposer dans de telles circonstances.

Mais ce n'était après tout qu'un crime de plus à Los Angeles. Aussi insupportable soit-il, il ne méritait pas plus qu'une brève allusion sur la chaîne d'informations locale et un mince entrefilet à la page des faits divers dans le *Los Angeles Times*.

Un homme, pourtant, semblait prêter une attention particulière à la scène.

Debout près de la bande jaune délimitant les lieux du crime, il scrutait avec attention la foule de plus en plus dense des badauds. Il savait que sa proie était là, proche de lui. Il reconnaissait le style du tueur pour l'avoir déjà combattu autrefois. A présent, la chasse était de nouveau ouverte.

Il savait aussi que ce meurtre n'était qu'un prélude.

La fête battait son plein. Julie Carpenter pivota sur sa chaise de bureau pour contempler avec impuissance la porte qui séparait la suite parentale qu'elle occupait du reste de la maison. Dans le salon, les enceintes de la chaîne crachaient un morceau de rock dont les basses faisaient trembler les murs et vibrer le plancher. Julie avait mal à la tête et son estomac criait famine. Elle dut se rendre à l'évidence : il lui serait impossible de travailler ce soir.

— Merci beaucoup, Evan Fairbrook, marmonna-t-elle, en jetant avec lassitude son crayon sur le bloc-notes posé devant elle.

Fatiguée, elle contempla le plafond de ses yeux rougis par l'ordinateur, maudissant une fois encore son ex-mari. Pauvre type ! Non content de coucher avec la meilleure amie de sa femme, et sans doute aussi avec la moitié de Cleveland, il avait également vidé leurs comptes en banque et avait pris la poudre d'escampette avec sa voiture. Julie s'en était malheureusement rendu compte trop tard, mais Evan était incontestablement ce que l'on pouvait appeler un être nuisible de premier ordre. S'ils avaient possédé un chien, à coup sûr, il aurait essayé de lui mettre un coup de pied avant de partir.

Impossible pour Julie d'envisager de rester à Cleveland après ça.

Pas avec tous ces gens qui la regardaient par en dessous en se demandant comment une fille aussi brillante avait pu se montrer naïve et stupide à ce point.

Julie poussa un gros soupir et se rappela qu'elle avait bien fait de déménager en Californie, même si sa famille lui manquait, surtout son petit frère. Elle vivait dans une nouvelle ville, avait un nouveau travail et fréquentait des gens qui avaient la chance inouïe de n'avoir jamais entendu parler d'Evan Fairbrook.

Adieu le pavillon de banlieue ! Elle partageait à présent une ancienne demeure sur les hauteurs de Hollywood Hills avec deux autres jeunes femmes qui étaient devenues ses amies. Elle poursuivait sa carrière de journaliste qui lui avait jusqu'alors permis de faire bouillir la marmite, pendant qu'Evan montait son entreprise de logiciels.

Une entreprise qui avait périclité dès qu'Evan s'était sauvé avec la caisse, direction la Barbade, avant que ses créanciers ne se réveillent.

Tout ce que Julie espérait à présent, c'est qu'il avait développé un bon gros mélanome à force de s'ébattre nu sur la plage en compagnie de son ex-meilleure amie Carol qui, faisant fi de leur vieille complicité, n'avait eu aucun scrupule à la trahir.

« Sur le nez, pensa-t-elle en souriant. Un énorme grain de beauté poilu sur le nez, c'est ça qu'il lui faut. Ou bien sur cette autre partie de son anatomie dont il n'est pas peu fier. Oui, c'est ça. Jusqu'à tomber à cause de la gangrène. La partie, pas le grain de beauté. »

Dans le domaine des malédictions, c'était une de ses plus belles inventions. Elle prit un malin plaisir à imaginer Evan en train de contempler avec impuissance son membre adoré. Quant à Carol, cette traîtresse, cette sorcière, le simple fait de se trouver en compagnie d'Evan était un châtiment suffisamment cruel en soi.

Julie pouffa de rire.

« Tant mieux, après tout. Bon débarras. »

Un an plus tard, elle parvenait enfin à rire de son malheur.

Enfin, presque.

Sa fierté avait quand même un peu souffert…

Bon, d'accord, son ego avait été malmené, écrasé, réduit en miettes même ! Mais, force était d'admettre qu'Evan ne lui manquait pas vraiment, loin s'en fallait…

Bon, il était trop tard pour commencer une introspection en règle. En revanche, c'était le moment idéal pour finir le pot de crème glacée vanille cookies qui attendait sagement dans le congélateur.

La suite parentale qu'elle occupait dans une aile de la vieille demeure des années 1920 lui offrait en général tout le calme et la tranquillité dont elle avait besoin. La cuisine se trouvait à l'autre bout du couloir.

Elle avait eu de la chance de trouver cet endroit. Pour commencer, elle détestait vivre en appartement ; mais le plus important, en tant que journaliste freelance pour le *L.A. Times*, c'était la souplesse et la tranquillité que lui offrait ce logement. Comme elle voyageait beaucoup, elle n'avait pas à s'inquiéter lorsqu'elle partait, étant donné la présence de ses colocataires. Et puis, pour les mêmes raisons, elle pouvait choisir d'avoir de la compagnie ou de rester seule, selon ses envies.

Pourtant, depuis quelque temps, elle envisageait de déménager sur la côte.

Et aussi de prendre de vraies vacances en été — pour passer elle aussi un peu de bon temps sur le sable, au bord de l'eau, bon sang !

Elle se leva pour sortir de sa chambre, mais la sonnerie de son téléphone portable retentit avant qu'elle puisse ouvrir la porte. Elle vérifia le numéro d'appel puis décrocha.

— Salut Kate !

— Salut ! chuchota son interlocutrice.

Kate était une de ses colocataires. Sa voix était presque inaudible dans le vacarme qui régnait dans la maison.

— Dis-moi, Julie, qu'est-ce qui te ferait plaisir pour le dîner, cette fois-ci?

Julie ne put retenir un sourire. Vivre avec deux femmes qui considéraient une moitié de M&M's comme un sérieux écart de régime pouvait avoir du bon.

Si cela avait été possible, Kate et Alicia Walker, ses deux colocataires, se seraient tout simplement abstenues de manger. Etant toutes les deux déterminées à entretenir, coûte que coûte, leur look chic de squelette ambulant, elles lui rapportaient les copieux restes de leur repas, chaque fois qu'elles étaient invitées au restaurant — ce qui, pour être parfaitement honnête, leur arrivait bien plus souvent qu'à Julie.

— Où t'a-t-il invitée, ce soir? demanda Julie, tout en priant pour se retrouver cette fois devant un bon steak, pour changer.

Si Kate ou Alice lui ramenait encore un seul plateau de sushis, elle était sûre que des nageoires allaient lui pousser à la place des bras.

— Oh, ça te plairait, chuchota Kate. On est au Ruth Chris. Je crois que j'ai pris deux kilos rien qu'en respirant les fumets qui sortent de la cuisine.

— Dieu merci. De la viande...

— Alors, qu'est-ce qui te ferait plaisir? Le filet mignon?

Julie poussa un long soupir.

— Je crois que je viens d'avoir un orgasme.

Kate éclata de rire au téléphone.

— Pomme de terre au four ou purée maison avec une pointe d'ail ?

— La purée, bien sûr. S'il te plaît.

Peu importe si elle avait l'haleine un peu chargée, après tout. Elle n'avait pas prévu d'embrasser qui que ce soit dans les prochaines vingt-quatre heures.

— Tu n'as qu'à commander, s'il te plaît, le steak bien saignant, poursuivit-elle. Comme ça, je pourrai le réchauffer sans problème. Et si ton jules est d'humeur généreuse, je veux bien un dessert. Je te laisse le choix. N'importe quoi avec du chocolat.

— Cela fait si longtemps que je n'ai pas mangé de chocolat ! gémit Kate.

— Profite un peu de la vie, l'incita Julie, en examinant son reflet dans le miroir.

Son vieux jean adoré était si usé que des trous n'allaient sans doute pas tarder à apparaître. Quant à son débardeur, il lui faisait une silhouette agréable certes, mais honnêtement un peu plus ronde que ce que préconisait la mode. Bon, après tout, ce n'était pas comme si elle essayait de rencontrer quelqu'un.

Fermant les yeux pour oublier un temps son reflet dans le miroir, elle se concentra de nouveau sur sa conversation avec Kate.

— Tu devrais essayer de manger quelque chose de solide, pour changer…

— J'ai une séance photo demain, Julie. Je ne peux pas manger.

— Ah oui, pardon, dit Julie en levant les yeux au ciel. Où avais-je la tête ?

— C'est sympa, la fête ?

— Je n'ai pas encore mis le nez au salon.

Elle entendit Kate soupirer de façon appuyée.

— Profite un peu de la vie, dit Kate, lui renvoyant ses propres paroles. Allez ! Laisse ton ordi. Sors de ta chambre. Va boire un verre et parler à des gens. Peut-être même à un homme, pourquoi pas ? Tu te souviens quand même, non ? Un homme ? Enfin, bref.

— Non merci, sans façon, répondit Julie. J'ai déjà donné. L'addition est trop salée à mon goût.

— Tu es trop jeune pour entrer au couvent et te faire nonne.

— Et toi tu es trop mince pour te mettre au régime, ma belle.

— Tu sais quoi ? proposa Kate. Tu te trouves un mec pour ce soir et je mange un sandwich.

— Un sandwich entier ? se moqua Julie.

— Disons… la moitié.

— Je vais réfléchir à la question.

— Bon… Houla, il faut que je raccroche. Il revient des toilettes. A plus !

— O.K. Salut !

En souriant, Julie raccrocha et glissa son téléphone dans la poche de son jean. Lorsqu'elle ouvrit la porte, la musique l'atteignit comme une gifle, dans un tonnerre de batterie et des hurlements de guitares. Les basses faisaient trembler le plancher si fort qu'elle percevait les vibrations à travers ses pieds nus.

Avec une grimace, elle s'avança dans le couloir sombre. Les bruits de la fête la guidèrent dans l'obscurité jusqu'à la cuisine où toutes les lampes étaient allumées, illuminant les murs jaune pâle et les meubles blancs.

Eblouie, Julie ferma un instant les yeux. Debout dans un coin de la pièce, un homme et une femme s'embrassaient, scotchés l'un à l'autre, dans une étreinte aussi serrée que celle du lierre autour d'un tronc d'arbre.

Julie ressentit un bref frisson d'envie, qu'elle s'empressa d'étouffer.

Sexe = problèmes.

Si elle n'avait pas eu les hormones en folie lorsqu'elle avait rencontré Evan, rien de tout cela ne serait arrivé. Mieux valait le célibat que de se laisser guider par ses pulsions sur des voies qui se terminaient toujours en impasse, pensa-t-elle.

Avec ostentation, elle tourna le dos au couple, comme pour se prouver qu'elle était insensible à leurs soupirs et leurs gémissements étouffés. Malgré tous ses efforts, son ventre se noua et une vague de chaleur l'envahit. Refusant de céder à cette envie, elle s'empara d'une cuillère dans le tiroir à couverts et se dirigea avec détermination vers le seul plaisir sensuel qui ne l'avait jamais trahie.

La glace à la vanille.

De la porte ouverte du congélateur s'échappa une bouffée d'air froid. L'avantage, quand on vivait avec un mannequin à temps partiel et une fille qui rêvait de devenir actrice, c'est que les pots de crème glacée ne disparaissaient jamais mystérieusement du congélateur.

Avec un sourire satisfait, Julie referma la porte du

congélateur, jeta le couvercle du pot sur le comptoir et se retourna.

— Holà !

Surprise, elle recula brusquement d'un pas, se cogna au réfrigérateur et manqua de se casser la figure. Des yeux d'un bleu pâle et glacé la regardaient sans bouger.

— Je ne vous avais pas vu..., bafouilla-t-elle, en guise d'excuse.

Elle n'avait pas non plus entendu l'homme entrer dans la cuisine. Cela n'avait rien de surprenant, à vrai dire, étant donné le vacarme qui régnait dans la maison.

Pourtant, elle se dit en elle-même qu'en temps normal, il devait être difficile de ne pas remarquer un tel individu. Celui-ci posa un regard froid sur le couple à l'autre bout de la pièce et ses mâchoires se crispèrent.

Il était grand, au moins un mètre quatre-vingt-dix, avec de larges épaules, de longues jambes musclées, des cheveux de jais et des traits ciselés. Il était entièrement vêtu de noir, depuis son jean un peu moulant jusqu'au T-shirt qui mettait en valeur son torse puissant et le manteau trois-quarts qui lui arrivait à mi-cuisses.

Un manteau ? En été ?

Ah, Hollywood ! La ville où les apparences l'emportaient sur tout le reste.

Lorsqu'il posa de nouveau ses yeux pâles sur elle, Julie inspira profondément et enfourna une grosse cuillerée de glace, sans pour autant parvenir à calmer le violent remous qui l'agitait intérieurement. Elle eut alors l'impression que rien, même courir nue dans une tempête de neige, ne pourrait résoudre son problème.

L'homme la regarda d'un air agacé, puis, se secouant, il se tourna vers le couple enlacé qui s'était rapproché du plan de travail sur lequel il était à présent presque à l'horizontale. En trois enjambées, avant même que Julie ne puisse dire un mot, le grand et mystérieux étranger avait traversé la pièce. Il attrapa brusquement l'homme par le col et lui fit faire volte-face.

— C'est quoi ton problème, toi ? grogna Roméo, qui n'appréciait visiblement pas les manières de l'inconnu.

— Hé ! Ça va pas, non ? se plaignit à son tour sa partenaire, en remontant tant bien que mal sa robe bustier pour cacher ses seins.

— Sortez. Tous les deux. Tout de suite.

Le message était clair.

Roméo, appréciant le désavantage physique flagrant entre son interlocuteur et lui, prit sa Juliette par la main et l'entraîna hors de la cuisine. Juste avant de franchir les portes à battants, il se retourna et couina d'une voix mal assurée :

— Tu as vraiment de la chance que je n'aie pas envie de me battre, ce soir !

Julie ne put retenir un rire en les voyant prestement disparaître vers le salon.

— Vous avez remarqué ? Il a attendu d'être sûr de pouvoir s'enfuir sans risque avant de vous menacer. C'était à hurler de rire.

— Il est ici. Je sais qu'il est ici. Quelque part.

— Qui ? demanda Julie, un peu mal à l'aise de se trouver ainsi seule avec cet homme qui dégageait une indéfinissable puissance naturelle. Je crois que la moitié d'Hollywood est ici, ce soir.

— C'est votre maison, dit-il en la regardant droit dans les yeux.

Sa voix grave, semblable au grondement du tonnerre dans le lointain, parvenait sans peine à couvrir les basses insistantes qui résonnaient depuis le salon. Julie sentit son malaise grandir.

Tout chez cet homme semblait légèrement exagéré. Un sentiment de danger semblait émaner de lui comme un champ électrique. Il n'avait rien à voir avec la faune habituelle des soirées d'Hollywood.

Cet homme était… différent.

— Oui. Pourquoi ? répondit-elle enfin.

Il fit un pas vers elle, et Julie sentit, malgré elle, une vague de chaleur l'envahir. Elle se dit que le simple fait de le voir marcher, avec ses longues jambes et son allure déterminée, aurait suffi à faire fondre n'importe quelle femme.

« Le genre d'homme à mettre en miettes mes bonnes résolutions sur le célibat », pensa Julie, qui sentait ses genoux trembler et son cœur se mettre à battre la chamade.

Soudain, elle se rendit compte que le bruit était tel que personne ne l'entendrait si elle devait appeler à l'aide. Cela ne servirait à rien.

— Avez-vous vu des inconnus, par ici ? demanda l'homme.

— Heu… A part vous, vous voulez dire ? répondit Julie en s'efforçant de le regarder dans les yeux.

Elle engloutit une nouvelle cuillerée de crème glacée, espérant vaguement faire baisser sa température interne.

— Vous plaisantez, j'espère, ajouta-t-elle.

A l'aide de sa cuillère, elle désigna la double porte qui séparait la cuisine du salon.

— Personne ne se connaît ici. On est à Los Angeles. Ce genre de soirées est ouvert à tout le monde, dans cette ville. Untel en parle à Bidule, qui en parle à Machin, qui en parle son voisin, et ainsi de suite. Au final, une bonne moitié de la ville se retrouve dans mon salon pour boire un verre.

Elle s'interrompit pour avaler un peu de glace.

— Enfin bref, vous voyez le tableau. Plus on est de fous…

L'inconnu fronça les sourcils.

— C'est bien ce que je craignais.

Julie continuait à manger sa glace, tout en savourant la douceur de la vanille.

Bon, d'accord, elle n'aurait peut-être pas besoin d'appeler à l'aide. Peut-être une bonne douche froide suffirait-elle, tellement elle avait l'impression que chaque cellule de son corps était en feu.

Cet homme avait des yeux tout simplement fascinants, à tel point qu'elle se sentait presque irrésistiblement attirée par lui et devait s'efforcer de ne pas s'avancer bêtement vers lui.

L'homme parcourut la cuisine du regard, comme s'il craignait que quelque chose lui eût échappé la première fois, puis il posa de nouveau les yeux sur Julie. Celle-ci s'efforça d'avoir l'air naturel. Après tout, il ne s'était toujours pas montré menaçant et elle n'avait pas la moindre intention de laisser paraître son inquiétude.

— Alors, comme ça, vous êtes acteur ? demanda-t-elle, en agitant sa cuillère vers l'inconnu.

— Non.

— Ah bon ?

Pourquoi faisait-il si chaud dans cette cuisine ?

Ou bien était-ce d'elle qu'émanait cette chaleur ?

— ... Pourtant, votre petit rôle du mystérieux inconnu est très au point et...

— Vous devriez partir d'ici.

— Pardon ?

— Partir, répéta-t-il, en tendant la main vers elle. Tout de suite.

Au contact des doigts de l'inconnu, une étincelle crépita sur l'avant-bras de Julie.

« De toute évidence, l'un de nous deux brûle de fièvre », se dit-elle. Mais Julie était incapable de dire qui.

L'homme retira vivement sa main et la fixa avec suspicion, comme s'il la tenait responsable de ce phénomène électrique. Julie recula d'un pas.

— C'est bien gentil d'avoir fait sortir le Roméo et sa Juliette à paillettes de la cuisine, mais je suis chez moi, ici.

Enfin, en partie. A vrai dire, elle aurait donné n'importe quoi pour qu'Alice ou Kate fassent irruption dans la cuisine à cet instant précis. La pièce semblait avoir curieusement rétréci.

Et il y faisait vraiment beaucoup trop chaud.

— Je n'ai pas l'intention de partir, dit calmement

l'homme. Vous, en revanche, je pense que vous ne devriez pas rester là.

Lorsque Kieran MacIntyre avait senti l'étincelle jaillir au bout de ses doigts, il s'était reculé avec étonnement. Depuis les siècles qu'il parcourait cette terre, c'était la première fois qu'il ressentait une telle décharge électrique. D'autres comme lui l'avaient ressentie et, au début, il en avait même conçu une certaine jalousie.

Pourtant, le temps avait passé et les années s'étaient ajoutées aux années, comme des perles sur un cordon. Il avait alors compris quelle chance était la sienne. Rien ne venait le distraire de sa mission. Il n'avait à s'inquiéter de personne d'autre que de lui-même. Il n'avait pas à redouter la perte d'une Compagne qu'il n'avait jamais trouvée.

Jusqu'à ce jour.

Trois mois auparavant, pour la première fois, il avait pris conscience d'un changement, lorsqu'elle l'avait appelé pour essayer d'obtenir une interview. Naturellement, sa demande avait été rejetée, mais il avait fait des recherches à son sujet sur internet, et ce qu'il avait trouvé l'avait immédiatement intrigué. Depuis ce jour, son visage le hantait et il avait entrepris de la surveiller de loin.

Jusqu'à ce soir, évidemment, où il avait été obligé de la rencontrer.

De la queue-de-cheval ridicule qu'elle portait sur le sommet de son crâne s'échappaient des boucles auburn ; ses grands yeux verts semblaient dévorer son visage pâle parsemé de quelques taches de rousseur dorées. L'homme sentait son instinct qui le poussait vers elle, lui ordonnait de la prendre dans ses bras pour goûter la peau délicate de ce cou, percevoir sous ses lèvres les battements de ce pouls, offrir à la paume de ses mains la rondeur de ces seins et se perdre dans ces profondeurs chaudes et secrètes.

Devant ce corps brûlant de vie, Kieran sentit une faim insatiable lui tordre le ventre. Une faim dont il n'avait que faire. Il n'avait pas besoin de ça. Il avait vécu toutes ces années sans Compagne et ne s'en portait pas plus mal. Il n'avait jamais aimé les complications. Il était plus prudent de se tenir à distance du monde des mortels, de faire son travail, puis de disparaître de la mémoire de tous ceux qu'il avait pu rencontrer.

Mieux valait être seul.

Ne compter que sur soi-même et sur les autres Gardiens.

Mais cette femme sentait si bon. Son parfum était si frais.

Si vivant.

L'odeur fleurie du shampooing qu'elle utilisait flottait autour d'elle comme une promesse, et il se demandait si sa peau était aussi parfumée. Il voyait sa poitrine, généreuse et ferme, qui se soulevait rapidement à chaque inspiration, et ses yeux qui semblaient s'écarquiller un peu plus à chaque fois qu'elle le regardait.

Percevait-elle la connexion qui existait déjà entre eux ? Avait-elle la moindre idée de ce qui allait leur arriver ?

— Qui êtes-vous ? demanda-t-elle si doucement que son murmure était à peine perceptible dans le bruit qui leur parvenait du salon.

Qui était-il ? Question intéressante. Un Gardien ? Un guerrier ? Un chevalier ?

Trop de réponses possibles et pas assez de temps.

A chaque pas qu'il faisait vers elle, elle reculait. Elle finit par s'arrêter contre le plan de travail, sursauta et lâcha le pot de crème glacée.

Elle ne pouvait pas comprendre ; elle était même incapable d'imaginer le monde dans lequel il évoluait.

Il s'approcha encore, la tête inclinée vers elle, s'emplissant les poumons de ce parfum enivrant comme un vin capiteux. Son cœur battait à grands coups dans sa poitrine. Il n'avait pas de temps pour des sensations de ce genre ; pourtant, il savait qu'il ne pourrait partir sans les avoir goûtées au moins une fois. Depuis qu'il avait vu sa photo, il savait que ce moment viendrait. Impossible de laisser passer cette occasion, à présent.

Prenant le visage de Julie dans ses mains, il posa ses lèvres sur les siennes, bien décidé à ne succomber qu'à un bref baiser pour assouvir cette soif soudaine et brûlante qui le dévorait.

Le simple contact de ses lèvres suffit à le perdre.

Elle poussa un petit soupir et ouvrit la bouche pour l'accueillir. Il glissa la langue entre ses lèvres et se sentit aspiré dans un abîme de douceurs. Tous les sens en éveil, il laissa son corps s'embraser.

Elle soupira de nouveau et son souffle résonna en lui presque douloureusement, brisant des siècles d'apathie comme s'il se fut agi d'une simple pellicule de glace.

Sa poitrine pressée contre celle de la jeune femme, il sentait le grondement sourd de son cœur résonner à travers lui comme si c'était le sien, explosant dans sa tête, dans son sang.

Julie lâcha la cuillère qu'elle avait gardée dans la main. Celle-ci tomba au sol, dans un bruit qui sembla à l'homme assourdissant comme une alarme. Le charme fut rompu. Kieran poussa un gémissement et la relâcha malgré lui.

S'éloignant d'elle, il s'efforçait d'apaiser ses sens embrasés. Il ressentait un besoin instinctif et impérieux de la prendre. La voyant ainsi troublée, les yeux écarquillés, il eut envie de l'allonger sur le carrelage et de se perdre en elle.

— Ouah, chuchota-t-elle. Vous êtes plutôt doué.

Il porta brusquement sa main à sa bouche, refusant d'admettre que ses lèvres tremblaient. Il n'avait pas le temps pour ce genre de choses. Pas le temps de se laisser distraire par des bagatelles dont il n'avait que faire, de toute façon.

Ce n'était pas pour elle qu'il était venu.

Exactement.

Kieran avait remonté la piste de sa proie jusqu'à cette maison. Toute la journée, il l'avait traquée, avec toujours une heure ou deux de retard, suivant la signature énergétique que tous les démons laissaient dans leur sillage. A présent, il semblait que le destin avait décidé d'intervenir dans sa partie de chasse. Pour quelle raison la bête avait-elle décidé de venir justement ici ?

Son pouvoir était palpable dans les airs, son désir sauvage résonnait encore dans la pièce ; Kieran ne comprendrait jamais pourquoi les mortels ne le percevaient jamais. Quelque part dans la maison, le démon se promenait en liberté, en quête d'une nouvelle victime, prenant son temps pour décider quand et qui il allait frapper.

Et Kieran était le seul à pouvoir l'arrêter.

2

— Vous n'avez toujours pas répondu à ma question, dit Julie d'une voix tendue. Qui êtes-vous ?

— Je m'appelle Kieran MacIntyre.

Il refusait de lui en dire plus. Son nom suffisait. Bon sang, c'était même déjà trop : si cela n'avait tenu qu'à lui, il ne l'aurait jamais revue. Cette première rencontre aurait aussi été la dernière.

— Vous voulez dire que vous êtes le Kieran MacIntyre ? demanda-t-elle, avec un intérêt soudain.

— Oui.

— L'homme mystérieux ? Le philanthrope reclus, Kieran MacIntyre ? Sérieusement ?

Il pouvait presque entendre son cerveau fonctionner à toute allure.

— Et vous, vous êtes Julie Carpenter, la journaliste.

— Comment le savez-vous ? demanda-t-elle, un éclair de méfiance dans ses beaux yeux verts.

— Vous n'imaginez quand même pas que les journalistes sont les seuls à savoir se renseigner ?

— Oh, fit Julie, piquée. Bon d'accord, ce n'est que justice, après tout.

La curiosité fut la plus forte et son instinct de journaliste reprit vite le dessus.

— Alors, comme ça, vous voilà ? N'est-ce pas une heureuse coïncidence ? Je veux dire : vous, ici. Avec moi ! Chez moi !

Elle se serait presque frotté les mains d'une telle aubaine.

— Je ne suis pas ici pour une interview.

— Ça peut s'arranger.

— Non. La question n'est pas là.

Il n'avait pas de temps à perdre. Et surtout pas avec elle. Il ne pouvait se permettre de se laisser distraire, dans ce lieu, à cet instant, malgré l'agréable tentation que la jeune femme représentait. Il sentit son désir se réveiller, alors que son instinct lui soufflait de se méfier, de rester sur ses gardes, à l'affût. Mais il devait se reprendre. Seule comptait sa mission.

Depuis un siècle et demi, Kieran traquait le démon sans avoir besoin d'une Compagne à ses côtés, et il avait bien l'intention de veiller à ce que les choses restent ainsi. Pourtant, il était indéniable qu'il éprouvait des difficultés à regarder cette jeune femme dans les yeux sans ressentir une pointe de désir. Sa bouche était encore rouge et meurtrie du baiser qu'il lui avait donné et qu'il s'efforçait maintenant de chasser de son esprit. Il se devait d'y parvenir, car il serait maudit à jamais s'il laissait ses désirs prendre le dessus sur ses décisions.

Bon sang, cela lui avait déjà coûté la vie une fois !

Lorsqu'il se pencha pour ramasser la cuillère et la boîte de glace, le pan de manteau s'ouvrit.

— C'est une véritable épée ? demanda Julie d'une petite voix aiguë qui trahissait sa peur.

— Bon sang…

Il posa brusquement le pot de glace et la cuillère sur le plan de travail, tout en rabattant le pan de son manteau d'un geste sec.

— Quoi que vous pensiez, vous vous trompez.

— Bien sûr. Quoi de plus normal, après tout ? Le chevalier multimillionnaire. Pas de problèmes. Ça arrive tous les jours à Bizarreland.

Il pouvait clairement deviner les pensées qui tourbillonnaient dans la tête de la jeune femme et lisait sans peine dans son regard l'agitation folle qui la remplissait. Il était venu chez elle en suivant une piste… et parce qu'il craignait qu'elle ne soit en danger. Mais elle semblait surtout penser que le seul danger réel venait de lui.

Pourquoi diable avait-il fallu qu'elle fasse irruption dans sa vie ? Ce ne devait être qu'une simple mission de routine. Localiser la proie, la mettre hors d'état de nuire, puis passer à la suite.

Rien ne se déroulait comme prévu.

— Je n'ai pas le temps de vous expliquer, marmonna-t-il en s'éloignant d'elle.

Il lui fallait marquer une distance, car le parfum de la jeune femme l'empêchait de se concentrer.

Sans crier gare, elle se jeta littéralement sur le téléphone accroché au mur, en face du réfrigérateur. Le combiné dans une main, le doigt sur le cadran, elle dit :

— Vous allez le trouver, ce temps, mon beau monsieur. Donnez-moi une seule bonne raison de ne pas appeler la police.

D'un bond, il fut à son côté. Il lui arracha le téléphone des mains et raccrocha. Fichus téléphones... Depuis leur invention, les choses étaient devenues bien plus compliquées pour Kieran et ses semblables. Il était à présent trop facile pour les témoins d'appeler la police... ou pire : les journaux à scandales.

— Parce que, répondit-il en gardant une main sur le combiné pour l'empêcher de s'en emparer de nouveau, la police ne ferait que compliquer les choses.

— C'est ce que disent la plupart des criminels, persifla Julie.

— Je ne suis pas un criminel.

— C'est aussi ce que disent la plupart des criminels...

Elle tenta de se libérer brusquement de la main qui continuait à l'empoigner. Effort inutile, car cela ne fit que convaincre Kieran de raffermir davantage sa prise.

— Et maintenant ? demanda-t-elle avec une grimace. Si j'ai bien compris, toute cette histoire de philanthropie n'est qu'une façade ? Ou alors, serait-ce tout simplement que vous aimez vous habiller en noir, afin d'entrer dans les maisons pour faire peur aux filles ?

— Fichue bonne femme, gronda-t-il en lui serrant davantage le poignet.

— Lâchez-moi, espèce de taré ! Vous me faites mal ! Lâchez-moi, je vous dis !

Kieran sentait ses os fins sous la peau délicate, douce et chaude. Il ne put s'empêcher de caresser doucement du pouce l'intérieur de son poignet et vit la peur qui hantait le regard de Julie disparaître un bref instant.

Il soutint son regard, concentrant tout son pouvoir pour la convaincre qu'elle ne risquait rien.

— Vous n'avez rien à craindre de moi.

Loin de se sentir rassurée, la jeune femme lança un regard angoissé vers la main qui la retenait toujours prisonnière. A contrecœur, il finit par la lâcher.

Elle se frotta fébrilement le poignet. Que signifiait ce geste ? Cherchait-elle à effacer tout souvenir de ce contact ? Ou au contraire à caresser l'endroit même où sa peau avait été en contact avec la sienne ?

— Vous vous baladez avec une épée et vous espérez que je vais vous croire sur parole ? demanda-t-elle en reculant craintivement hors de sa portée. Bon sang, vous en connaissez beaucoup des types qui se baladent avec une épée, de nos jours ?

— Surtout, n'essayez pas de fuir, l'avertit-il tranquillement. Je vous rattraperai.

Elle se cogna contre le plan de travail.

— Je n'en doute pas. Je ne vais pas m'enfuir. Seulement… partez.

— Si vous espérez écrire un article juteux, vous feriez mieux d'y réfléchir à deux fois. Mes avocats vous mèneront une vie impossible.

— Vous venez chez moi avec une épée, vous me brisez le poignet et, en plus, vous me menacez d'un procès ?

— Je ne vous ai pas brisé le poignet, dit-il, avec une colère à peine contenue.

— Ce n'est pas faute d'avoir essayé.

Il aurait préféré se trouver à mille lieues de là. En train de combattre un démon, par exemple. Les choses auraient été tellement plus simples.

— Ecoutez, jeune femme, marmonna-t-il, il se passe ici des choses dont vous n'avez même pas idée.

— C'est ce que j'ai cru comprendre, dit-elle en le fusillant du regard.

Il la contempla un instant sans rien dire. A vrai dire, il n'arrivait pas à la quitter des yeux. Malgré la peur qu'il lui inspirait de toute évidence, elle tenait bon. Le menton fièrement levé, elle le défiait du regard avec une détermination guerrière. Une attitude que Kieran comprenait. Et respectait.

Depuis des siècles qu'il parcourait la Terre, il avait connu le pire et le meilleur de l'humanité. Il avait combattu des démons et des hommes avec la même détermination et connu des femmes qui frémissaient rien qu'en le voyant, percevant instinctivement en lui le goût du danger qui viendrait pimenter leur vie sexuelle un peu terne. Pourtant, aucune d'entre elles n'avait jamais réussi à voir au-delà de l'armure pour découvrir la porte de son cœur. Il n'avait jamais trouvé la femme qui, comme le prétendaient les légendes ancestrales, pourrait lui apporter à la fois le repos du corps et la sérénité de l'âme. La femme qui serait son salut.

Cette simple pensée lui restait en travers de la gorge. Tout cela n'était que légendes de vieilles femmes. Aucun salut n'était possible pour les hommes comme lui, à plus forte raison par une femme. Tout ce qu'il pouvait espérer était de mener encore et toujours des batailles, de traverser les siècles, sans subir les outrages du temps, tout en modifiant les souvenirs de ceux dont il effleurait les vies, afin de ne laisser aucune trace dans leur mémoire.

Tout cela lui était familier.

Prévisible.

Julie, en revanche, était imprévue.

Les yeux verts ne le quittaient pas. Il parvenait à percevoir ses pensées, l'affrontement tumultueux de ses désirs et de son instinct de conservation qui la faisait trembler, car la force de son désir était aussi puissante que la peur qui la taraudait. Sans même réfléchir, Kieran ouvrit son esprit et tenta une expérience qu'il savait inutile... en principe.

Vous n'avez rien à craindre de moi, jeune femme.

Comme si elle venait de recevoir une décharge de cent mille volts, Julie s'éloigna d'un bond du plan de travail en lui jetant un regard mi-horrifié, mi-intrigué.

— Comment faites-vous ça ? Vous avez parlé dans ma tête ! Comment ai-je fait pour vous entendre ? Que se passe-t-il ?

Kieran se passa nerveusement la main dans les cheveux, dans l'espoir que ce geste familier, le contact de ses ongles courts sur son cuir chevelu, le tirerait de ce cauchemar. C'était impossible. Elle n'aurait jamais dû être capable de l'entendre. Elle n'aurait pas dû réagir du tout.

— Je suis télépathe, avoua-t-il, profondément ébranlé.

— Ah.

Elle fit un pas supplémentaire vers la porte de la cuisine, d'où le vacarme de la soirée leur parvenait, et posa une main sur le mur carrelé, comme pour garder l'équilibre.

— Voilà qui explique tout, poursuivit-elle, en s'efforçant de prendre un air détaché. Un chevalier télépathe. Fabuleux ! Quelle chance !

— Arrêtez.

Elle se tut aussitôt, comme s'il venait de tirer une balle à ses pieds. Il s'avança vers elle, la saisit par les avant-bras et l'attira contre lui avec violence. Le contact fut si brusque que Julie en eut le souffle coupé.

— Je vais crier, avertit-elle.

— Vous n'en ferez rien.

— Pourquoi pas ?

— Parce que vous savez que je ne vous ferai aucun mal, soupira-t-il avec lassitude.

Elle inspira deux fois rapidement en tentant de se dégager. Il aurait voulu que cet instant dure toujours. Ses hanches se cognaient contre son désir, ferme et fiévreux, et chacun de ses mouvements était une douce torture.

— Je ne vous connais même pas, alors pourquoi vous ferais-je confiance ?

— Il n'y a aucune raison à cela, c'est vrai. Mais vous me faites confiance, c'est tout.

Il ouvrit de nouveau son esprit pour atteindre celui de la jeune femme et, à travers le tumulte grondant de ses sensations et de ses émotions, il s'efforça de l'apaiser avec de doux murmures.

— Arrêtez ça tout de suite ! ordonna-t-elle, sans plus chercher à s'échapper de son emprise d'acier. Vous ne réussissez qu'à me faire peur davantage. C'est insupportable d'avoir quelqu'un qui essaie de se glisser à l'intérieur de votre tête, vous savez ?

— Cela ne me réjouit pas plus que vous.

Il fit aussitôt taire les questions qui surgissaient à nouveau dans son propre esprit. Il n'avait pas de temps à perdre à réfléchir à des légendes, ni à explorer ce nouveau territoire qui s'ouvrait devant lui. Les choses devaient rester claires : Julie Carpenter n'avait pas de place dans sa vie, et lui, de même, n'en avait aucune pour elle.

Elle n'était qu'un accident. Un mauvais tour du sort, une distraction jetée sur sa route pour le détourner de sa mission et de sa proie.

Mais le pire était que cet accident diabolique fonctionnait à merveille.

A travers le tissu de son débardeur, sa peau semblait douce et lisse. Il voulait se noyer dans ce parfum pour l'inscrire au plus profond de lui-même, dans sa chair. Il voulait poser ses lèvres sur chaque parcelle de ce corps, puis recommencer encore et encore, emplir les paumes de ses mains de la rondeur de ces seins, embrasser leur bout érigé jusqu'à la laisser pantelante, dans l'attente de l'orgasme que lui seul pouvait lui procurer. Puis, lorsque son corps tremblerait, au bord de l'abîme, il unirait son corps au sien, l'emplirait de chaleur, jusqu'à ce qu'ensemble, ils soient avalés par les flammes.

Pourtant, il la relâcha, comme si seule la distance entre eux pouvait les sauver. Il n'avait pas imaginé qu'elle puisse l'entendre par télépathie. Seule une véritable âme sœur était susceptible d'avoir ce pouvoir. Seule une femme dont le destin était d'être la Compagne d'un Gardien pouvait entrer en contact avec les pensées de celui-ci. Naïvement, il avait presque espéré que cela ne fonctionne pas.

Cependant, elle avait bel et bien perçu ses pensées, ce qui ne faisait que compliquer davantage une situation déjà difficile.

A présent, Kieran avait bien plus de soucis à se faire. Il recula encore d'un pas. La lame dure et froide de l'épée qu'il portait à la ceinture se cogna contre sa cuisse, lui rappelant brusquement la raison de sa venue.

Avec une joie et un plaisir morbides, il errait dans la vieille demeure.

La musique enflait en lui, dansant dans ses veines, résonnant dans sa tête. Une faim rugissante l'animait; une faim qui ne demandait qu'à être assouvie.

Tant de choix s'offraient à lui.

Il avançait, anonyme parmi la foule, frôlant du bout des doigts ces corps splendides, laissant courir son souffle chaud sur ces peaux moites. Ses mains impatientes.

Bientôt, pensa-t-il.

Bientôt le sang coulerait à flots, épais et noir.

Bientôt la partie de chasse recommencerait.

*
* *

La porte de la cuisine s'ouvrit brusquement, laissant entrer un flot assourdissant de musique, accompagné d'éclats de rire et de voix.

Julie réussit à jeter un rapide coup d'œil par-dessus l'épaule de l'homme qui se tenait devant elle et aperçut une jeune femme blonde qui lui adressa un sourire radieux depuis la porte.

— Julie ! Avec un mec ! Hourra !

A peine avait-elle prononcé ces paroles que la jeune femme se couvrit la bouche à deux mains, l'air effaré.

— Zut, je viens de penser à voix haute, non ?

— Comme d'habitude, dit Julie, mal à l'aise.

On pouvait toujours faire confiance à Alicia pour débarquer au plus mauvais moment.

A moins que ce ne soit au bon moment, cette fois-ci. Julie était tellement désemparée qu'elle ne savait plus à quoi s'en tenir.

— Désolée, reprit Alicia, l'air gêné. Je crois que j'ai un peu trop bu.

— Pas de problème, assura Julie avec un sourire ironique, en se rendant compte qu'elle aurait dû se sentir soulagée de l'intrusion de sa blonde colocataire.

Pourquoi ne l'était-elle pas ?

Bonne question.

Quelques mois plus tôt, elle avait essayé par tous les moyens d'obtenir une entrevue avec le multimillionnaire le plus mystérieux de tout L.A., sans même réussir à franchir le barrage des habituels chiens de garde, à savoir, les avocats. A présent, il était là, en chair et en os dans sa propre cuisine. Il embrassait comme un dieu… et il était peut-être fou à lier.

Elle ne savait pas que penser de lui. Il était séduisant, bien sûr. Désirable, sans aucun doute. Mais franchement, quel genre d'homme était-il pour se promener ainsi en ville avec une épée sous le manteau, et se glisser subrepticement dans l'esprit des jeunes femmes ?

Elle avait toutes les raisons du monde de se sentir terrifiée à l'idée de se trouver seule en sa présence. Pourtant, la seule chose qui l'inquiétait vraiment en cet instant était sa vertu qui, à franchement parler, ne pesait plus très lourd depuis longtemps.

D'ailleurs, si l'intention de Kieran avait été de la tuer, il aurait déjà eu dix fois l'occasion de le faire, ne serait-ce que lorsqu'il avait sa langue dans sa bouche. Ce souvenir la fit frissonner, ravivant le désir de recommencer sur-le-champ.

Mais bon sang, que se passait-il donc ?

— Alors ? demanda Alicia, en désignant Kieran du menton. C'est qui, ton copain ?

— Ce n'est pas mon copain, répliqua aussitôt Julie. Avec une appréhension qu'elle cherchait à dissimuler, ses yeux allant de sa colocataire à Kieran.

Quelques minutes auparavant, elle s'inquiétait d'être seule en compagnie de cet homme, et voilà qu'à présent elle regrettait presque l'intrusion d'Alicia.

— Je viens juste de faire sa connaissance, ajouta-t-elle, tout en évitant, sans oser se l'avouer, de préciser le prénom de Kieran à sa colocataire.

— Vas-y Juju ! l'encouragea Alicia, l'air ravi.

— Oui, c'est ça, marmonna Julie.

Alicia continuait à rire un peu bêtement, tout en se dirigeant vers le réfrigérateur. Sa démarche chaloupée, une invitation sensuelle vieille comme le monde, était chez elle plus inconsciente que délibérée.

— Tu vois ? Ça fait des semaines que je te dis de lever un peu la tête de ton boulot et de sortir voir le vrai monde. Les hommes, tout ça...

— Oui, bon, ça va...

Julie tourna les yeux vers Kieran, mais celui-ci ne la regardait plus. En revanche, son regard bleu et glacé était rivé sur sa blonde colocataire.

Typique.

Bon. A quoi s'attendait-elle, après tout ? Elle n'était pas vraiment à son avantage, ce soir-là. Elle n'avait rien fait pour l'être, volontairement ou non. Et puis, ne préférait-elle pas rester célibataire ?

Elle sursauta presque lorsque Kieran la regarda de nouveau.

— C'est votre amie ?

— Oui, répondit Julie en regardant Alicia qui farfouillait dans le frigo. Elle habite ici avec moi.

— Elle ne devrait pas rester ici, dit Kieran, d'une voix basse, mais suffisamment audible dans le vacarme ambiant.

— Hein ?

Julie s'éloigna de lui.

Bon sang, ce type semblait bien décidé à vider la maison avec ordre et méthode !

— Ah ! Je savais bien qu'il restait encore du rosé ! s'écria joyeusement Alicia, en brandissant une bouteille comme un trophée. Partir ? Qui donc a parlé de partir ? Il est encore tôt, voyons.

— Personne ne part, dit Julie, sans quitter une seconde Kieran des yeux.

Ce type pouvait faire fondre l'acier le plus dur d'un seul regard, mais elle refusait de céder. Alice vint se planter à côté d'elle.

— Il veut qu'on parte ? De notre propre maison ?

— Oui, il dit que c'est pour notre sécurité.

— Je vois, dit simplement Alicia. Bien, bien, bien. Julie, ma chérie, je retourne au salon. Tu viens ?

La lumière crue de la cuisine éclairait les traits ciselés de Kieran. En se dirigeant vers la porte à battants, Alicia ne pouvait détacher ses yeux de ce visage. Il semblait presque venir d'un autre monde tant il avait l'air mystérieux.

Dangereux.

Et assez sexy.

Bon, d'accord terriblement sexy.

Ses yeux étaient dans l'ombre, mais elle devinait sans peine la puissance qui s'en dégageait.

— Quelque chose ne va pas, ici, finit-il par murmurer, comme s'il hésitait à en dire plus.

— Tu parles, Charles, marmonna finalement Alicia, en lui jetant un dernier regard, avant de se tourner vers Julie. Viens, Juju, on y va.

— Non, dit Julie, sans quitter Kieran des yeux.

Sans pouvoir se l'expliquer, intimement, elle ne se sentait pas prête à laisser filer son mystérieux chevalier qui embrassait si bien.

— Ça ira, Alice. Vas-y.

— S'il t'ennuie, appelle la police ! lança Alicia en regardant Kieran d'un air suspicieux.

— Ne t'inquiète pas.

— Je ne m'inquiète jamais, ma chérie, dit Alicia avec un petit clin d'œil. Ça donne des rides.

Elle sortit, sans un regard de plus pour Kieran.

— Vous refusez donc de partir ? demanda une fois de plus l'homme, lorsqu'ils furent de nouveau seuls.

— Oui.

Il acquiesça.

— Bien. Vous savez, je ne peux pas vous promettre de vous protéger.

— Personne ne vous demande de le faire, répliqua-t-elle, sentant une pointe d'inquiétude naître en elle.

Bizarrement, depuis six mois qu'elle habitait à Hollywood, elle n'avait jamais ressenti le besoin d'être protégée. Jusqu'à ce soir-là. Jusqu'à cet instant.

— C'est pourtant mon devoir, déclara-t-il.

En trois enjambées, il traversa la cuisine pour se retrouver face à elle.

— On vient juste de se rencontrer et vous vous faites déjà un devoir de me protéger ?

Elle comprenait à peine comment elle avait réussi à parler, tant elle avait la gorge nouée. Elle trouvait cela mystérieux.

Presque plus mystérieux que l'homme qui se tenait à présent devant elle.

Bien trop proche d'elle.

Il la força à reculer pas à pas en direction du plan

de travail, jusqu'à ce qu'elle sente son dos heurter le carrelage froid.

Elle frissonna, mais elle savait parfaitement que ce n'était pas à cause du froid. Non, c'était à cause de la chaleur qui semblait émaner directement de lui pour l'envelopper, l'envahir, la rendre folle de… oh là là !

Comment sa petite vie normale et bien réglée pouvait-elle se retrouver ainsi bouleversée en l'espace de quelques minutes à peine ? Et pourquoi diable avait-elle davantage envie de savoir ce qu'elle éprouverait d'être blottie dans les bras de cet homme et de se laisser embrasser de nouveau, plutôt que d'essayer de comprendre ce qu'il pouvait bien fiche ici ?

— Vous ne voulez donc pas partir. C'est bon. J'accepte.

— Bien aimable à vous. Monsieur est trop bon.

— Dans ce cas, retournez dans votre chambre et fermez la porte à clé.

— Vous pouvez me faire confiance, chuchota-t-elle. C'est même la première chose que j'ai l'intention de faire, à vrai dire.

— Je reviendrai.

— Super. En plus, monsieur est fidèle.

— Je ne sais pas quoi faire de vous, admit-il. Doucement, il lui posa la main sur la joue ; du bout des doigts, il suivit le dessin de sa mâchoire, avant de descendre lentement vers son cou.

Julie s'efforça de maîtriser sa respiration et d'ignorer son sang qui se mettait à bouillonner dans ses veines. Les doigts de Kieran continuaient leur chemin en s'aventurant vers la limite de son débardeur. Julie, les yeux mi-clos, retenait sa respiration, priant pour qu'il ne s'arrête pas. Pourtant, après une hésitation, il interrompit son geste.

Elle se retint pour taire sa réaction.

Seigneur !

Jamais elle n'avait rien ressenti de tel. Elle n'avait même pas idée qu'une telle chose soit possible. Sa vie sexuelle avec Evan n'avait pas exactement été un exemple de romance et de sensualité, comme elle l'avait lu dans les livres, et avec son seul autre amant, un copain de fac, cela n'avait guère été mieux. En revanche, cet inconnu dans sa cuisine lui laissait entrevoir un univers qu'elle n'avait encore jamais exploré.

Etait-elle devenue folle ? Etait-elle vraiment en train de fantasmer sur un multimillionnaire télépathe qui se baladait avec une épée ?

Alors qu'elle était sur le point de s'enfuir, il la prit soudain dans ses bras puis la tint fermement contre lui. Soudain, il leva le visage vers le plafond, les yeux fermés, l'air grave, immobile et concentré. Plusieurs secondes passèrent, en rythme avec les battements de cœur de Julie. Elle regardait son visage figé, étudiant les traits fins et bien dessinés, appréciant le profil énergique. Il ouvrit enfin les yeux et la regarda.

— Il est parti, dit-il simplement.

— Il ? demanda-t-elle, plus confuse que jamais. Qui ça « il » ?

— Je dois y aller.

— Oui, c'est ça, bredouilla-t-elle, en hochant vaguement la tête.

C'était sans doute la meilleure solution. Qu'il parte. Rapidement.

— Bonne idée. Vous partez. Je reste. Pourquoi pas ? Tout le monde est content. Mais avant, je veux que vous me disiez qui est ce « il » .

— Cela n'a plus d'importance, maintenant. Je pense que vous n'êtes plus en danger, même si, à vrai dire, il n'y a aucun moyen d'en être sûr.

Il fit un pas en arrière, comme s'il était pressé de mettre un peu de distance entre eux. Son regard s'attarda sur son visage. Elle crut ressentir, dans ses yeux, la même douceur que lorsque ses doigts la caressaient, quelques instants auparavant.

— Je n'aurais pas dû vous rencontrer ce soir. Cela n'aurait jamais dû se produire. Il n'y a pas de place pour quelqu'un comme vous dans ma vie.

Julie inspira rapidement.

— Moi non plus, je n'ai pas de place pour quelqu'un comme vous dans ma vie.

— Que nous le voulions ou non, pourtant, nous sommes connectés, marmonna-t-il, comme s'il se parlait à lui-même. Je ne sais pas encore ce que cela signifie.

— N'oubliez pas de me tenir au courant quand vous le saurez, murmura-t-elle, toujours secouée.

Il alla ouvrir la porte donnant sur l'arrière de la maison et jeta un coup d'œil à l'extérieur. S'arrêtant sur le seuil, entre lumière et ténèbres, il se tourna une dernière fois vers elle.

— Fermez la porte à clé.

Lorsqu'il eut disparu dans l'obscurité, Julie s'appuya contre le comptoir pour reprendre ses esprits.

A tâtons, elle chercha la boîte de crème glacée qu'elle se rappelait avoir posée là et but ce qui avait fondu, sans se soucier d'attraper une cuillère propre. Soudain, elle se précipita vers la porte qui donnait sur le jardin, poussa le verrou et glissa la chaîne de sécurité dans son encoche. Après avoir regardé la porte fermée un instant, elle ouvrit le rideau jaune pour scruter l'obscurité.

Kieran était parti.

Avalé par les ténèbres.

Debout dans la cuisine brillamment éclairée, elle commença à ressentir un vague sentiment de malaise qui se glissait en elle, de façon sournoise, puis s'amplifiait de façon incontrôlable. La gorge serrée, le cœur battant à tout rompre, elle s'engouffra dans le couloir sombre pour gagner sa chambre.

A chaque pas, elle avait l'impression que des yeux invisibles l'observaient. Elle eut l'impression que ses cheveux se dressaient sur sa nuque et un long frisson lui parcourut l'échine. Elle accéléra le pas, frémissante, le souffle court. Elle était littéralement terrifiée lorsqu'elle pénétra dans sa chambre et claqua la porte derrière elle. Haletante, elle s'adossa au panneau de bois, poussa le verrou de cuivre froid et tourna l'antique clé dans la serrure.

Kieran sortit un téléphone portable de la poche intérieure de sa veste, l'ouvrit d'un geste sec, composa un numéro et attendit. Une sonnerie se fit entendre, puis une autre et encore une autre. Enfin, quelqu'un décrocha :

— Santos, j'écoute.

— Bon sang, tu en as mis du temps.

Un éclat de rire se fit entendre à l'autre bout du fil.

— Kieran. Je savais que j'aurais bientôt de tes nouvelles. J'ai entendu dire qu'il s'était de nouveau échappé.

L'air mauvais, Kieran jeta un regard dans la rue sombre, puis traversa à la hâte pour regagner sa Lexus noire qu'il avait garée dans l'ombre, loin des halos de lumière des lampadaires.

— Il y a eu une victime ce matin.

— Il n'a pas perdu de temps.

— Non, en effet.

Le démon était resté sagement enfermé pendant plus d'un siècle. Il n'était donc pas étonnant qu'il ait envie de savourer une première victime sur-le-champ.

Le problème serait de l'empêcher de causer davantage de dégâts.

Kieran appuya sur la commande de son porte-clés et déverrouilla sa voiture. Avant de s'installer au volant, il s'immobilisa, s'efforçant de concentrer toute son énergie vers la bête qu'il traquait.

— Tu as une piste ? demanda Santos.

— J'en avais une..., admit Kieran, en jetant un regard par-dessus son épaule vers la maison de Julie Carpenter.

Il s'était laissé distraire par la jeune femme ; son parfum lui avait fait oublier l'autre odeur et sa mission. C'était difficile à admettre.

— ... mais je l'ai perdue.

— Et tu appelles pour avoir des renforts ? demanda l'Espagnol, avec une pointe d'amusement.

— Non, dit-il, sûr de ses compétences de chasseur.

Il n'avait jamais eu besoin d'aide auparavant, et cette mission ne serait pas différente des autres. En tant que Gardien, il faisait son devoir depuis des siècles et avait toujours réussi à accomplir toutes les tâches qui lui incombaient.

Cette fois-ci, se jura-t-il, ce ne serait pas différent.

Les choses avaient cependant déjà pris un tour tout à fait inhabituel.

— Dis-moi..., dit-il en détachant son épée pour la jeter sur le siège arrière, avant de se glisser derrière le volant et de boucler sa ceinture. Que peux-tu me dire sur nos Compagnes ?

Un rire moqueur résonna dans l'oreille de Kieran, qui fit rugir le moteur avec mauvaise humeur et enclencha la première.

— Je ne vois pas ce qu'il y a de drôle là-dedans...

— Ah, *amigo*, dit Santos, dont l'accent castillan fleurissait chaque mot. Je savais bien que tu finirais un jour par me poser cette question.

Le sens de l'humour de l'Espagnol pouvait frapper à n'importe quel moment, surtout le moins opportun. Les deux hommes étaient pourtant amis depuis cinq cents ans, depuis cette nuit, dans le vieux Madrid, où ils avaient repoussé une foule enragée qui voulait brûler une autre Gardienne, Adrienne Marcel, accusée de sorcellerie. Même si l'immortelle ne risquait pas vraiment de périr dans les flammes du bûcher, il lui aurait fallu des années pour se remettre de telles brûlures.

Mais, ce soir, pourtant, Kieran n'était pas d'humeur à plaisanter.

— Ce qui veut dire... ?

— Ce qui veut dire qu'un chevalier anglais n'arrivera jamais à la cheville d'un Espagnol en matière de femmes ! s'exclama Santos, avec un grand éclat de rire. Mais puisque tu insistes, je serai ravi de te donner des conseils en la matière.

Levant les yeux au ciel, Kieran engagea sa voiture dans une rue qui descendait vers Hollywood Boulevard. A défaut d'une piste fraîche, il devait retourner sur les lieux du premier crime.

Pour observer. Essayer de retrouver une piste.

— Ne me traite pas d'Anglais, menaça-t-il. Je te l'ai déjà dit des milliers de fois, si ce n'est plus. Je suis écossais, et le jour où j'aurai besoin d'aide pour honorer une femme sera le jour de ma mort.

— Ah, dit Santos, avec une pointe de regret. Tu sais pourtant bien que le repos éternel n'est pas fait pour les gens de notre espèce, mon ami. Faut-il te rappeler qu'on n'enterre que les morts, *si* ?

— Nous sommes morts, Santos. Techniquement. Seulement, même morts, nous sommes incapables de rester tranquillement en place comme les autres.

Il contempla un instant le double faisceau de ses phares qui perçaient les ténèbres et laissaient apercevoir de brèves silhouettes d'arbres et de buissons, le long de l'étroite route. Une paire d'yeux rouges étincela brièvement dans le noir, sans que Kieran ne ralentisse pour autant. Ce n'était pas le démon. Seulement quelque animal nocturne hypnotisé par les phares.

— C'est vrai, Mac. Mais je me doute que tu ne m'appelles pas pour discuter de notre triste condition et de nos vies trop longues.

— Non, en effet.

Trop longues ? Il ne savait plus vraiment.

Parfois, en regardant les mortels et en se comparant à eux, il se demandait comment ces derniers pouvaient se satisfaire de quelque quatre-vingts courtes années. A d'autres moments, las de tant de siècles de combats, il se demandait si les mortels n'étaient pas finalement les plus chanceux.

Il prit un virage à toute allure. Le crissement de ses pneus sur les graviers le ramena brusquement à la réalité. Jetant un regard au compteur, il ralentit un peu. La dernière chose dont il avait besoin, c'était de se faire arrêter par un policier de L.A.

— Je veux savoir ce que tu sais sur les Compagnes du Destin. Tu sais, la légende des Gardiens...

Kieran n'avait jamais vraiment accordé de crédit à cette légende, malgré les quelques Gardiens qu'il avait eu l'occasion de rencontrer à travers les siècles et qui avaient véritablement rencontré des femmes auxquelles ils s'étaient unis. Il avait toujours cru que cette légende ne le concernait pas. Peut-être n'y trouvait-il aucune vérité pour lui-même ? Il était persuadé de ne plus jamais connaître l'amour d'une femme.

— Ah, ah ? s'anima Santos. Tu as rencontré...

— Une femme.

— C'est un bon départ.

— Elle est... différente.

Le terme était absurde.

Ou du moins incomplet.

Julie Carpenter était plus que différente. Elle était une flamme dans son cœur de givre. Un feu de joie dans son hiver glacé. Le simple fait de penser à elle tendait tout son corps à tel point que la douleur le taraudait comme une rage de dents.

— Que souhaites-tu savoir ?

— Tout ce qui dépasse le lieu commun, répondit froidement Kieran, tandis que sa voiture atteignait enfin le bas de la colline.

Il tourna à droite et se glissa dans la circulation à toute allure comme un inconscient — ou comme un homme pour qui la mort ne signifiait rien.

— Je n'ai jamais pris la peine de m'y intéresser et d'en apprendre plus que le strict nécessaire. A présent, je veux savoir. Alors, tu trouves tout ce que tu pourras là-dessus et tu me tiens au courant.

— Et le démon ?

— Je m'en charge.

— Si tu changes d'avis, je ne suis pas loin.

Il s'interrompit. Sans doute pour boire une gorgée de cognac Napoléon, pensa Kieran.

— J'ai suivi ma proie jusqu'à San Francisco, poursuivit-il en guise d'explication.

— Tu l'as eue ?

— Tu en doutes ? le taquina Santos.

— Non, dit Kieran avec un sourire.

En tant que guerrier, il savait apprécier les talents de ses comparses.

— Je ne t'ai jamais vu échouer.

— Toi non plus, mon ami. Après tout, nous avons tous deux une réputation à tenir... Bref, je suis dans une chambre d'hôtel d'où je peux profiter en ce moment d'une vue magnifique sur la baie. Je crois que je vais rester un moment ici. Cette ville me plaît.

— Merci. Je te tiendrai au courant si j'ai besoin d'aide.

Sans attendre de réponse, il raccrocha et jeta le téléphone sur le siège passager.

Même s'il n'avait pas besoin d'aide, Kieran devait bien reconnaître qu'il était soulagé d'apprendre que Santos n'était pas loin. Grâce aux téléphones satellites et aux jets privés, les Gardiens n'étaient plus isolés, comme c'était le cas dans les époques précédentes.

Bien des choses avaient changé, à travers les siècles. Il parcourut du regard le trottoir voisin : des prostituées en quête de clients étaient nonchalamment adossées le long des bâtiments et faisaient vaguement signe aux voitures qui passaient. Des vagabonds étaient accroupis sous des porches sales et des hordes d'adolescents en vadrouille sillonnaient les rues.

Kieran les regarda tous avec les yeux de la bête. Toutes des victimes potentielles, passant de l'ombre à la lumière dans leur solitude urbaine.

Kieran comprit que malgré tout, la mort, elle, n'avait pas changé de visage.

3

La banderole jaune de la police délimitant les lieux du crime avait été retirée depuis longtemps. Seuls souvenirs du drame, quelques taches de sang séché maculaient encore le trottoir faiblement éclairé par le halo pâle d'un lampadaire voisin.

Nicole Kidman méritait mieux que ça.

A vrai dire, la jeune femme dont la vie s'était achevée brusquement sur l'asphalte crasseux d'une rue méritait mieux, elle aussi.

Kieran observa attentivement les lieux, à la recherche de la moindre trace d'énergie résiduelle que tous les démons laissaient d'habitude derrière eux. A peine plus qu'un effluve dans l'air. C'était l'arme principale contre les démons. Pourtant, la trace infime s'était déjà dissipée et la piste était froide, sans vie. Il serait difficile de suivre la méthode habituelle.

Kieran décida donc de tenter sa chance autrement.

Debout sur le trottoir étoilé, il ouvrit son esprit pour l'explorer et chercher à l'aveuglette une connexion, quelle qu'elle soit, vers le démon, même si un contact télépathique n'était pas toujours possible. Si chaque démon était différent et possédait des pouvoirs et des faiblesses qui lui étaient propres, tous laissaient le même élément, la même trace en guise de signature. Ce démon-là était un peu télépathe, il le sentait, et c'était grâce à ce pouvoir que Kieran comptait le retrouver.

Il se concentra, tout en restant aux aguets. Des éclats de malveillance l'atteignirent de plein fouet, mais il ne perçut rien de précis, ni de suffisamment concret qui puisse l'aider dans sa quête. Le démon était encore plus vieux que Kieran, et les pouvoirs étonnants qui lui permettaient d'échapper à son poursuivant n'avaient rien de surprenant.

C'était simplement frustrant.

Dépité, Kieran se mit à observer le quartier dans lequel il se trouvait, ignorant les files de voitures au volant desquelles des conducteurs nerveux, coincés dans des embouteillages, échangeaient bruyamment des insultes. C'était toujours la même chose, dans ce genre d'endroit. Qu'il soit 2 heures du matin ou de l'après-midi, les voitures étaient toujours collées pare-chocs contre pare-chocs. Il se demandait parfois si les choses n'étaient pas un peu plus simples à l'époque des chevaux. Même s'il avait été l'un des premiers à acheter une automobile, il lui arrivait de regretter la compagnie silencieuse d'un cheval.

Une prostituée blonde et pulpeuse passa lentement à côté de lui, le dévisagea ostensiblement d'un air appréciateur, puis poursuivit sa route, mal à l'aise sur ses talons aiguilles.

Un jeune homme à l'air un peu louche, avec une barbe de trois jours, distribuait des prospectus offrant une consommation gratuite dans un nouveau bar à strip-tease du quartier. De l'autre côté de la rue, un néon vacillait comme une flamme affolée.

Le démon pouvait se trouver n'importe où, à présent. Il pouvait même avoir quitté la ville, même si, pour Kieran, cela était peu probable. Ce démon-là avait ses petites habitudes. Il préférait les endroits peuplés, où les gens aimaient se regrouper et vivre entassés les uns sur les autres ; et en général, lorsqu'il avait trouvé un lieu à son goût, il aimait y rester.

La dernière fois, c'était en 1888, à Londres, dans le quartier de l'East End.

Whitechapel.

Un quartier abondamment peuplé, sillonné par une multitude de ruelles et d'impasses qui formaient un labyrinthe entre les taudis et les masures délabrées. Il avait fallu presque cinq mois à Kieran pour lui mettre la main dessus.

Les souvenirs affluèrent soudain, comme si une porte vers le passé venait juste de s'ouvrir.

Les ruelles sales et bondées, envahies de volutes d'un brouillard épais, qui s'enroulaient, tels des doigts de fumée crochus, autour du promeneur distrait, comme pour le retenir et le ramener sans cesse vers les entrailles mêmes de la ville. La puanteur lourde et poisseuse de l'alcool frelaté et de l'abattoir voisin. Les couches de désespoir et de pourriture qui recouvraient chaque centimètre carré de Spitalfields. Tout cela, il lui semblait presque encore le sentir.

Il avait passé cinq longs mois dans ce trou misérable et infernal, à traquer le démon sans relâche. Une tâche bien difficile, car la maudite créature avait changé de corps à plusieurs reprises. Kieran avait pourtant fini par attraper ce chien galeux. Et il avait bien l'intention de réitérer son exploit.

Brusquement, il fit volte-face pour regarder Hollywood Boulevard. Malgré l'heure tardive, les trottoirs étaient envahis de passants. Pas tant des touristes, qui avaient en général le bon sens de rester calfeutrés dans leur hôtel, mais plutôt de la faune locale qui reprenait possession de la rue chaque soir.

Des adolescents en cavale, le regard farouche, qui se regroupaient en bandes, espérant ainsi s'assurer un minimum de sécurité. Des vagabonds qui fouillaient les poubelles à la recherche de leur pitance journalière et des prostituées omniprésentes qui tentaient de dissimuler leur propre lassitude derrière des sourires factices et des invitations peu convaincues.

Ici, dans la rue, personne n'attendait rien de lui. Personne ne savait qu'il était en réalité Kieran MacIntyre, le mystérieux millionnaire au passé mystérieux.

Ici, on le connaissait simplement sous le nom de « Mac », un homme solitaire, imprévisible, au regard dur. Ici, Kieran parvenait à se fondre dans le décor, à devenir une des ombres qui erraient dans les ténèbres. Les femmes se retournaient sur son passage et les hommes s'écartaient de lui avec circonspection.

— Salut Mac !

Kieran jeta un bref coup d'œil sur sa droite et salua brièvement Howie Jenkins.

Howie était un vétéran de la guerre du Golfe qui arborait toujours fièrement sa médaille du Purple Heart sur son manteau gris taché qu'il portait hiver comme été. Sa barbe poivre et sel tombait jusqu'à sa maigre poitrine, et ses yeux bleus étaient toujours voilés d'une brume alcoolisée.

Malgré les aléas de la vie, Howie était resté un soldat dans l'âme, ce qui faisait de lui une excellente source d'informations.

— Howie. Quelles nouvelles, ce soir?

— Oh, tu sais, répondit l'homme, accroché fermement à son Caddie qui contenait ses quelques possessions terrestres. C'est comme d'habitude, Mac. Tout simplement comme d'habitude.

— As-tu remarqué des petits nouveaux ces derniers jours?

Howie laissa échapper un rire rauque et rugueux, qui résonna profondément et douloureusement dans sa poitrine jusqu'à déclencher une violente quinte de toux. Lorsqu'il réussit enfin à reprendre son souffle, il avait les joues en feu et les larmes aux yeux.

— Elle est bien bonne celle-là, Mac! Bon sang, ce n'est pas ce qui manque par ici, les petits nouveaux! Tous les jours, il en vient. Ils ne restent jamais longtemps, c'est vrai, mais ça ne les empêche pas de venir mettre un pied dans le quartier.

— Tu as raison, marmonna Kieran, tout en balayant une fois de plus la rue du regard. Mais celui que je cherche est différent, cette fois. Il reste dans l'ombre. Il guette les femmes.

Kieran savait qu'il n'y avait aucun moyen de savoir à quoi ressemblait ce démon, à présent. Il avait le pouvoir de se manifester sous sa forme véritable dans cette dimension, mais il préférait en général occuper le corps d'un mortel consentant. Et comme les âmes perdues ne manquaient pas à L.A., le démon n'avait que l'embarras du choix. Comme à l'époque de Withechapel, il pouvait glisser de corps en corps, changeant sans cesse de forme et d'apparence pour tenter d'échapper au Gardien qui avait été désigné pour le traquer.

Deux choses ne changeaient jamais cependant chez ce démon : la soif de sang et un penchant très net pour des victimes féminines.

Howie éclata de nouveau de rire et sa poitrine se remit à siffler.

— On reluque tous les femmes, mon vieux.

— Pas comme lui.

Un éclair vif et intelligent éclaira un instant le regard chassieux de Howie.

— C'est lui qui a réglé son compte à la petite de ce matin ? demanda-t-il, les lèvres pincées.

— C'est lui.

— On sait à quoi il ressemble ?

— Non.

Bon sang, le démon pouvait être n'importe qui. A chaque nouveau meurtre, il choisissait une nouvelle identité pour s'en débarrasser, aussitôt son forfait accompli.

C'était exactement pour cette raison qu'il y avait eu tant de « témoins oculaires » dans l'affaire de Jack l'Eventreur. Certains juraient avoir vu un homme grand et âgé, d'autres avaient reconnu un homme plutôt petit, dans la trentaine. Scotland Yard avait rejeté tous ces témoignages. Seul Kieran savait que tous les témoins avaient dit la stricte vérité.

Faisant rouler doucement son Caddie d'avant en arrière sur le trottoir, Howie leva un regard fatigué vers la rue, et son visage prit un air soucieux en voyant une des prostituées se pencher vers la portière ouverte d'une grosse voiture aux vitres teintées.

— Des filles comme Heather, là-bas, dit-il en désignant la fille du menton. Il faudrait les avertir.

— Tu peux t'en charger, si ça te chante, marmonna Kieran, qui savait très bien que les avertissements n'étaient jamais pris au sérieux.

Même ceux qui auraient dû se méfier le plus étaient persuadés que rien ne leur arriverait jamais. La preuve, n'avait-il pas tenté d'avertir Julie Carpenter qu'elle courait peut-être un grave danger ? Il n'avait réussi qu'à lui faire peur.

« Tant pis », conclut-il en son for intérieur.

Pourtant, le simple fait de repenser à la jeune femme le faisait frémir au plus profond de lui-même et une langueur lancinante l'envahissait. Au cours de ces quelques instants volés, elle l'avait ensorcelé. Quelques baisers, le contact furtif de sa peau et ses grands yeux verts avaient suffi à subjuguer son esprit.

— Bof, dit Howie, en regardant Heather grimper dans la voiture. De toute façon, elles n'écoutent jamais.

— Tu as sans doute raison.

— Tu es après ce type ?

— Oui, dit doucement Kieran.

— Alors, tu vas l'avoir.

Bien sûr qu'il l'aurait. Même s'il avait fallu que cinq femmes meurent de façon horrible à Whitechapel avant qu'il ne parvienne à capturer le démon. Et s'il ne s'était pas autant amusé avec sa dernière victime, Mary Kelly, il n'aurait pas donné à Kieran le temps de remonter la piste parsemée de sang et de peur…

— Garde un œil ouvert pour moi, dit-il brusquement, en cherchant dans sa poche la liasse de billets qu'il emportait toujours.

Il en sortit un billet de cinquante dollars qu'il tendit à Howie. En un clin d'œil, le billet disparut quelque part dans le manteau de Howie.

— Si tu remarques quelque chose, contacte-moi.

— Comme d'habitude, Mac, dit l'homme, en reprenant son chemin à la recherche de canettes et de bouteilles vides. Comme d'habitude…

Kieran le regarda s'éloigner dans la semi-obscurité, en pensant à tous les anciens soldats qu'il avait connus au cours des siècles passés. Dans n'importe quelle circonstance, il avait l'assurance de pouvoir toujours compter sur cette arrière-garde fidèle et fiable. Il aurait sans aucun doute besoin d'éléments fidèles et fiables, pour le seconder dans son combat contre le démon.

Il percevait l'agacement du Gardien. Sa colère. Cela le fit sourire.

Une joie sombre et légère à la fois s'éleva en lui et le démon l'accueillit avec plaisir, savourant à l'avance la lutte qui s'annonçait. Le monde avait beaucoup changé en un siècle, même si certaines situations restaient identiques. Il leva les mains devant ses yeux pour observer à loisir son nouvel environnement. Le mortel qu'il habitait était jeune et fort. L'âme qu'il y avait trouvée était la plus noire qu'il ait jamais rencontrée, et cela le fit sourire. Il pensa qu'il était toujours aussi facile de trouver un partenaire obligeant.

Avaler la volonté d'un mortel n'était jamais bien compliqué. De même pour réapprendre à se fondre dans l'humanité en toute discrétion. Les humains avaient beaucoup progressé au cours du dernier siècle, mais leurs lubies étaient toujours les mêmes. Il se nourrirait de leurs aspirations jusqu'à ce que cette ville tombe à genoux en implorant pitié.

Le démon se glisserait dans les ombres pour attirer les imprudents. Il se fondrait dans l'obscurité. Pour apprendre. Pour tuer. Cette fois-ci, rien ne l'arrêterait.

Cette fois-ci, il vaincrait le Gardien qui avait été envoyé pour le remettre en cage.

Quel plaisir de se retrouver de nouveau face à un ennemi digne de lui. Le démon éprouvait une profonde satisfaction de voir qu'il venait de déjouer les plans de MacIntyre. Il avait quitté la soirée quelques heures plus tôt, juste le temps d'éloigner le Gardien de la proie qu'il s'était choisie.

Alors que MacIntyre errait dans les rues, le démon retournait vers les lumières vives et les battements rythmés de la musique.

Vers la femme qui serait morte avant le lever du jour.

Julie resta éveillée toute la nuit.

Kieran MacIntyre était riche, beau…

Et fou.

Mais elle ne parvenait pas à le chasser de ses pensées. Le souvenir de leur rencontre ne cessait de remuer en elle des sentiments qu'elle ne souhaitait pas examiner de trop près, alors que son bon sens lui intimait de se tenir sur ses gardes.

Un multimillionnaire qui vivait reclus et se promenait avec une épée ? Franchement…

Cela n'avait aucun sens.

Quelques mois plus tôt, elle avait fouiné dans la vie de Kieran MacIntyre pour en apprendre le plus possible sur lui, avant de tenter d'obtenir une interview. Rien, dans toutes les recherches qu'elle avait effectuées, ne laissait entendre que le grand homme mystérieux était peut-être complètement fou.

— Ce genre de détail aurait quand même mérité une note de bas de page, marmonna-t-elle, en promenant son regard dans la chambre.

Elle avait allumé toutes les lumières afin de ne laisser aucune zone d'ombre dans la pièce.

— Mais non, apparemment…

Nulle part, on ne parlait de folie ou de comportement relevant de la démence. L'air soucieux, elle se souvint que les documents qu'elle avait découverts ne contenaient en réalité aucune information concrète. Personne ne semblait savoir quoi que ce soit sur l'homme qui vivait cloîtré dans une forteresse perdue sur les hauteurs de Hollywood. Bien sûr, on trouvait pléthore d'informations sur les diverses associations caritatives qu'il finançait depuis des années, sur les dons généreux qu'il faisait régulièrement aux divers refuges pour femmes de la ville.

En revanche, rien sur son passé. Aucun détail sur son identité, ni sur l'endroit d'où il venait. Il ne vivait à Los Angeles que depuis dix ans. Et rien ne permettait de savoir où il vivait avant de venir en Californie.

Comment expliquer cela ?

Les autres journalistes avaient-ils eu peur de lui pour mener une enquête approfondie ?

Se souvenant de l'éclair menaçant qu'elle avait lu dans ses yeux d'un bleu glacé, elle comprenait mieux maintenant une telle réaction.

En même temps, elle se demandait comment Kieran MacIntyre avait réussi le tour de force d'intimider toute la profession. Elle repensa à l'épée qu'il portait à sa ceinture et se demanda soudain si l'arme servait simplement à impressionner le monde extérieur.

Peut-être se débarrassait-il des journalistes assez téméraires pour ne pas se tenir à distance.

— Hum, voilà qui est rassurant, vraiment, marmonna-t-elle, un peu ébranlée.

Ses yeux étaient embués de sommeil, son estomac criait famine et elle n'avait pas cessé de se torturer le cerveau toute la nuit. Recroquevillée sur elle-même, elle entendait la voix de Kieran faire écho dans sa tête ; elle revoyait ses yeux, la profondeur d'un bleu abyssal qui semblait la transpercer de part en part. Et pire que tout, elle sentait encore le goût de ses lèvres sur les siennes.

Chacune de ses paroles résonnait sans fin dans sa tête. La peur se mêlait au désir et se perdait dans les méandres de ses souvenirs. Elle n'avait aucune preuve qu'il soit dangereux. Après tout, il ne l'avait pas tuée, alors qu'il en avait eu dix fois l'occasion.

— Super, admit-elle à voix basse. C'est tout à fait le genre de qualité primordiale que l'on peut rechercher chez un homme. Hé ! Il ne m'a pas encore tuée ! Ce doit être le bon. Ouais. Mon héros !

Dehors, la nuit avançait à pas lents. La fête continua quelques heures, avec son cortège de rires, de musique et de cris qui envahissaient sa chambre, pourtant située à l'autre bout de la maison.

Elle était à la fois heureuse et agacée de ce vacarme ambiant. Au moins ne se trouvait-elle pas seule dans une maison silencieuse, avec ses pensées folles pour unique compagnie.

Lorsque la soirée s'acheva enfin, son assurance ne disparut pas pour autant : elle savait que Kate et Alicia se trouvaient dans la maison avec elle.

Elle n'était pas seule.

Les yeux dans le vague, elle laissait son esprit vagabonder en attendant que l'aube se lève. Se balançant doucement dans son lit, elle voyait la nuit avancer, dérouler son manteau, puis s'éclipser inévitablement devant le jour naissant. Lorsque les premières lueurs de l'aurore teintèrent le ciel de rose et de violet, elle se rendit compte qu'elle se sentait plus à l'aise.

— Idiote, se sermonna-t-elle, à présent que la lueur du jour chassait les craintes intangibles qui la poursuivaient depuis des heures.

Elle se leva lentement de son lit, étira paresseusement ses muscles endoloris par cette nuit blanche et éteignit la lampe de chevet, puis la suspension. Elle avait passé toute la nuit à avoir peur, tout ça à cause d'un type qui embrassait bien et qui trimballait une épée avec lui, sans doute pour compenser un manque d'une autre nature. Il l'avait plongée dans une peur irraisonnée avec ses avertissements sinistres et, malgré cela, rien ne s'était produit.

Elle n'avait même pas été menacée.

Il l'avait simplement menée en bateau.

— Ça l'amuse de jouer les rôdeurs nocturnes? D'amener des idiotes dans mon genre à croire à toute son histoire d'homme mystérieux?

Elle rattacha une mèche de cheveux et laissa libre court à sa colère. Il lui semblait plus positif d'être en colère que terrorisée.

— Ça l'excite de faire peur aux filles avant de disparaître dans la nuit?

La voix de Julie résonnait dans sa chambre, sans pour autant lui apporter une once de soulagement. Il ne lui était rien arrivé et elle se sentait parfaitement idiote d'être restée enfermée à clé toute la nuit dans sa chambre sans dormir. Pourtant, une part d'elle-même restait persuadée que Kieran MacIntyre n'avait pas tenté de la tromper.

— Qu'est-ce que ça veut dire, alors?

Elle réfléchit une seconde, avant de répondre à sa propre question.

— Pour commencer, ça veut dire que tu parles toute seule à voix haute. Ce qui n'est pas bon signe. Si tu ne fais pas attention, ma grande, tu risques de devenir aussi folle que lui.

En poussant un gémissement sourd, elle étira à nouveau ses muscles engourdis, puis se rendit dans la salle de bains. Elle s'attarda longtemps sous le jet brûlant de la douche, espérant peut-être ainsi laver les dernières craintes qui la paralysaient.

Cependant, alors qu'elle se séchait, puis appliquait son habituel lait corporel parfumé au jasmin, elle se rendit compte que le visage de Kieran dansait toujours devant ses yeux. Lorsqu'elle fermait les yeux, elle sentait de même les mains de l'homme sur ses bras, sa bouche contre la sienne, les creux et les pleins de son corps contre le sien.

Alors, quelque chose en elle se mettait à frémir, comme un animal trop longtemps tenu enfermé. De toute évidence, il était temps qu'elle…

— Oh, bon sang, reprends-toi, ma fille…

En grognant, elle repoussa les images troublantes qui l'assaillaient, déterminée à ne pas continuer à se laisser perturber comme la nuit précédente. La peur lui avait tenu compagnie pendant de longues heures ; elle avait sursauté au moindre bruit suspect, le regard fixé sur le verrou de la porte de sa chambre ; elle s'était à peine détendue lorsque la fête s'était enfin terminée et que le silence était revenu dans la maison.

A présent, il lui fallait s'habiller et passer au

journal pour prendre ses notes à son bureau. Elle avait une interview de prévue dans la matinée avec Sélène, la coiffeuse des stars, qui apparemment n'avait pas de nom de famille. Avec une grimace, elle s'efforça de ne pas oublier que les articles de ce genre payaient bien et qu'ils étaient souvent retenus par les agences de presse.

Il ne lui fallut pas longtemps pour enfiler ce qu'elle considérait personnellement comme son « uniforme » : pantalon noir, chemisier blanc, veste et bottines noires. Pas exactement du dernier cri, mais, après tout, ce n'était pas elle qui servirait de modèle au photographe qui l'accompagnait.

Julie attrapa sa sacoche, s'assura qu'elle avait bien son Dictaphone, puis y glissa un bloc neuf et trois stylos. Ensuite, elle ravala les derniers vestiges de ses peurs nocturnes et sortit de la chambre en fermant à clé derrière elle.

Ses talons claquaient agréablement sur le carrelage du couloir qui menait à la cuisine. Arrivée sur le pas de la porte, elle se figea : on aurait dit qu'une bombe A miniature s'était abattue sur la maison. Des verres sales, des assiettes vides et des serviettes en tire-bouchon jonchaient le plan de travail central. Un verre avait été brisé, et des éclats étaient répandus à travers toute la pièce. Une tringle à rideaux pendait piteusement, retenue par une seule attache.

— Qu'est-ce que c'est que ce bazar ?

Elle fit un pas dans la pièce, entendit du verre crisser sous la semelle de ses chaussures et fit la grimace. Elle contourna le plus possible la zone sinistrée en longeant le mur pour gagner la double porte.

Sur le seuil du salon, de nouveau elle s'arrêta comme paralysée et poussa un long soupir dégoûté devant le spectacle de désolation qui s'offrait à elle. C'était encore bien pire que dans la cuisine. Les restes de ce qui avait dû être une soirée de tous les diables étaient éparpillés à travers tout le salon et la salle à manger. Les coussins du sofa traînaient çà et là sur le plancher, un homme avait oublié sa chemise, qui était étalée sur la table basse, avec une manche qui traînait par terre ; un bol de chips avait été renversé sur le sol, et son contenu écrasé en une multitude de miettes grasses et salées.

Une odeur de tabac froid flottait dans l'air, qui semblait presque défier la puanteur qui émanait des fonds de verres et de l'alcool renversé. Alors que, quelques minutes auparavant, Julie bénissait ses colocataires, à présent, elle avait envie de les étrangler.

Furieuse, elle traversa la pièce, repoussa des verres vides et posa sa mallette sur la table de la salle à manger. Elle se dirigea vers les fenêtres pour les ouvrir, puis, tout en continuant à marmonner des menaces affreuses, elle retourna dans le salon en essayant d'éviter de piétiner les restes qui jonchaient le sol, pour ouvrir la porte-fenêtre qui donnait sur le petit patio.

— Bon sang, Alicia, maugréa-t-elle, tandis que son pied droit glissait sur un petit tas de guacamole figé qu'elle n'avait pas remarqué, tu aurais pu au moins ramasser les ordures avant de t'effondrer !

Pour bien connaître les habitudes de sa colocataire, Julie imaginait sans difficulté qu'Alicia avait dû rencontrer un type au cours de la soirée, ce qui l'avait décidée à repousser le plus possible le moment de ranger. Alicia n'était pas exactement la cousine de M. Propre. Kate ne valait pas beaucoup mieux d'ailleurs sur ce point, même si elle avait au moins le bon goût de se sentir coupable d'avoir laissé du désordre.

Julie ouvrit la porte vitrée pour laisser entrer un peu d'air frais du matin et sentit sa colère monter d'un cran en apercevant Alicia qui lui tournait le dos, affalée sur l'une des chaises longues du patio. Elle était toujours vêtue de ses habits de la veille, elle n'avait même pas quitté ses souliers à talons ridiculement hauts qu'elle avait payés une fortune. Apparemment, la fête finie, les invités partis, elle avait voulu s'étendre un peu et s'était endormie.

Agacée, Julie sortit en trombe dans le jardin. Elle heurta du pied une bouteille de bière vide qui roula sur la dalle pour finir sa course dans un buisson le long du mur, dans un bruit de verre brisé. Julie soupira de nouveau et se retourna vers le patio. Alicia n'avait toujours pas bougé.

— Alicia ! appela-t-elle.

A ses pieds, un groupe de fourmis affamées s'attaquait à une petite montagne de cubes de fromage renversés sur le sol du patio.

Ses dernières craintes s'envolèrent pour céder la place à un dégoût agacé.

— Bon sang, Alicia, la maison est sens dessus

dessous et, je te préviens, ce n'est pas moi qui nettoierai vos saletés cette fois-ci !

En général, le grand ménage d'après-soirée revenait à Julie, pour la raison pure et simple qu'elle n'était pas capable de vivre dans le désordre. Alicia et Kate, quant à elles, accusaient une résistance peu commune au désordre ambiant.

Alicia n'avait pas bougé d'un pouce.

Loin d'intriguer Julie, cela ne fit que déchaîner sa fureur.

— Ho, Alicia ? aboya-t-elle. Tu es sourde, ce matin, ou quoi ?

Son amie ne broncha pas.

— Bon sang, soupira Julie.

Elle s'approcha du dossier de la chaise longue où dormait la jeune femme et la prit par l'épaule pour la secouer vigoureusement.

— Tu dormirais en plein bombardement, toi !

La tête d'Alicia roula doucement sur le côté. Ses longs cheveux suivirent lentement le mouvement, dévoilant une plaie béante à la naissance du cou, telle une parodie de sourire.

Instinctivement, Julie recula en apercevant le regard de sa colocataire...

Des yeux écarquillés.

Un regard vide.

La lumière matinale, légère, chaude et joyeuse, éclairait la mare de sang qui avait imbibé les coussins sur lesquels était étendue Alicia.

Des oiseaux chantaient dans les arbres. Une voiture passa en trombe dans la rue.

Sur le petit patio à l'abri du regard des voisins, Julie

sentit le monde basculer sous ses pieds. Inspirant profondément, elle poussa un cri d'horreur.

Elle criait toujours lorsque la première voiture de police fit irruption dans la rue.

4

Incapable de maîtriser les frissons qui la secouaient de la tête aux pieds, Julie se recroquevilla davantage sur le canapé. En remontant ses jambes sous elle, elle écrasa un paquet de chips ouvert qui traînait sur un coussin. Elle se rendait compte qu'au fond d'elle-même, elle essayait de devenir invisible, de fuir la réalité brusquement monstrueuse de ce monde.

Et cela lui était complètement égal.

Bon sang, ce qu'elle voulait le plus au monde, c'était fuir cette maison !

Fuir l'odeur du sang, ainsi que celle des lotions après-rasage de la douzaine d'hommes qui avaient pris possession des lieux.

Elle les regardait de loin, comme si elle ne parvenait pas encore à comprendre la raison de leur présence en ce lieu. Les techniciens de la brigade criminelle côtoyaient les policiers en uniformes, des radios crachotaient des bribes incompréhensibles et des conversations murmurées s'élevaient et retombaient par vagues, tandis que deux inspecteurs examinaient méthodiquement le patio où Alicia était toujours allongée. Tout ce petit monde semblait attendre qu'une preuve quelconque surgisse de terre en criant « Me voilà ! »

En promenant son regard dans le patio à présent dans l'ombre, Julie savait qu'elle ne pourrait plus jamais y remettre les pieds sans revoir le regard vitreux d'Alicia. Une brise légère entra par la porte-fenêtre, la faisant frissonner de plus belle.

Les techniciens faisaient virevolter leurs pinceaux, pour étaler sur toutes les surfaces possibles la poudre de graphite qu'ils utilisaient pour relever des empreintes digitales. Ils avaient bien conscience que tout cela était inutile, car la moitié d'Hollywood était passée dans cette maison la veille au soir, mais il y avait une routine à suivre, des règles à respecter, et Julie était trop sous le choc pour se préoccuper de ça.

Plus rien n'avait d'importance, à présent.

Alicia était morte.

Quant à Kate…

Un bruit métallique qui venait du fond de la maison fit sursauter Julie. Se levant brusquement du canapé, ignorant toutes les personnes présentes dans la pièce, elle se précipita vers le brancard que deux hommes poussaient vers la porte d'entrée.

— Kate, chuchota-t-elle, en tendant la main vers son amie.

Elle suspendit son geste. Le visage de Kate était paisible, même si sa peau, d'ordinaire ambrée, semblait plutôt pâle. Un pansement d'un blanc immaculé lui recouvrait la gorge, et ses bras étaient hérissés d'aiguilles reliées à des perfusions qui la maintenaient en vie. Julie sentit son estomac se retourner ; le sol semblait se dérober sous ses pieds et les larmes qu'elle pensait avoir épuisées se remirent à couler.

Comment cela était-il arrivé ?

Comment se pouvait-il qu'Alicia soit morte ?

Pourquoi Kate était-elle si gravement blessée ?

Que se passait-il donc dans cette maison depuis la veille au soir ?

— Excusez-moi, mademoiselle, dit sans ménagement l'un des urgentistes, avec un rapide regard vers sa patiente allongée sur le brancard. Reculez, s'il vous plaît. Nous devons l'emmener à l'hôpital.

— Il faut que je l'accompagne, je veux rester avec elle, murmura Julie, les yeux rivés sur le visage de Kate, comme si elle pensait pouvoir la convaincre mentalement d'ouvrir les yeux.

— Désolé, mais c'est impossible.

Il n'avait pas l'air désolé. Juste pressé. Il n'avait pas une seconde à perdre. Julie recula pour les laisser passer. Que pouvait-elle faire d'autre ? L'aveu de cette impuissance la rendait malade.

A peine une heure plus tôt, lorsqu'elle avait trouvé le cadavre d'Alicia, elle s'était précipitée dans la maison pour appeler la police. C'est alors qu'elle avait découvert Kate : elle était allongée sur le sol derrière le canapé. Au cou, elle portait la même blessure nette qu'Alicia, mais la coupure n'avait pas été assez profonde pour la tuer. Kate, bien que gravement blessée, respirait encore faiblement, Dieu merci.

Dans l'état actuel de l'enquête, la police pensait que Kate avait dû surprendre l'assassin d'Alicia, alors qu'il tentait de s'enfuir, et que celui-ci n'avait pas pris le temps de vérifier que sa seconde victime était bien morte.

Un tueur négligent ? Ou qui manquait de sang-froid ?

Devait-elle se sentir moins effrayée pour autant ?

Elle était complètement désemparée. Que faire ? Que penser de ce qui lui arrivait ?

La bouche sèche, les yeux embués de larmes, elle fit lentement un tour sur elle-même, comme pour s'abstraire de ce qui l'entourait et tenter de donner un sens à tout ça.

Mais comment faire ? Personne n'était jamais préparé à de telles situations. Normalement, les meurtres ne se produisaient pas chez vous, à votre domicile. Cela tombait toujours sur une pauvre âme, quelque part dans la ville, et l'écran de télévision se chargeait de maintenir le drame à une distance raisonnable. Les tueurs ne se glissaient pas dans votre maison pour tuer les gens qui vous étaient chers, en les laissant dans une mare de sang, comme des poupées désarticulées.

Dans la rue, devant la maison, des camionnettes de journalistes étaient déjà garées. Les nouvelles allaient vite, surtout quand toutes les chaînes de télévision et tous les journaux de la ville avaient l'oreille vissée sur la fréquence radio de la police. Pour l'instant, tous les journalistes s'étaient arrêtés à l'entrée de l'allée et attendaient, non par respect d'un certain code moral, mais parce qu'un cordon de policiers montait la garde.

Dans quelques heures, il n'y aurait plus personne pour les maintenir à distance. D'avance, elle redoutait ce moment. Elle connaissait suffisamment bien ses collègues pour savoir qu'ils ne la laisseraient pas en paix. Mais qu'avait-elle à leur dire ? Qu'une de ses amies avait été tuée et l'autre mortellement blessée ? Et qu'elle ne savait pas pourquoi elle-même avait échappé au pire ?

De toute évidence, ils ne se contenteraient jamais d'une telle réponse. A vrai dire, elle avait elle-même du mal à se résoudre à cela.

Pour être tout à fait sincère, elle avait une idée assez précise de la raison pour laquelle elle n'avait pas été blessée.

Ce n'était pas la première fois depuis le début de cette funeste journée qu'elle pensait à Kieran MacIntyre. La nuit précédente, dans la cuisine, il l'avait avertie d'un danger, lui conseillant de fermer sa porte à clé. Il voulait donc la protéger.

Comment savait-il ?

Et si c'était elle qui courait un risque, alors pourquoi était-ce Alicia qui avait été tuée ? Pourquoi Kate était elle en route pour l'hôpital, entre la vie et la mort ? Les choses auraient-elles été différentes si Julie avait parlé de l'avertissement de Kieran à Alicia ? Cela aurait-il changé quoi que ce soit ? Ces questions, elle le savait déjà, risquaient de la hanter encore longtemps.

— C'est bon, vous pouvez y aller, dit une voix grave venue du patio.

Julie se retourna et vit deux hommes vêtus de blanc qui soulevaient délicatement le corps d'Alicia. Elle ferma les yeux. Comme tous les Américains habitués à regarder la télévision, elle savait pertinemment ce qui allait se passer ensuite. Les deux hommes en blanc porteraient le corps d'Alicia jusqu'à un grand sac de plastique noir épais, puis remonteraient la fermeture Eclair et l'emporteraient à la morgue.

Alicia n'existerait alors plus que dans les statistiques d'une ville où la violence était la norme, pas l'exception.

— Miss Carpenter?

— Oui, dit-elle en ouvrant de nouveau les yeux.

Ce fut son badge qu'elle vit en premier : inspecteur Coleman. Il lui fallut ensuite lever les yeux pour le regarder. L'inspecteur était grand, au moins un mètre quatre-vingt-dix, sa chevelure était noire et épaisse, ses yeux marron et vifs, et il avait l'air soucieux. Il devait avoir une quarantaine d'années.

Il referma son carnet, qu'il glissa dans la poche de sa veste.

— Nous avons fini, pour l'instant, dit-il, en jetant un coup d'œil autour de lui. Mes hommes vont terminer de ratisser les lieux, et je pense qu'il vaut mieux que vous ne restiez pas ici.

— Je suis d'accord. C'était bien mon intention également, répondit-elle.

Elle croisa frileusement les bras. Non, elle ne voulait pas, elle ne pouvait pas rester une seconde de plus dans cette maison.

— L'un de mes hommes peut vous conduire jusqu'à un hôtel, proposa l'inspecteur.

— Non. C'est gentil, mais non, merci. Je ne suis pas encore sûre de l'endroit où je vais et…

— Ce n'est pas grave, l'interrompit-il avec tact. Je comprends. C'est très dur.

Il sortit une carte de son portefeuille et la lui tendit.

— Voici mon numéro. S'il vous revient à l'esprit quelque chose qui puisse faire avancer l'enquête, appelez-moi. Lorsque vous saurez où vous installer, dites-le-moi. Nous nous reverrons bientôt.

Julie garda les yeux fixés sur la carte un long moment, comme si elle tentait de lire à travers les larmes qui brouillaient sa vision.

— Merci.

Lorsqu'il s'éloigna, Julie le suivit des yeux. Elle resta immobile pendant une longue minute. Elle avait peur. Elle se sentait perdue.

Et seule.

Kieran écoutait d'une oreille distraite les conversations des policiers et des techniciens qui évoluaient dans le patio. Leurs spéculations ne l'intéressaient guère. Elles ne lui apprenaient rien. Il n'avait pas besoin de deviner quel genre de monstre avait tué l'une des amies de Julie Carpenter et grièvement blessé l'autre.

Il connaissait déjà la réponse à cette question.

Un sentiment de culpabilité l'envahissait et il faisait de son mieux pour l'ignorer. La culpabilité n'avait pas de place dans son quotidien de Gardien. Il vivait depuis des siècles, traversant le monde des mortels comme une ombre. Il accomplissait sa tâche et considérait qu'il n'avait pas à s'encombrer d'une quelconque culpabilité stérile et pitoyable pour ne pas avoir réussi à sauver une victime des griffes du démon. Sa mission n'était pas de sauver l'humanité. Il n'était qu'un guerrier. Son rôle se limitait à traquer et à tuer un démon, lorsque ce dernier s'était manifesté en faisant le premier pas.

Il ne pouvait rien faire pour ceux dont le destin était de mourir.

Il se souvint avec humeur qu'il avait bien tenté d'avertir Julie des dangers qui la guettaient. Il s'était efforcé de suivre la piste du démon une bonne partie de la nuit, mais comment prévoir que celui-ci allait revenir sur ses pas pour tuer sa proie dans cette maison ?

Pourtant, s'il ne s'était pas laissé distraire par Julie, il aurait peut-être été plus vigilant et aurait réussi à suivre le démon et à le rattraper avant qu'il n'ait une chance de faire de nouvelles victimes. S'il avait fait son travail avec sérieux, au lieu d'embrasser une femme dont il aurait mieux fait de se tenir à l'écart, il n'y aurait sans doute pas eu deux victimes supplémentaires ce matin-là.

— Quel fumier, marmonna un des policiers près de lui.

Kieran dut bien admettre qu'il avait raison. Et ce n'était que le début, pensa-t-il en contournant le policier accroupi sur les dalles du patio à la recherche de preuves qu'il ne trouverait jamais.

Les policiers ne remarquaient jamais sa présence. Les Gardiens avaient, en effet, le pouvoir de se rendre très discrets, si c'était nécessaire, à peine plus visibles qu'une ombre furtive.

Il entra dans la maison, balayant du regard la pièce, sans se soucier des techniciens, à la recherche de la femme qui avait survécu.

Pourquoi ?

Pourquoi avait-elle survécu ? Comment ce démon avait-il pu s'abandonner à la joie que lui avaient procurée ses deux premières victimes, au point de laisser échapper la troisième ?

Dans son champ de vision apparut une silhouette furtive. Il tourna la tête et reconnut Julie qui avançait d'un pas hésitant en direction de la cuisine. Instinctivement, il la suivit, tout en maintenant l'aura qui lui permettait de passer inaperçu.

A sa suite, il traversa la cuisine, puis s'engagea dans le couloir qui devait sans doute mener à sa chambre. Il percevait sa respiration saccadée, oppressée et les sanglots qu'elle s'efforçait de retenir. Il sentit, au fond de son cœur, quelque chose se réveiller et il aurait voulu pouvoir la réconforter.

Que pouvait-il faire ?

Julie entra dans sa chambre et ferma doucement la porte. Il eut juste le temps de se glisser subrepticement derrière elle. Le soleil entrait à flots par les fenêtres, aux rideaux grands ouverts. Pendant qu'il observait attentivement la chambre, Julie s'assit sur le bord de son lit et se prit la tête à deux mains.

Une vague de douleur, aussi peu familière que la culpabilité, s'abattit sur lui avec une férocité noire. Cela faisait des siècles qu'il n'avait pas tenté de réconforter quelqu'un. Il était certainement d'une incompétence flagrante dans ce domaine. Aussi décida-t-il de ne même pas prendre la peine d'essayer.

— Julie.

Elle sursauta en levant brusquement la tête et posa sur lui ses yeux verts, embués de larmes. L'espace d'une seconde, son visage trahit à la fois la peur et la surprise, qui furent bien vite remplacées par la fureur. En un clin d'œil, elle fut debout et se précipita sur lui, haletante, toutes griffes dehors, laissant libre cours à sa douleur et à sa colère.

— C'est de votre faute ! hoqueta-t-elle, en le fusillant du regard et en lui martelant le torse de ses poings fermés, c'est de votre faute. C'est vous le responsable. C'est vous qui avez provoqué tout cela.

Il lui prit fermement les mains pour arrêter ses coups. Et, au même moment, il ressentit la douleur de la jeune femme aussi sûrement que si cela avait été la sienne. La connexion entre eux vibrait dans l'air, presque palpable, l'attirant vers elle, tandis que son esprit le conjurait avec force de s'éloigner.

— Arrêtez, ordonna-t-il. Cela ne sert à rien.

— A rien ? dit-elle en se débattant pour se libérer.

Kieran finit par la lâcher, plus pour soulager sa conscience que pour lui faire plaisir.

— Plus rien ne sert à rien ! s'emporta-t-elle. Vous ne comprenez donc pas ? Alicia est morte. Et Kate est partie à l'hôpital avec des urgentistes qui donnaient l'impression de l'avoir déjà enterrée alors même qu'ils lui posaient une perfusion.

— Je sais.

— Vous savez…

Elle se mit à faire les cent pas à toute allure, ne s'arrêtant que pour lui lancer des regards furieux.

— Bien sûr, vous savez. Vous m'avez bien dit hier soir qu'il y avait quelque chose dans la maison. Quelque chose de dangereux.

Elle s'arrêta net devant lui, repoussa une mèche de cheveux et le regarda d'un air suspicieux.

— Et d'abord, qu'est-ce qui me prouve que ce n'est pas vous qui les avez attaquées ?

De nouveau il ressentit de l'agacement, autant à cause d'elle que de lui-même. Se passant une main dans les cheveux, il répliqua :

— Vous le savez. Vous le ressentez.

— Ce que je ressens surtout, pour l'instant, rétorqua-t-elle, en se frottant les bras, comme si elle avait soudain froid, c'est du dégoût, de la peur, de la colère... Oh mon Dieu. Alicia est *morte*. Vous comprenez ?

Il préférait encore la sentir ainsi en colère, car il ne savait que faire de sa tristesse soudaine, devant laquelle il était désemparé. Il soupira.

— Vous ne pouvez pas rester ici.

— Je suis au courant, merci. Vous me prenez pour qui ?

Elle lui tourna de nouveau le dos, marcha jusqu'à la fenêtre et contempla en silence les arbres du jardin. La lumière éclatante du soleil brillait autour d'elle, comme un halo doré.

— Jamais plus je ne pourrais vivre ici. Jamais. Je verrai toujours...

Sa voix se brisa.

— De toute façon, reprit-elle, les flics veulent que je plie bagages. Ils vont mettre la maison sous scellés pour l'enquête.

— Ils ne trouveront rien.

Intriguée par le ton catégorique, elle tourna la tête vers lui et le soleil illumina la moitié de son visage, laissant l'autre dans l'ombre.

— Qu'en savez-vous ?

— Parce que je sais ce qui a tué votre amie.

Elle fit un pas vers lui, puis s'arrêta.

— Si vous savez qui a fait ça, vous devez le dire à la police.

— Je n'ai pas dit « qui », corrigea-t-il.

— Mais de quoi parlez-vous ?

— Ce n'est rien.

Mieux valait en effet garder le silence sur tout cela. Elle ne le croirait jamais et cela ne ferait que compliquer davantage les choses.

— Prenez vos affaires. Je vous emmène chez moi. Là-bas, vous serez en sécurité.

— Vous ne m'emmenez nulle part.

Elle redressa fièrement le menton et lui lança un regard qui, pour elle, devait sans doute avoir le pouvoir de figer sur place tous les importuns du sexe masculin, mais qui n'eut aucun effet sur Kieran. Celui-ci, qui ne semblait pas impressionné du tout, ignora ses dernières paroles et, s'avançant vers la penderie, ouvrit les portes en grand et attrapa, dans un geste large, une brassée de vêtements, sans se soucier une seconde de ce qu'il emportait.

— Arrêtez !

Elle se précipita vers lui pour lui arracher les vêtements des bras, puis se plaça devant la porte de la penderie comme un soldat prêt à défendre le château de sa reine contre l'ennemi.

— Partez. Tout de suite. Je n'irai nulle part avec vous. C'est bien clair ?

— Je ne peux pas vous laisser seule.

Elle lui lança un nouveau regard assassin.

— Je ne me souviens pas vous avoir demandé votre avis. Je vais à l'hôtel.

Elle passa à côté de lui et se dirigea vers le lit pour y déposer ses vêtements.

— Bon sang, jeune femme, vous pensez que c'est fini, c'est ça ? s'écria Kieran en la prenant par les épaules pour la forcer à se retourner.

Il l'attira contre lui, l'obligeant à lever la tête pour le regarder. Le chignon lâche de Julie se défit et une cascade de cheveux auburn dégringola sur ses épaules. Malgré l'urgence de la situation, Kieran ne put s'empêcher de ressentir la puissance du désir renaître en lui et le tenailler. Il fallait qu'il la prenne, qu'il goûte son parfum. Pour nourrir ce lien qu'il sentait vibrer entre eux, voir par lui-même si ce que racontaient les vieilles légendes des Gardiens sur les Compagnes était vrai.

Il serra plus fort les bras de Julie. Lorsque son regard croisa celui de la jeune femme, l'espace d'un instant, il oublia le démon et sa mission. Pendant quelques secondes, il se perdit dans ses yeux verts et il sentit qu'une partie de lui-même répondait encore plus férocement à la furie qui montait en lui.

— Je n'ai pas de temps à vous consacrer, marmonna-t-il, en la dévorant des yeux.

— Alors, lâchez-moi, ordonna-t-elle, en tentant en vain de se dégager.

— Non.

L'attirant contre lui, il posa violemment ses lèvres sur les siennes, laissant sa propre colère prendre le dessus, s'abandonnant avec fureur dans ce baiser qu'il ne contrôlait pas. Aussitôt, des atomes puissants jaillirent entre elle et lui, les unissant dans un instant arraché au temps lui-même.

Le monde qui les entourait sembla disparaître dans une brume incertaine.

Il la tenait contre lui, emprisonnant sa bouche dans un baiser qui l'attirait jusqu'au bord d'un gouffre dont il ne soupçonnait même pas l'existence. Le souffle de Julie se mêlait au sien et il percevait les battements du cœur de la jeune femme à travers tout son corps, telles les vibrations d'un régiment de tambours. Il la relâcha un instant pour glisser les doigts dans la masse épaisse de sa chevelure, afin de l'attirer encore plus contre lui et se fondre en elle. Sa langue caressait la sienne avec voracité. Elle lui répondit aussitôt, se rapprochant de lui pour se blottir contre son torse, s'abandonnant totalement avec une volonté qui le laissa pantelant.

Julie sentit son corps tout entier s'embraser comme un ciel empli d'étoiles et de feux d'artifice. Depuis le sommet de sa tête jusqu'au bout de ses orteils, chaque centimètre de sa peau frémissait et vibrait. Le baiser de cet homme était une torture délicieuse et elle savait, au fond d'elle-même, qu'elle aurait dû y mettre un terme. Elle ne le connaissait pas. Elle ne savait rien de lui, excepté qu'il s'était trouvé dans la maison la nuit où Alicia avait été tuée. Et qu'il l'avait avertie du danger qui rôdait.

En fait, ce pouvait très bien être lui le tueur. Pouvait-il prétendre le contraire ?

La raison lui imposait de garder ses distances avec lui, de mettre fin à cette étreinte. Mais que devenait la raison lorsqu'elle ressentait ces frissons fabuleux lui parcourir tout le corps ?

Abandonnée contre lui, la poitrine écrasée sur son torse, elle sentit le bout de ses seins durcir. Ce qu'elle voulait plus que tout, c'était qu'il la touche, que ses mains caressent son corps brûlant. Elle mourait d'envie de savoir jusqu'où ces frissons pouvaient la mener. Avec un gémissement rauque, il la serra davantage contre lui, l'entourant de ses bras comme un étau.

Soudain, dans l'esprit de Julie, se mirent à éclater et vrombir de pensées qui ne lui appartenaient pas. Tandis qu'il étourdissait ses sens avec une passion qu'elle n'avait jamais connue auparavant, elle essayait de comprendre ces images qui lui étaient étrangères et qui surgissaient dans son esprit avec une intensité telle qu'elle parvenait à peine à les distinguer les unes des autres.

Un château, fièrement dressé sur des falaises surplombant un océan furieux. Des cavaliers en armures, dont les casques scintillaient au soleil. Des forêts à perte de vue. Un homme de taille gigantesque vêtu d'un baudrier de cuir qui la menaçait d'une large épée.

Julie ne put se retenir de pousser un cri étouffé, mettant fin à leur baiser. Lorsqu'elle rouvrit les yeux, elle s'attendait presque à découvrir le géant vêtu de cuir en face d'elle et à sentir l'épée passer en sifflant au-dessus de sa tête. Pourtant, il n'y avait personne d'autre que Kieran MacIntyre. Rien n'avait changé dans la pièce et, cependant, tout était différent. Son corps tout entier brûlait toujours de désir et dans son esprit s'agitaient encore des images et des souvenirs qui n'étaient pas les siens.

— Bon sang, qu'est-ce que c'était que tout ça ? chuchota-t-elle, en reculant d'un pas.

Kieran se passa une main sur le visage et poussa un profond soupir. Il semblait déconcerté, presque hagard, et ses yeux pâles se posèrent un instant sur elle, avant de se détourner à la hâte.

— Cela n'a pas d'importance.

Cette absence de réponse ne fit rien pour soulager les craintes de Julie. Au contraire. Elle constatait d'ailleurs que les yeux de Kieran MacIntyre avaient retrouvé leur suspicion et que son visage s'était de nouveau composé un masque froid et stoïque.

— Prenez vos affaires. Nous partons.

— Je n'irai nulle part avec vous, répéta-t-elle en reculant de nouveau. Je vous l'ai déjà dit. Pourquoi refusez-vous de le comprendre ?

— Je ne peux pas vous protéger si vous n'êtes pas avec moi.

— Oui, c'est ça. Et si c'était de vous qu'il fallait me protéger ?

— Bon sang, vous savez bien que cela n'est pas vrai. Vous l'avez compris, j'en suis sûr.

— Tout ce que je sais, c'est que vous débarquez un soir chez moi et que ma vie devient alors un enfer. En plus, ajouta-t-elle, en tentant de chasser les images qui lui brûlaient toujours l'esprit, vous êtes une espèce de taré hypnotiseur ou quelque chose dans ce goût-là. Vous me faites voir et penser des choses, en vous insinuant dans mon esprit.

— Je suis télé...

— ... télépathe, je sais. Vous me l'avez déjà dit.

— Cette sorte de... connexion entre nous n'était pas mon idée, s'emporta-t-il, l'air aussi furieux qu'elle. Je n'y suis pour rien.

— Bien. Parfait.

Elle leva les bras, puis les laissa retomber avec impuissance.

— Peu importe. Je ne suis pas intéressée par une connexion avec vous, quelle qu'elle soit.

« Menteuse », lui susurrait son esprit.

— Ce qui m'intéresse, en revanche, c'est ce que vous avez dit tout à l'heure : vous prétendez connaître l'assassin d'Alicia.

Ces simples mots la ramenèrent à la réalité. Ils lui donnaient le tournis et lui soulevaient l'estomac.

Alicia. Morte. Seigneur !

— Vous devez en parler à la police.

— Impossible.

— Comment ça « impossible » ? Vous n'avez pas le choix. Vous devez le faire !

— Cela ne servirait à rien. La police ne peut rien faire contre ce qui se passe en ce moment.

— Ce qui se passe ?

Julie, effarée, constatait que le cauchemar ne faisait qu'empirer de minute en minute.

— Laissez tomber, ça n'a pas d'importance. Tout cela ne vous regarde pas.

— Quoi ? Que dites-vous ? Evidemment que ça me

regarde ! Mon amie est morte. Et Kate est peut-être aussi morte, à l'heure qu'il est.

— La police ne peut pas retrouver l'assassin, ni le combattre. Je suis le seul qui puisse le faire. D'ailleurs, ajouta-t-il légèrement agacé, ils ne me croiraient pas si je leur disais la vérité.

— Si vous refusez d'aller leur parler, cracha Julie, moi j'irai.

Elle se sentait révoltée.

Contre lui.

Contre elle-même.

Bon sang, ses amies avaient été attaquées dans leur propre maison. L'une d'elles avait été tuée et elle, maintenant, ne trouvait rien de mieux à faire que d'embrasser un type qui était pourtant le suspect numéro un !

Kieran la rattrapa devant la porte.

— Vous ne pouvez pas faire ça.

— Ah oui ? Et qu'allez-vous faire pour m'en empêcher, alors ?

— Vous ne pouvez pas savoir. Vous n'avez jamais eu affaire à ce genre de tueur.

— Mais qu'est-ce vous croyez ? Jusqu'à ce que vous fassiez irruption dans ma vie, je n'avais jamais eu affaire à un tueur.

— Celui qui a attenté à la vie de vos amies n'est pas humain.

— Je suis d'accord avec vous, cette fois-ci. Ce type est un monstre, un fumier vicieux.

— Non…

Il sembla hésiter, comme s'il ne savait pas encore s'il devait ou non poursuivre.

— Ce n'est pas ce que je voulais dire, reprit-il enfin. Ce n'est vraiment pas un humain.

— Quoi ?

Julie le regarda, l'air perplexe. Les choses devenaient vraiment de plus en plus bizarres, inquiétantes. Elle recula d'un pas vers la porte de sa chambre, avec une vague idée en tête.

Elle pouvait rejoindre les policiers qui devaient encore fouiner quelque part dans la maison. Elle n'avait que quelques pas à faire pour trouver de l'aide. Ou crier. Ne surtout pas rester ici avec ce type qui était de toute évidence fou à lier.

Puis, elle se souvint que, lorsqu'il l'avait embrassée, elle avait perçu des souvenirs et des sentiments qui n'étaient pas les siens. Le plus fou des deux n'était peut-être pas celui qu'on croyait…

Les yeux pâles de Kieran se posèrent sur elle, comme pour la convaincre de le croire. De lui faire confiance. Sa voix résonna avec une insistance tranquille :

— Ce tueur n'est pas un homme. C'est un démon.

— Un démon.

— Oui.

— Dans le genre… infernal ?

— Oui.

— D'accord. Voilà qui répond au moins à une de mes questions. C'est bien vous qui êtes fou à lier.

5

— Je ne suis pas fou, assura Kieran. Mais si je reste une seconde de plus en votre compagnie, il n'est pas exclu que je le devienne.

— C'est très flatteur ; merci, répondit-elle, lui tournant le dos, en faisant un large détour pour l'éviter et regagner sa penderie.

— Je n'essaie pas de gagner vos faveurs, jeune femme, dit-il sans la quitter du regard. J'essaie simplement de vous sauver la vie.

— Oui, oui, tout ce que vous voudrez.

Elle s'empara d'une grande valise qu'elle jeta sur le lit, puis se dirigea vers une haute commode en acajou. Du premier tiroir, elle sortit en vrac une pile de culottes et de soutiens-gorge. Kieran détourna les yeux, peu désireux de savoir si elle portait des petites culottes roses, noires ou rouges.

Inutile d'alimenter avec ce genre de détails son cerveau déjà suffisamment fiévreux.

Il était désemparé. La mission ne se déroulait pas du tout comme prévu. Que faisait-il là, en compagnie de cette femme qui menaçait sérieusement son équilibre mental, alors que le démon qu'il devait combattre était sans aucun doute déjà en train de choisir sa prochaine victime ? Pourtant, il ne parvenait pas à se décider à laisser Julie Carpenter se débrouiller toute seule.

Elle n'avait aucune idée de la réalité du danger que représentait le tueur et ne pouvait soupçonner que le monde dans lequel elle vivait ne représentait qu'une petite portion de la vie universelle. S'il tentait de lui parler des autres dimensions parallèles qui côtoyaient son monde, chacune avec sa propre réalité, elle le prendrait à coup sûr pour un dément.

Bien sûr, il pouvait ne pas tenir compte de son avis sur cette question, mais plus elle le considérerait comme un illuminé dangereux, moins elle accepterait de se laisser protéger du démon.

Tandis qu'il ruminait ces pensées et un millier d'autres en plus, Julie continuait à s'affairer pour préparer son départ en remplissant sa valise. Elle plia des chemisiers, des sweat-shirts, des jeans, les empilant bien proprement les uns au-dessus des autres. Puis, elle disparut dans la salle de bains et il entendit des tiroirs s'ouvrir et se fermer. Lorsqu'elle ressortit de la petite pièce, elle portait deux vanity, un sèche-cheveux et plusieurs brosses.

— Je croyais vous avoir demandé de partir, rappela-t-elle en lui lançant un regard furtif.

— Je partirai en même temps que vous.

— Je ne comprends pas. Ce que je fais et où je vais ne vous regarde pas, dit-elle, en s'efforçant de parler d'une voix claire et forte.

— Ma patience a des limites, jeune femme.

— Et arrêtez de m'appeler « jeune femme » !

répliqua-t-elle, en fermant la valise d'un geste sec. Je m'appelle Julie, monsieur le rustre.

Kieran n'avait aucune envie de l'appeler par son prénom. Il craignait qu'elle prenne ainsi plus d'importance dans son existence, et c'était bien la dernière chose qu'il voulait. Si elle était bel et bien sa Compagne du Destin, il n'était pas du tout intéressé par une nouvelle expérience. Depuis la nuit où il avait été tué par l'amant de sa femme, Kieran s'efforçait de monter la garde de la porte de son cœur avec le même stoïcisme et la même détermination que devant les portails interdimensionnels.

Jamais plus il ne laisserait une femme l'ensorceler au point de le détruire.

Jamais plus il ne laisserait ses pulsions décider à sa place.

Puisqu'il lui fallait renoncer au besoin instinctif de la tenir à l'écart, il dit :

— Etant donné que vous refusez, contre tout bon sens, de venir vous réfugier chez moi, je vais au moins vous conduire jusqu'à un hôtel que je connais et qui est doté d'une surveillance digne de ce nom.

Elle souleva la valise du lit et la posa, tant bien que mal, sur le sol.

— Vous n'avez pas bien compris, « jeune homme ». Je ne veux pas de votre aide. Je n'ai pas besoin d'un chevalier servant. Je ne vous fais pas confiance.

Le visage de Kieran se ferma. Ces dernières paroles lui faisaient plus de mal qu'il ne l'aurait souhaité. Depuis des siècles qu'il montait la garde dans le monde des mortels, il avait gagné le respect des autres Gardiens, avait vaincu plus de démons qu'il ne pouvait s'en souvenir et plongé dans des situations infernales qu'aucun humain n'aurait pu imaginer. Tout cela n'était que son devoir.

Et voilà que cette femme refusait de lui faire confiance !

Ravalant les paroles acides qu'il sentait monter en lui, il s'empara de la valise avec une aisance troublante.

— Je n'ai pas besoin de votre confiance. Votre obéissance suffira.

Julie s'esclaffa bruyamment et croisa les bras d'un air dédaigneux.

— Ecoutez, ce n'est pas parce que vous embrassez bien que j'ai l'intention de devenir votre petit toutou. Personne ne m'a jamais dit ce que j'avais à faire. Personne, comprenez-moi bien. Et ce n'est pas aujourd'hui que ça va commencer. Je suis une grande fille et je prends moi-même mes décisions.

— C'était sans doute votre idée de fermer votre porte à clé la nuit dernière ? la provoqua-t-il, en s'approchant d'elle pour la forcer à reculer. Et c'était aussi votre idée de rester cloîtrée dans cette chambre, jusqu'au matin, hein ?

Julie rougit.

— Bon, d'accord. Je vous ai écouté hier soir… mais c'était simplement parce que j'avais peur de vous.

Elle lui prit la valise des mains et la reposa avec peine pour sortir la poignée rétractable.

— Au cas où cela vous aurait échappé, vous ne m'impressionnez plus.

— Au contraire, murmura-t-il, en guettant son regard d'une façon troublante. Je peux sentir les vagues de peur qui émanent de vous à l'instant même, aussi facilement que j'ai perçu votre abandon total lorsque nous nous sommes embrassés.

— Abandon ? demanda-t-elle, en regardant nerveusement autour d'elle, cherchant à fuir absolument ce regard qui risquait de tout remettre en question. Mais pour qui vous prenez-vous, mon vieux ?

— Vous vous êtes donnée à moi à cet instant, poursuivit-il en l'acculant contre le mur.

Kieran percevait sa peur et son désir, aussi palpables qu'une aura qui aurait dansé autour d'elle et l'aurait enroulée dans ses filets. De son côté, il lui fallut faire un effort pour résister à la tentation. Il lui toucha brièvement la joue, puis laissa aussitôt retomber sa main.

— Vous aurez beau le nier, nous savons tous les deux que ce lien existe. Nous percevons tous les deux la force de son attraction.

Elle prit le temps d'inspirer profondément et de se composer un visage impassible avant de répondre simplement :

— Non, vous vous trompez.

— Plus têtue qu'une mule, maugréa Kieran.

— Ah, vous avez remarqué ?

Kieran la regarda pensivement tandis qu'elle attrapait la poignée de sa valise.

— Bien, à présent, je vais aller à l'hôtel, annonça-t-elle en se dirigeant vers la porte sans lui accorder le moindre regard. Un hôtel que je choisirai moi-même.

La main sur la poignée de la porte, après une

brève hésitation, elle se retourna une dernière fois vers lui avant d'ajouter :

— Je ne veux plus jamais vous revoir.

— Oh que si, répondit-il doucement, en la perçant de son regard. C'est même la seule chose qui vous fait envie en ce moment.

Julie hésita un instant.

— Même si pour quelque obscure et mystérieuse raison, c'est vrai..., je n'ai pas l'intention de vous revoir. J'ai même l'intention de mettre le plus de distance possible entre vous et moi.

Kieran repoussa l'envie de la contredire une fois de plus. Continuer à discuter avec cette femme têtue serait inutile. Avec ou sans son accord, il avait bien l'intention de la surveiller de loin. Non seulement parce que le danger rôdait trop près, mais aussi parce que, si Julie était réellement sa Compagne du Destin, il aurait peut-être besoin d'elle pour réaliser cette mission.

A la nuit tombée, Julie s'était enfermée dans sa chambre d'hôtel. Les battements sourds de son cœur semblaient s'amplifier et occuper tout l'espace. Si seulement elle avait pu ne pas être seule ! Et terrorisée à ce point ! Si seulement...

— Avec des « si », on mettrait L.A. en bouteille, maugréa-t-elle en s'approchant des fenêtres qui donnaient sur le centre-ville.

D'habitude, lorsqu'elle voulait s'éloigner de la maison pendant quelques jours pour finir un travail urgent dans le calme, elle choisissait un hôtel plus proche. Un endroit plus calme et plus chic, comme le Château Marmont ou le Sunset Towers, par exemple. Ce soir-là, pourtant, les choses étaient différentes. Ce soir-là, elle avait cherché un grand hôtel, anonyme et sûr.

Le Westin Bonaventure était, de l'avis de tous, un superbe établissement. Ses cinq tours cylindriques de verre et d'acier étaient si célèbres qu'elles faisaient partie du décor de cette ville qui aimait l'exhibitionnisme éclatant. En revanche, aucune touche personnelle dans cette chambre. Ici, elle n'était qu'une cliente de plus parmi les quelques milliers de personnes qui, de jour comme de nuit, montaient et descendaient dans les ascenseurs de verre surplombant la ville.

Dans le film *True Lies*, Arnold Schwarzenegger et le cheval qu'il avait « emprunté » à un policier montaient dans un de ces ascenseurs, à la poursuite d'un terroriste. Ce soir-là, pourtant, ce n'était pas à la scène du film que Julie avait pensé en prenant l'ascenseur pour gagner sa chambre. Le regard perdu sur l'océan de lumières qui s'étalait à perte de vue, sous ses yeux, elle s'était demandé où le tueur pouvait bien se trouver à cette heure.

Elle doutait toujours.

Un « démon ».

Kieran avait prononcé ce mot avec une telle nonchalance, une sorte de « normalité », que Julie en tremblait encore. Y croyait-il vraiment ? Etait-il aussi fou que le tueur lui-même qui avait fait voler son monde en éclats.

Serrant frileusement ses bras contre elle, Julie

s'efforçait de chasser le froid glacé qui ne la quittait pas depuis des heures.

En vain.

— Je suis seule, murmura-t-elle, en scrutant les ténèbres constellées d'étoiles artificielles. Personne ne veille sur moi. Personne…

Elle n'arrivait pas à se défaire de cette impression que quelqu'un l'observait. Elle soupira, s'efforçant de se détendre. Mais la sensation funeste qui l'habitait depuis son arrivée à l'hôtel ne la quittait pas. Elle sentit les cheveux se dresser sur sa nuque et, sans réfléchir, elle tenta de les lisser de la main. Son pouls s'accéléra.

Sa vie redeviendrait-elle un jour la même ?

— Génial, Julie, se dit-elle, en colère contre elle-même.

Alicia était morte, Kate avait été placée en soins intensifs et luttait contre la mort…, et elle, elle s'apitoyait sur son sort parce qu'elle avait peur. Tirant brusquement les rideaux sur la grande baie vitrée, elle tourna le dos à la fenêtre. Une protection de plus contre le danger tapi quelque part à l'extérieur, au-delà de la vitre. Elle s'assit au bord du lit, décrocha le téléphone et composa un numéro qu'elle connaissait maintenant par cœur. Elle entendit trois sonneries avant qu'une voix de jeune femme ne se fasse entendre :

— Allô ?

— Kenna ? demanda Julie d'une voix pleine d'angoisse.

— Julie, dit la petite soeur de Kate. Comment ça va ?

— Pas terrible, admit-elle en tortillant le cordon du téléphone autour de son index. Quelles sont les nouvelles pour Kate ?

Kenna et toute sa famille s'étaient installées dans la salle d'attente de l'hôpital. Julie les aurait bien accompagnées, si elle ne s'était pas sentie aussi... *coupable* d'avoir survécu à cette nuit d'horreur, alors que Kate luttait en silence pour rester en vie.

— On ne sait pas grand-chose, répondit Kate, en chuchotant. Attends, je vais aller dehors. L'infirmière me fait les gros yeux parce que je me sers de mon portable à l'intérieur de l'hôpital.

Une longue minute passa avant que Kenna ne reprenne la parole.

— Julie ? Elle est toujours dans le coma. Les toubibs disent que c'est la façon que son corps a choisie pour lutter contre la mort. Je ne sais pas s'il faut les croire, mais ils ont dit aussi que son état s'était un peu stabilisé et qu'il fallait attendre.

— Tant mieux. C'est bon signe.

— Oui, sans doute. Mais tu la verrais, Julie... Qui aurait cru qu'une Noire puisse avoir l'air si pâle ?

— Mon Dieu, Kenna...

Julie lâcha le cordon du téléphone pour se passer la main sur le visage.

— Désolée, Julie, je suis vraiment désolée. C'est juste que je... je ne sais pas quoi dire. Alors, je fais des blagues pour ne pas me mettre à hurler en me tapant la tête contre les murs. Je me sens tellement impuissante, tu comprends ce que je veux dire ?

— Oui, répondit Julie qui ressentait exactement la même chose. Tu devrais retourner avec ta famille, maintenant. Ça ne te gêne pas que je rappelle pour prendre régulièrement des nouvelles ?

— Quand tu veux, Juju.

— Merci.

Longtemps après que Kenna eut raccroché, Julie resta assise sur le bord du lit, le combiné dans la main, prostrée, incapable de réagir.

Julie Carpenter était en sécurité dans cet hôtel. Pour l'instant. Kieran pouvait percevoir les doutes et les craintes qui la taraudaient et il ferma les yeux, tout en levant la tête vers les tours de l'hôtel. Il se concentra pour essayer d'entrer en contact avec elle, afin de la réconforter, d'apaiser la terreur qui allait sans aucun doute la maintenir éveillée une seconde nuit. Pendant quelques minutes, il tenta en vain de l'atteindre, puis renonça.

Soucieux, il constata que la connexion qui existait entre eux n'était pas assez puissante pour qu'il puisse activer ce lien à distance. Tant mieux, pensa-t-il. Il n'en voulait pas de ce lien, de toute façon.

Au moins avait-elle eu le bon sens de quitter son quartier. Elle était à présent suffisamment loin du lieu du premier crime pour que le démon, avec un peu de chance, ne prenne pas la peine de la chercher.

Pourtant, Kieran savait qu'il ne pouvait en être sûr à cent pour cent. Grâce à la voie express qui reliait maintenant le moindre recoin de la ville au centre, aucun quartier n'était plus isolé. Il aurait dû obtenir de Julie qu'elle accepte d'être enfermée dans son château. Là-bas, au moins, elle aurait été en sécurité.

« Quelle tête de mule », pensa-t-il, avec une moue désapprobatrice. Elle préférait risquer sa vie plutôt que d'accepter l'aide qu'il lui avait proposée. Peut-être était-ce mieux, finalement, car il n'avait pas vraiment envie de la voir traîner dans ses pattes. Elle ne ferait que compliquer des situations qui devaient rester limpides comme le cristal.

Cependant, une pensée agaçante le taraudait, l'empêchant de tourner, de façon définitive, le dos à cette femme. A en croire la vieille légende des Gardiens, une fois qu'il se serait uni physiquement à sa Compagne, il serait en mesure d'entrer en contact télépathique avec le démon qu'il avait mission de pourchasser... ce qui rendrait sa capture bien plus aisée.

Jurant à voix basse, il se passa la main nerveusement dans les cheveux. La mission en question devenait de plus en plus compliquée et incertaine. Depuis des siècles qu'il pourchassait ses proies, il s'en était toujours sorti victorieux, sans jamais avoir besoin d'une Compagne à ses côtés pour le faire.

Délaissant les tours scintillantes du Westin Bonaventure, il jeta un coup d'œil à la rue à travers le pare-brise de sa voiture et démarra. Julie était bien en sécurité là où elle se trouvait. Le démon ne l'avait pas suivie — il avait au moins cette certitude. Aucune trace énergétique résiduelle dans le quartier. Aucun parfum diabolique dans l'air de la nuit. Quel que soit l'endroit où il se trouvait à cet instant, le démon était concentré sur sa prochaine victime — pas sur la seule survivante de son dernier crime.

La sonnerie bruyante de son téléphone retentit. Il sortit brusquement l'appareil de la poche de son manteau et décrocha.

— Oui ?

— Ah, *amigo mío*, dit la voix grave de Santos. Tu n'as pas l'air d'humeur joyeuse. Le démon court toujours ?

Kieran enclencha une vitesse avec mauvaise humeur, desserra le frein à main et appuya sur l'accélérateur. Il quitta avec souplesse sa place de parking devant le Bonaventure et se glissa dans le trafic.

— Pour l'instant.

— Cela va changer.

— Tu m'étonnes…

— J'ai des informations à te transmettre.

Kieran tourna brusquement à droite, se dirigeant vers Figueroa.

— Je t'écoute.

— J'ai réussi à entrer en contact avec Rom.

Kieran cligna des yeux de surprise.

Romulus Durant.

C'était l'un des tous premiers Gardiens, un ancien centurion romain qui avait vu naître et mourir deux millénaires et qui avait la réputation de vivre reclus dans sa forteresse de Toscane, évitant même tout contact avec les autres Gardiens.

— Comment as-tu réussi un exploit pareil ?

— Cela n'a pas été chose facile, mon ami, admit Santos avec un soupir. C'est surtout Marguerite qu'il faut remercier.

Malgré lui, Kieran sourit. Il était surpris d'être capable de trouver une pointe d'humour au milieu du désastre de cette journée.

— Pas trop désagréable comme tâche, non ?

— C'est vrai, admit Santos. Mais c'est aussi une guerrière formidable.

La belle et fatale Marguerite Leclair avait autrefois été espionne et avait perdu la vie pendant la Première Guerre mondiale. Depuis, elle était devenue l'une des plus féroces Gardiennes.

— Je suppose que tu ne m'appelles pas pour me vanter les qualités de Marguerite, reprit Kieran, soucieux de revenir au plus vite sur le sujet qui le préoccupait. Qu'a dit Rom à propos des légendes sur les Compagnes ?

— Qu'elles étaient toutes vraies. Sans exception.

Kieran sentit un énorme poids envahir sa poitrine. Ce qu'il craignait venait d'être confirmé. Ce que Rom lui annonçait, il le savait — il en avait même eu la certitude à l'instant même où il avait posé les yeux sur une photo de Julie, qu'il avait eue entre les mains quelques mois auparavant. Il avait immédiatement compris que leurs âmes étaient liées d'une façon ou d'une autre. La véritable question était donc de savoir s'il avait envie de mettre fin à tout cela ou s'il souhaitait laisser cette connexion se développer.

Kieran freina devant un feu rouge, serrant le téléphone avec force, contre son épaule. Autour de lui, des néons de couleurs criardes déchiraient la nuit. Il balaya du regard les nombreux piétons qui traversaient avec nonchalance, puis les conducteurs des voitures qui venaient s'arrêter de chaque côté de la sienne.

Toujours être sur ses gardes. Telle était la devise des Gardiens.

Comment un Gardien pouvait-il maintenir la vigilance impassible requise, s'il avait une Compagne à ses côtés ? C'était stupide.

— Tu es toujours là, mon ami ?

— Oui.

— Et tu es disposé cette fois à m'expliquer pourquoi les légendes sur les Compagnes sont soudain si importantes à tes yeux ?

— Non.

Le feu passa au vert. Kieran écrasa l'accélérateur ; la voiture bondit en tête de la meute, telle une lionne affamée bondissant sur une gazelle.

Santos rit.

— Peu importe. Tu m'en as déjà dit beaucoup.

— Va te trouver un démon à tuer, Santos, marmonna Kieran avant de raccrocher brusquement.

Il fourra le téléphone dans la poche de sa veste et prit un virage sec vers la droite, dans la direction des canyons qui surplombaient la ville.

Les minutes s'égrainèrent tandis qu'il se concentrait sur la route et sur sa mission à venir. Il se faufilait dans la circulation avec habileté, ignorant les insultes agacées des autres automobilistes.

Il n'avait plus de temps à perdre. Le démon était toujours en train de s'acclimater à cette époque et à ce monde nouveaux pour lui. Kieran aurait donc encore l'avantage pendant quelques jours.

Il devait en profiter au maximum.

L'air de la nuit s'engouffrait avec force dans la voiture par les fenêtres ouvertes et, dans le vent puissant, il perçut enfin une odeur qu'il cherchait depuis longtemps. Chaude et nauséabonde, amère comme un mauvais vin qui aurait tourné au vinaigre. Avec un sourire, Kieran se gara silencieusement sur le bas-côté.

Là, dans les canyons, le terrain était plus accidenté et les maisons plus clairsemées. Là, les ténèbres s'étendaient en longues bandes informes, tandis que, dans le ciel, brillaient des étoiles invisibles à cause des lumières de la ville.

Kieran sortit de la voiture, mit les clés dans sa poche et attrapa son épée. Le visage levé vers le ciel, il huma le vent et se prépara à traquer le démon.

Il n'avait pas besoin d'une Compagne pour faire son travail.

Il n'avait besoin que de la hargne qui le poussait à agir.

6

Kieran quitta la route pour se glisser dans les fourrés dans lesquels il disparut. De la musique lui parvenait d'une maison, un peu plus loin. Sous les rayons de la lune, le paysage aux alentours baignait dans une fine poussière argentée.

Il entendit quelque chose remuer devant lui, mais il n'y prêta pas attention. Les lapins ne l'intéressaient pas. C'était un tout autre gibier qu'il chassait. Il s'arrêta pour humer de nouveau l'air, fermant les yeux pour se concentrer sur la piste du démon. Lorsqu'il réussit à la retrouver, il ouvrit brusquement les yeux et se glissa comme une ombre sur le coteau. Se camouflant comme seul un Gardien pouvait le faire, il se déplaçait sans être vu vers les hauteurs, évitant les buissons et les rochers, s'approchant à pas de loup de sa proie.

Il parvint à un petit monticule où la trace énergétique laissée par le démon était plus forte, comme si celui-ci s'était attardé à cet endroit. Il n'y avait pas de temps à perdre : il devait intervenir rapidement afin de déjouer ses plans, quels qu'ils fussent.

Il devait en finir.

Il ne voulait pas revivre ce qui s'était passé autrefois à Whitechapel.

Sur son passage, les grillons se taisaient et les créatures de la nuit suspendaient leur course ; la nuit elle-même semblait retenir son souffle, comme si le monde s'attendait à une explosion de violence imminente. Le vent tourna et les traces d'effluves que Kieran suivait évoluaient constamment en volutes tourbillonnantes. Mais il avait eu des siècles pour perfectionner ses compétences de pisteur et plus rien ne l'arrêterait, à présent.

Il progressait méthodiquement, d'un pas assuré, le souffle régulier, le pouls stable malgré le flot d'adrénaline qui se ruait dans ses veines. Tandis qu'il escaladait à grandes enjambées la colline, ses bottes crissaient sur les cailloux. Seule comptait sa mission. La mission qu'il accomplissait depuis des siècles.

C'était tout son univers.

La chasse aux démons. Il était né pour se battre. De son vivant, il avait servi sa reine. En tant qu'immortel, il était maintenant au service de l'humanité, même si celle-ci n'en avait nullement conscience. C'était son devoir. Rien ne pouvait remettre cela en question.

Kieran scrutait la nuit, explorant du regard chaque fourré, chaque ombre, chaque recoin. Il s'arrêta, retint son souffle, écoutant avec attention le moindre son qui pourrait le guider dans sa quête.

En vain.

Les mâchoires crispées, il inspira longuement et sentit que la piste refroidissait déjà. Agrippant son épée, il balaya du regard les collines alentour, l'oreille aux aguets. Les traces d'énergie résiduelle laissées par le démon devenaient de plus en plus ténues et fugaces. Plus il grimpait vers les hauteurs, plus la piste s'estompait. Le monstre était-il en train de lui échapper ?

Autour de lui, des maisons sur pilotis semblaient s'accrocher à la colline. Des patios étincelants de lumière se reflétaient dans de somptueuses piscines turquoise. Un claquement de portière, une voiture qui démarre en trombe, les aboiements d'un chien, un éclat de rire en cascade, la musique cafardeuse d'un air de blues…

Kieran refoula l'amertume qu'il sentait naître en lui en approchant du sommet de la colline. Ce n'était pas à cet endroit qu'il trouverait le démon, il le savait à présent. Ce monstre infâme était bien passé ici ; mais il était déjà parti, s'était fondu dans la foule nocturne.

Pourtant, il y avait bien… quelque chose.

— Bon sang ! jura-t-il, en apercevant un corps étendu sur le sol devant lui.

C'était un jeune homme d'une trentaine d'années environ. Il gisait au sommet de la colline, sur le gravier, à peine dissimulé sous un taillis, contemplant sans le voir le ciel de ses yeux vides, une expression de surprise figée pour toujours sur son beau visage. Kieran se demanda pourquoi ces jeunes gens avaient toujours l'air aussi étonné. Ils savaient pourtant qu'inviter un démon à séjourner dans leur corps était une expérience qui ne pouvait pas bien finir. Pourtant, les volontaires ne manquaient jamais.

Kieran s'accroupit près du corps pour l'examiner plus attentivement. Malgré l'obscurité, il put quand même apercevoir un léger voile de couleur autour du corps. Une misérable imitation d'arc-en-ciel, comme un halo incertain de couleurs, s'attardait toujours autour d'un corps fraîchement abandonné par un démon. La signature du démon était encore perceptible sur le corps de l'homme ; Kieran en déduit avec une certaine satisfaction que le démon n'était pas parti depuis longtemps.

Il l'avait donc raté de peu. Kieran se releva et parcourut du regard les collines. La bête, qui se trouvait là quelques instants auparavant, avait dû sentir sa présence et décidé de quitter ce corps en toute hâte.

Cela risquait de recommencer.

Comme à Whitechapel.

Passant de corps en corps, le démon torturerait et tuerait de nouvelles victimes dans toute la ville. Il s'engouffrerait dans le cœur et l'esprit du premier volontaire assez fou et assez mauvais pour l'accueillir. Ensuite, il commettrait tous les meurtres dont il rêvait en silence. A cet instant même, le démon était sûrement en train de prendre possession d'un nouveau corps. Quelque part dans cette ville, un humain acceptait d'accueillir en lui ce démon, de se nourrir de sa force et de sa rage, lui offrant en échange son corps et son âme.

Kieran rengaina son épée avec un crissement métallique. Il avait compris qu'il était inutile de s'attarder plus longtemps. Ce corps n'était plus qu'un vaisseau vide, à présent, et son ancien propriétaire était déjà en route pour l'enfer. Quant au démon, il pouvait maintenant se trouver n'importe où et Kieran devrait attendre avant de retrouver sa trace.

Attendre le prochain meurtre. Le prochain indice. La prochaine trace de son odeur dans les airs.

Il jeta un dernier regard au jeune homme qui avait accueilli le démon.

— Tu as été bien stupide, et maintenant tu le paies.

Il releva la tête et, balayant du regard le panorama qui s'offrait à ses yeux, s'adressa au démon :

— Si j'étais toi, je retournerais en enfer. Ça vaudrait mieux.

Il se mit à descendre sur le flanc de la colline pour rejoindre sa voiture.

Julie se déconnecta d'internet et referma son ordinateur portable. Cela ne faisait que deux jours qu'elle avait pris ses quartiers au Westin Bonaventure, deux jours qui lui avaient paru aussi longs que deux années. La pièce était trop petite pour pouvoir faire les cent pas et elle avait l'impression d'être en cage, sans pour autant parvenir à prendre la décision de partir.

Etait-ce à cela que ressemblerait sa vie, dorénavant ? Vivrait-elle toujours dans la peur ? Cette idée lui semblait tout simplement insupportable. Elle n'aimait pas se sentir impuissante et craintive. Elle ne voulait pas non plus devenir une de ces femmes qui se terrent et refusent de vivre, par crainte de ce qui pourrait leur arriver.

Pourtant, elle avait déjà survécu à un événement traumatisant que la plupart des gens ignoreraient toujours. Un tueur avait pénétré dans sa maison, s'y était promené, avait tué une de ses amies et grièvement blessé la seconde. Il aurait pu la tuer.

— Pourquoi ne l'a-t-il pas fait ? se demanda-t-elle à voix haute.

Tout en réfléchissant à cela, elle tapotait machinalement, avec la mine du crayon qu'elle tenait à la main, la liasse de papiers empilés sur la table. Les petits coups réguliers ressemblaient presque aux battements d'un second cœur, et cette idée lui plut. Tout plutôt que cette solitude insupportable.

Elle finit par reposer le crayon et, se remémorant les événements dramatiques des jours précédents, elle essaya de comprendre comment elle avait réussi à y échapper. Etait-ce vraiment grâce aux avertissements et aux injonctions de Kieran ? Lui avait-il réellement sauvé la vie en lui conseillant de s'enfermer à double tour dans sa chambre ? Ou Alicia était-elle la cible initiale depuis le début, ce qui signifierait que Julie était en sécurité, quelles que soient les circonstances.

Les gens bizarres ou dérangés ne manquaient pas dans ce monde, elle le savait. En tant que journaliste, elle avait eu à relater de nombreuses histoires de ce genre. Alicia était une actrice qui avait joué dans une dizaine de séries. Des petits rôles, certes, mais cela ne suffisait-il pas pour qu'un fan un peu perturbé se mette à la harceler ? Et, si c'était le cas, Kate aurait-elle été une simple erreur de parcours qui s'était trouvée au mauvais endroit, au mauvais moment ?

— Oh mon Dieu !

Ce genre de spéculations ne servait à rien. Elle se sentait impuissante et cela la mettait hors d'elle. Elle qui avait l'habitude d'agir, de travailler, d'étudier un problème sous tous les angles et de le décortiquer jusqu'à le comprendre parfaitement.

Elle posa une main sur la pile de papiers posée sur son bureau. Son imprimante portative n'avait pas cessé de fonctionner ces derniers jours. Julie avait entré le nom de Kieran MacIntyre dans un moteur de recherche et avait suivi chaque piste internet trouvée. Elle n'avait pas encore épuisé toutes les sources. Il existait toujours des poches d'information à extraire, des secrets attendant d'être révélés et des vérités en attente d'être découvertes.

Pourtant, elle avait été étonnée de constater qu'elle avait trouvé peu de chose sur ce multimillionnaire pour le moins discret. Rien sur sa famille. Ni sur l'endroit où il avait grandi. Ni sur la façon dont il avait amassé sa fortune.

— Pour voir le bon côté des choses, marmonna-t-elle en se levant pour gagner la grande fenêtre, nulle part il n'est fait allusion à une éventuelle démence.

Elle avait eu beau pousser ses investigations aussi loin que possible, elle n'avait trouvé aucune trace de troubles psychiatriques, aucun rapport d'accrochage avec la justice… *rien*.

Cela énervait d'ailleurs la journaliste qu'elle était. Il existait toujours des informations. Toujours.

Les gens ne vivaient jamais sans laisser de traces. Pourtant, c'était exactement ce que Kieran MacIntyre semblait avoir réussi à faire.

Elle ouvrit les rideaux pour contempler avec avidité, par la grande baie, le monde extérieur, comme un prisonnier lorsque sonne son heure de promenade. Le soleil couchant maculait le ciel d'or et de rose profond, adoucissant l'austérité des nuages noirs qui avaient menacé toute la journée, sans pourtant jamais déverser leur chargement d'eau.

Quelque part dans cette ville, le tueur poursuivait tranquillement le cours de sa vie. Peut-être était-il assis à la terrasse d'un restaurant ou d'un café, ou installé confortablement dans une salle de cinéma, ou encore coincé dans un embouteillage. Il réfléchissait sans doute à ses meurtres, se remémorant peut-être même chacun des détails avec un plaisir pervers.

Julie frissonna en serrant entre ses mains le rideau épais. Le tueur circulait à l'aise dans la ville, en toute impunité, tandis qu'elle était confinée dans cette chambre d'hôtel, comme une prisonnière terrorisée.

Non, décidément, ce n'était pas juste.

Rien de toute cette histoire n'est juste. Kate ne méritait pas de se retrouver à l'hôpital et Alicia ne méritait pas de mourir.

La télévision de la chambre d'hôtel était restée allumée en permanence sur la chaîne d'informations : elle se retourna vivement vers l'écran en entendant le présentateur annoncer un reportage sur le « Tueur d'Hollywood ».

Une photo d'Alicia apparut à l'écran, suivie de

celle de la première jeune femme retrouvée morte sur Hollywood Boulevard.

Julie, les bras croisés frileusement, retenait son souffle, tandis que le présentateur, avec une indifférence manifeste, lisait son prompteur et parvenait même à sourire à la caméra.

— Quelques femmes assassinées ne représentent rien de plus qu'un fait divers parmi d'autres pour eux, se dit Julie, furieuse devant une attitude aussi cavalière qu'elle jugeait déplacée, furieuse également envers elle-même qui ne parvenait pas à détacher les yeux de l'écran.

S'emparant compulsivement de la télécommande, elle éteignit la télévision. Le silence soudain la fit frissonner. Elle sentait qu'elle ne supporterait plus cette chambre très longtemps. Elle ne pouvait plus rester là, à se demander ce qui pouvait bien se passer dehors.

Elle devait agir.

Faire quelque chose.

N'importe quoi.

Peut-être aurait-elle dû parler à la police de Kieran MacIntyre. Des avertissements pressants qu'il lui avait prodigués. De sa fichue épée, bon sang !

Elle n'avait rien fait. Un instinct mystérieux l'avait poussée à garder le silence et, à présent, elle se demandait si elle n'avait pas eu tort.

Un bref coup frappé à la porte la fit sursauter violemment. Avec un rire sec, elle se moqua d'elle-même et de ses nerfs fragiles.

— C'est sans doute le garçon d'étage, marmonna-t-elle en se dirigeant vers la porte.

Instinctivement, elle jeta un œil par le judas : deux yeux d'un bleu glacé la regardaient avec une intensité qui la fit reculer, tandis qu'une bouffée de chaleur et d'angoisse l'envahissait.

— Ouvrez cette porte.

La voix grave de Kieran lui parvint clairement de l'autre côté de la porte, semblant rebondir sur chacune de ses terminaisons nerveuses. Julie se rendit compte que ses mains s'étaient mises à trembler et que son cœur s'était à nouveau lancé dans sa poitrine dans une folle cavalcade impossible à maîtriser.

— Que me voulez-vous ?

« Gagne du temps », pensa-t-elle, alors qu'elle tendait déjà la main vers le verrou.

— Jeune femme, je dois vous parler et je n'ai pas l'intention de le faire depuis le couloir, à travers cette porte. Ouvrez-moi tout de suite, sinon, je vous jure que c'est moi qui m'en occuperai.

Elle s'immobilisa, la main sur le verrou. Allait-elle obtempérer ? Quel genre d'écervelée laisserait un individu de ce genre entrer dans sa chambre ? Il y avait actuellement un tueur en cavale dans la ville et rien ne prouvait que ce n'était pas lui.

Pendant que cette pensée surgissait dans son esprit, des arguments contraires se présentaient à elle. Ce n'était pas lui le tueur. Il avait eu dix fois le temps et l'occasion de la tuer le soir de la fête — sans parler du lendemain. Mais, qui sait ? C'était peut-être ça, son plan. Peut-être aimait-il gagner la confiance de ses victimes avant de les tuer !

— Alors, tout va bien, murmura-t-elle. Parce que je ne lui fais pas confiance.

A travers le judas, elle vit un éclair furieux passer dans les yeux de Kieran et les muscles de sa mâchoire tressaillir. Elle pouvait presque le voir vibrer de force contenue, de puissance et de colère. Après un long moment, il soupira et dit d'une voix tendue :

— Si. Vous me faites confiance. Cela vous contrarie, mais c'est comme ça et vous n'y pouvez rien.

Ces mots suffirent à faire réagir Julie. Elle recula brusquement d'un pas, tira d'un geste rageur le dernier verrou qui était resté fermé et ouvrit la porte pour le fusiller du regard.

— Je vous interdis de vous promener comme ça dans mon esprit, d'accord ?

Il entra et passa à côté d'elle sans un mot. La chambre sembla aussitôt rétrécir tant sa stature était imposante. Julie claqua la porte derrière lui, se faisant elle-même sursauter. Il se tenait au milieu de la pièce, silencieux et attentif à étudier avec soin la décoration impersonnelle de la pièce, comme s'il était à la recherche d'un danger dont elle n'aurait pas eu conscience.

— Je n'avais pas besoin d'entrer dans vos pensées pour savoir que vous me faisiez confiance, dit-il en se tournant lentement vers elle. Puisque vous n'avez pas parlé de moi à la police…

— Peut-être que j'attendais le bon moment pour le faire.

— C'est faux. Vous ne leur direz rien.

— Vous semblez bien sûr de vous, rétorqua-t-elle, en s'adossant à la porte, les bras croisés dans la posture classique de la défiance.

Les yeux de Kieran étaient impassibles. Dans

leur profondeur glacée, elle voyait passer, telles des ombres furtives, des pensées qu'elle ne pouvait interpréter. D'ailleurs, elle préférait ne pas savoir. Pourtant, elle se sentait vaguement rassurée par sa présence. Seigneur, elle était restée seule trop longtemps et ses pensées avaient eu tout le temps nécessaire pour vagabonder à leur aise. Son imagination débordante avait eu tout loisir de fonctionner à plein régime.

Le danger semblait suivre cet homme comme un chien suit son maître... Pourtant, malgré sa présence, elle ne se sentait pas menacée. A quoi jouait-elle ? Avait-elle commis une erreur fatale rien qu'en le laissant entrer dans cette chambre ?

— Que voulez-vous ? demanda-t-elle en décroisant les bras pour glisser les mains dans ses poches. Que venez-vous faire ici ?

— Je suis venu vous sortir d'ici.

Alors que, quelques minutes auparavant seulement, elle mourait d'envie de quitter ce lieu, elle réagit vivement, dans une attitude de défense.

— Je ne vais nulle part.

— Je ne peux pas continuer à traquer le démon tout en vous protégeant ici.

— Vous avez..., commença-t-elle, bouche bée.

— Oui, j'ai veillé sur vous.

Elle comprenait maintenant cette impression qu'elle avait eue d'être observée chaque fois qu'elle ouvrait les rideaux. C'était d'ailleurs pour cela qu'elle les avait gardé fermés le plus souvent. Pourtant, entendre Kieran avouer qu'il avait veillé sur elle pendant tout ce temps était un peu déroutant.

— Pourquoi ?

— Vous le savez bien, répondit-il brièvement. Le tueur vous connaît ; vous êtes en danger.

Julie eut l'impression qu'une main glacée venait de se refermer sur son cœur et un long frisson la parcourut des pieds à la tête.

— Le danger vient du tueur, pas de vous.

— Voilà.

— Comment puis-je en être sûre ?

— Ecoutez... Je ne vais pas continuer à jouer à ce petit jeu avec vous très longtemps, Julie Carpenter.

Il s'était avancé si rapidement qu'elle ne l'avait même pas vu bouger. Soudain, il était là, devant elle, les mains posées sur ses avant-bras. Elle sentait le contact de ses doigts sur sa peau, juste sous les manches de son pull en cachemire anthracite.

D'autorité, il la fit s'éloigner de la porte.

— Vous savez pertinemment que je ne représente aucun danger pour vous. Vous devez comprendre que je peux vous protéger. Mais pas ici.

Elle se laissa entraîner sur la pointe des pieds, s'efforçant de conserver l'équilibre, mais elle savait que c'était en vain. Malgré ses talons plats, le simple fait de sentir les mains de cet homme posées sur elle suffisait à la faire chavirer. Son parfum, une eau de toilette épicée et virile, aux tonalités de bois et de cuir, s'infiltrait en elle, troublant son esprit et embrumant son jugement.

Elle sentit une forte chaleur venue des mains de Kieran se propager peu à peu le long de ses bras, jusqu'à ce qu'elle explose au plus profond de sa poitrine comme une boule de feu. Sa gorge se serra et sa bouche devint sèche ; elle avait soudain du mal à respirer. Les yeux plongés dans ceux de l'homme, elle eut l'impression d'apercevoir une âme aussi vieille que le monde.

Quoi ?

— Je suis le seul à pouvoir vous protéger.

Elle sentait son haleine chaude sur son visage.

— Pourquoi devrais-je vous croire ? s'entendit-elle demander, en se félicitant d'avoir été capable d'articuler une phrase entière.

— Parce que vous savez que je vous ai toujours dit la vérité. Le tueur est un démon. Je suis le seul à pouvoir retrouver sa trace. Le seul à pouvoir vous protéger de lui.

— Je ne crois pas aux démons, dit-elle doucement. Au mal, oui. Mais pas aux démons.

— Ils sont pourtant aussi réels que vous et moi, répondit-il en l'attirant plus encore contre lui, mêlant son souffle à celui de Julie. Et celui-ci continuera son œuvre jusqu'à ce que je l'arrête.

Son regard plongea dans les yeux de la jeune femme et, tel un hypnotiseur, il l'apaisa en un instant. C'était étrange, alors qu'en revanche, le simple contact de sa main suffisait à lui embraser les sens.

Julie posa ses mains à plat sur la poitrine du Gardien. Le cuir de sa veste noire lui sembla d'une fraîcheur agréable. Un contact bien réel. Solide. Les battements de cœur qu'elle percevait l'assuraient qu'il était bien humain, malgré tout ce qu'il avait raconté.

En quelques jours à peine, son univers tout entier,

tout ce qu'elle connaissait et considérait comme acquis et évident, avait été bouleversé de façon irrévocable. Debout au milieu des vestiges de ses anciennes certitudes, Kieran MacIntyre représentait le seul élément qui ait encore un sens à ses yeux.

C'était le monde à l'envers.

— Acceptez-vous de me suivre ?

Elle ne pouvait rester indéfiniment dans cet hôtel. Elle ne pouvait pas non plus rentrer chez elle.

Elle n'avait pas le choix.

— Oui.

Kieran soupira. Cet accord qu'il sollicitait depuis longtemps allait bien sûr lui compliquer la tâche. Le corps de cette jeune femme, si proche du sien, était une distraction dont il n'avait pas besoin. Mais pouvait-il en être autrement ? Le démon venait de changer d'enveloppe et le dernier meurtre remontait à deux jours. Il n'avait aucune piste à suivre pour le moment. Il lui faudrait attendre et laisser la créature agir de nouveau avant de pouvoir retrouver sa tracc.

Pour l'instant, tout ce qu'il pouvait faire, c'était emmener Julie dans un endroit sûr, pendant que, de son côté, il continuerait à arpenter les collines et les routes autour d'Hollywood.

— Depuis combien de temps vivez-vous ici ? demanda la jeune femme lorsque la double grille de fer forgé s'ouvrit à l'approche de la voiture.

— Depuis longtemps.

Kieran ne lui en dirait pas plus. De toute façon,

elle ne le croirait pas s'il lui disait la vérité. Par ailleurs, il n'avait aucun intérêt à lui divulguer plus d'informations. Compagne du Destin ou non, il ne voulait pas lui faire de place dans sa vie.

S'il pouvait l'utiliser pour renforcer ses pouvoirs, pister et capturer le démon plus facilement, tant mieux. En revanche, la perspective de passer l'éternité avec une Compagne le laissait de marbre.

Il conduisit la voiture le long d'une allée bordée de grands arbres, jusqu'en haut d'une colline qui surplombait Los Angeles. Il vivait dans cette maison depuis plus de cinquante ans. Afin d'éviter de faire naître des rumeurs, il prétendait à présent être son propre fils. L'immortalité avait des avantages, mais dès que l'on restait trop longtemps au même endroit, le commun des mortels commençait, à juste titre, à se poser des questions auxquelles il n'y avait pas de réponses.

Une seconde grille s'ouvrit en grand, lorsqu'ils atteignirent le sommet de la colline, pour se refermer aussitôt derrière eux.

Ils s'approchaient de la maison, que l'on entrevoyait derrière un rideau d'arbres.

— On dirait que ce n'est pas trop votre truc, les visiteurs, fit remarquer Julie.

Kieran jeta un rapide coup d'œil vers elle dans la pénombre naissante et vit un petit sourire espiègle se dessiner sur son visage.

— En effet.

— Eh bien, voilà une réponse qui a au moins l'avantage d'être honnête !

— Alors, vous allez être servie, dit-il en franchissant

un dernier virage pour se garer en douceur devant une immense demeure qui ressemblait plus à un château médiéval qu'à une maison sur Hollywood. Mais je tiens à vous dire ceci : Si vous tentez d'écrire quoi que ce soit sur moi, sur ma demeure ou sur ce que vous allez découvrir lors de votre séjour ici..., je vous fiche mes avocats aux fesses. A vous et à votre journal.

Julie leva les sourcils, surprise.

— Houla ! Honnête et sympa, avec ça ! Ecoutez, je ne suis pas ici en tant que journaliste, alors détendez-vous, d'accord ?

— Parfait, approuva-t-il en coupant le moteur ; il ouvrit sa portière, puis ajouta : Allez à l'intérieur. Je m'occupe de votre valise.

Julie descendit de la voiture. Il la vit balayer attentivement du regard l'immense bâtisse qu'il avait fait construire bien des années auparavant et l'entendit pousser un long sifflement admiratif, tandis qu'il se dirigeait vers le coffre pour en sortir la valise.

Levant à son tour les yeux vers la façade, il tenta de voir sa maison comme elle le faisait, avec un regard neuf. L'imposante bâtisse en pierre de taille s'élevait sur trois étages. Des fenêtres à petits carreaux étincelants laissaient apercevoir les lumières de l'intérieur. A chaque extrémité de la demeure, une tourelle se dressait fièrement, offrant une vue imprenable sur la vallée et la ville qui s'étendait au pied de la colline.

Tout le long du toit, un véritable chemin de ronde lui offrait un endroit pour marcher, méditer sous les étoiles, réfléchir et planifier en toute tranquillité sa prochaine mission.

Julie se tourna vers lui.

— C'est magnifique.

— Merci, dit-il avec un bref hochement de tête.

Elle le suivit dans l'escalier de pierre qui menait jusqu'à une double porte en chêne massif.

— Je n'arrive pas à croire que je n'ai jamais vu de photo de cette maison. Les magazines d'architecture et de décoration d'intérieur adoreraient la prendre en photo, pour en faire un reportage.

— C'est ma maison, dit-il en lui lançant un regard par-dessus son épaule. Pas une curiosité.

— Vous avez tort, insista-t-elle, en tournant la tête dans tous les sens et de haut en bas pour admirer les sculptures dans la pierre et les vitraux. Si les gens savaient à quoi ressemble cet endroit…

Il s'arrêta brusquement, si bien que Julie vint se cogner contre lui. Le regard fixé sur elle, immobile, il attendait en silence.

— Pardon. D'accord. Pas d'articles. Pas de photos.

Kieran hocha la tête et ouvrit la porte, avant de s'écarter pour la laisser passer la première. Il entendit le petit soupir d'appréciation qui lui échappa lorsqu'elle perçut le léger parfum d'agrumes qui flottait dans l'air.

Sur la gauche, un rai de lumière descendait depuis la bibliothèque jusque sur le sol de marbre du hall d'entrée. En face d'eux, des tableaux dans des cadres de bois, presque aussi grands que Kieran lui-même, étaient alignés sur les murs de chaque côté d'un couloir qui semblait faire un kilomètre de long. Une énorme brassée de roses reposait dans un élégant vase de cristal, posé sur une petite table en bois poli au pied de l'énorme escalier de pierre qui menait à l'étage.

Julie fit lentement un tour sur elle-même pour tout observer, bouche bée, les yeux étincelants de plaisir devant chaque nouveau détail qu'elle découvrait. Kieran fut surpris de constater qu'il ressentait une vraie satisfaction en la voyant apprécier de la sorte cette demeure que lui-même adorait.

— C'est tout simplement somptueux, dit-elle, en se tournant finalement vers lui, avec un sourire radieux. Vraiment. Les mots me manquent.

— Merci. Je vais vous montrer votre chambre.

Elle le suivit dans l'escalier ; ses chaussures plates ne faisaient aucun bruit contre les dalles de pierre. Au second étage, il s'avança jusqu'à la quatrième porte sur la droite, l'ouvrit et s'effaça pour la laisser passer. A peine avait-elle franchi la porte qu'elle s'arrêta.

Si l'aspect extérieur de la maison l'avait laissée sans voix, la chambre qui semblait l'attendre lui arracha un cri étouffé. Les murs étaient peints de bleu pastel et un lit à baldaquin en merisier, assez large pour accueillir cinq personnes, trônait au milieu de la pièce. Sur la coiffeuse, un autre bouquet de roses se reflétait dans un miroir qui soulignait sa beauté flamboyante.

En s'avançant un peu, Julie aperçut une salle de bains privée attenante, deux fois plus vaste que sa propre chambre à coucher. Des carreaux verts et blancs recouvraient le sol et la niche de la douche. La baignoire à remous d'un vert tendre était placée juste sous une rangée de fenêtres dotées d'un large rebord sur lequel avaient été arrangés des paniers d'osier emplis de petits flacons de shampooing et de savons.

Aucun hôtel cinq étoiles n'aurait supporté la comparaison.

De retour dans la chambre, Julie aperçut Kieran qui posait sa valise sur le lit, en lui jetant un regard furtif.

— Vous devriez être bien, ici.

— Oui, approuva-t-elle, en regardant autour d'elle et en découvrant avec plaisir une terrasse privative dissimulée derrière des voilages diaphanes. C'est ce qu'il me semble aussi.

— Faites comme chez vous, ajouta-t-il simplement. Le dîner sera servi dans une heure.

Il la laissa seule. Elle se dirigea aussitôt vers la porte-fenêtre et sortit sur la terrasse en se demandant si elle pourrait jamais vraiment « faire comme chez elle ». Après tout, elle connaissait à peine cet homme. Bien sûr, elle n'avait rien trouvé d'horrible le concernant sur internet, mais cela signifiait-il vraiment quelque chose ?

Elle sentit un courant d'air frais caresser sa peau et un frisson lui parcourut l'échine.

A l'hôtel, elle s'était sentie enfermée, comme dans une cage. Ici… Elle se retourna et s'appuya contre la balustrade pour observer sa chambre de rêve.

N'était-ce pas également une cage ? Une cage dont il serait encore plus difficile de s'échapper ?

Avait-elle fait le bon choix en faisant confiance à Kieran ?

Ou venait-elle de se précipiter tout droit dans la gueule du loup ?

7

La bête avançait nerveusement dans la salle de cinéma. Elle changea trois fois de fauteuil avant de s'installer finalement derrière une jolie rouquine au parfum fleuri et... plein de promesses. Autour d'elle, les gens chuchotaient tranquillement. Puis, lorsque l'écran s'anima, le silence s'installa progressivement.

Intéressant, le film, oui. Mais la bête avait des choses autrement plus intéressantes en tête que des bribes d'images animées.

Le Gardien avait bien failli l'attraper, ce soir-là. Il s'était même tellement approché de lui que le démon avait été obligé de fuir le corps de son hôte bien plus tôt que prévu. Pourtant, pensa-t-il nonchalamment, en passant une main sur le torse de son nouvel hôte, ce changement avait été pour le mieux. Ce nouveau corps était plus grand, plus fort et plus avenant.

« Tout est pour le mieux », se dit-il.

MacIntyre était doué, mais, après un siècle de préparation, la bête était plus forte.

Personne ne le priverait d'aucun plaisir.

Dans le fauteuil juste devant celui de la bête, la jeune rouquine rejeta la tête en arrière en éclatant de rire, amusée par les images qui se déroulaient sur l'écran.

Le démon posa résolument les yeux sur la courbe de sa nuque puis, à son tour, se mit à rire.

Julie franchit une porte et se retrouva dans la cuisine la plus impressionnante qu'elle ait jamais vue. Les murs étaient couverts de placards et un plan de travail central en granit d'au moins quatre mètres de long brillait doucement sous une rangée de lampes halogènes. Les briques d'un rouge sombre qui apparaissaient çà et là dans la pièce s'accordaient parfaitement avec celles de l'énorme foyer ouvert sur le mur du fond.

Même en Californie, les mois de janvier pouvaient être glaciaux, et un simple regard aux flammes, qui dansaient joyeusement autour d'une bûche aussi grosse qu'elle, suffit à la réchauffer.

Une cheminée dans la cuisine !

« Pas mal », pensa-t-elle.

Finalement, elle se dit qu'elle pourrait s'habituer à ce genre d'habitation, même si la maison était immense. Elle avait tout de même trouvé le moyen de se perdre deux fois en descendant pour dîner. Ce qui n'avait rien d'étonnant, car cette demeure était aussi grande qu'un château.

— C'est vraiment époustouflant, dit-elle de nouveau, tandis que Kieran refermait avec son pied la porte d'un énorme réfrigérateur.

— Merci.

Il posa sur la table un grand plat en verre empli

d'une salade de pommes de terre, à côté d'un autre de la même taille qui contenait une salade de pâtes. Un troisième plat avait déjà été déposé, sur lequel attendait un poulet doré à souhait, dont l'odeur alléchante avait guidé Julie jusqu'à la cuisine.

— Ce n'est pas ce à quoi je m'attendais, ne put-elle s'empêcher de faire remarquer.

— Vous n'aimez pas le poulet ? demanda Kieran, l'air surpris.

— Non, ce n'est pas ça, dit-elle en approchant les mains du feu. C'est juste que...

Elle fit un geste vague vers l'ensemble de la maison.

— Dans un endroit pareil, si extraordinaire, si grandiose... Je ne sais pas... Comment dire ? Du poulet rôti et de la salade de pommes de terre, ça pourrait paraître un peu banal, non ?

— Vous êtes sévère, fit une voix grave surgie de nulle part.

Julie sursauta en voyant entrer un grand gaillard vêtu d'un jean et d'un T-shirt blanc.

— Nathan Hawke, annonça Kieran. Julie Carpenter. Elle va rester avec nous quelque temps.

— Enchanté, dit l'homme, dont l'expression sérieuse semblait en parfait désaccord avec ses paroles. Quant à la nourriture, c'est presque un miracle. C'est le premier repas normal que je prends depuis que je suis arrivé.

— C'est-à-dire ? demanda-t-elle.

Nathan se dirigea vers l'évier pour se laver les mains avec un air blasé.

— En général, on dîne dans la salle de réception,

autour de la table pour cinquante personnes. Et c'est saumon des Highlands, homard du Maine, foie gras de je ne sais où, escargots et tout le tralala. Alors, rien de tel qu'un bon petit poulet rôti!

Kieran se raidit et lança un regard meurtrier au jeune homme, avant de se tourner vers Julie.

— J'ai pensé que vous seriez plus à l'aise ici.

Bien sûr, pensa-t-elle. La petite paysanne serait plus à l'aise dans la cuisine pour pique-niquer... Pas la peine de mettre les petits plats dans les grands. Bon sang! Ce type sortait tout droit de l'âge de pierre ou quoi?

Kieran sortit une bouteille de vin blanc du frigo et la posa sur la table. Avant de l'ouvrir, il désigna les plats du menton.

— Ignorez-le, dit-il. Asseyez-vous et mangez.

— Bigre. Voilà qui est élégant.

Elle s'assit sur la chaise la plus proche du feu pour continuer à se réchauffer et piqua un morceau de poulet avec sa fourchette.

— J'imagine que ce n'est pas vous qui avez cuisiné.

Nathan laissa échapper un bref éclat de rire en s'asseyant en face d'elle.

— C'est la gouvernante qui fait la cuisine, se contenta d'expliquer Kieran, ignorant superbement la réaction de son convive.

Nathan commença à empiler de la nourriture sur son assiette comme s'il n'avait pas mangé depuis quinze jours. Julie le regardait faire, pensant qu'il n'y aurait sans doute pas beaucoup de restes. Son regard passait d'un homme à l'autre et elle se demandait ce qui pouvait bien se passer entre eux. Ces deux-là étaient aussi différents que l'eau et le feu. Nathan était-il un colocataire ? Un cousin ? Un pensionnaire ?

Elle faillit éclater de rire à cette pensée. Un homme qui possédait une maison d'un tel standing n'avait certainement pas besoin d'un pensionnaire pour arrondir ses fins de mois.

Elle retint de justesse un petit soupir lorsque Kieran s'assit sur une chaise à côté d'elle.

— Alors, messieurs ? demanda-t-elle pour combler le silence qui commençait à la mettre mal à l'aise. Dites-moi. Vous vous connaissez depuis longtemps, tous les deux ?

— Ouais, je suis là depuis un bail, maintenant, répondit Nathan en haussant les épaules.

— Je vois, je vois… Et… Il y a quelque chose que je devrais savoir à propos de… ?

Elle laissa sa phrase en suspens. Elle n'osait continuer. La question était délicate et, à en juger par la façon dont Kieran l'avait embrassée, elle était prête à parier qu'il ne portait pas un grand intérêt aux hommes. Pourtant, deux hommes beaux comme des dieux, vivant seuls dans un château, coupés du monde…

Après tout, on était à Hollywood, alors autant poser la question directement.

— Que voulez-vous dire ? demanda Kieran, l'air perplexe.

Nathan faillit s'étouffer avec son poulet, puis finit par articuler :

— Aucune chance, ma petite dame. Je vis ici. C'est tout.

— Heureuse de l'apprendre.

Après tout, en quoi cela la regardait-elle ? se demanda-t-elle, en se servant un peu de salade avant que les deux hommes aient tout mangé. Elle n'était pas ici pour se laisser conter fleurette, mais parce qu'un tueur psychopathe était peut-être sur sa piste.

Dans son dos, le feu la réchauffait et, lorsque le bras de Kieran effleura son avant-bras nu, elle sentit comme une décharge électrique lui parcourir la peau. Elle n'aurait pas dû enlever son pull pour enfiler ce chemisier en soie à manches courtes. Pour sa propre tranquillité d'esprit, elle s'écarta un peu de lui.

Kieran le remarqua et ébaucha une sorte de moue agacée.

Tant pis.

— Alors, qu'est-ce que vous faites dans la vie ? reprit-elle pour tenter de nouveau de rompre le silence. Comme métier, je veux dire...

— Aucune question, trancha Kieran, avec un regard capable de provoquer un malaise à un cardiaque.

Il jeta un rapide regard à Nathan, avant de préciser :

— Elle est journaliste.

— Ah...

Nathan acquiesça et se mit alors à l'observer comme si elle était un insecte rare sous la lentille d'un microscope. Un instant plus tard, il abandonna son étude et se tourna vers Kieran.

— Santos a appelé pendant ton absence. Apparemment, c'est important.

— Je le rappellerai.

— Qui est Santos ? demanda à tout hasard Julie.

— Un ami, dit Kieran, en se penchant vers elle pour attraper la bouteille de vin.

Il le faisait exprès, elle le savait. Ce bras tendu, frôlant sa poitrine, pour allumer en elle un feu d'artifice digne de Dysneyland. Elle sentit ses seins durcir et son sang se mettre à bouillir.

Bon sang, il l'avait à peine frôlée !

— Ecoutez, dit-elle, un peu trop brusquement, trahissant ainsi son trouble. J'ai accepté de venir ici, vous savez pourquoi, mais je refuse d'être traitée comme une prisonnière.

— Mais personne ne vous traite comme telle, protesta Kieran.

— Je vous fais remarquer que je n'ai pas le droit de poser la moindre question.

— Au contraire, vous pouvez poser toutes les questions que vous voulez. Vous ne recevrez en revanche aucune réponse.

Nathan pouffa de rire et elle le fit taire d'un regard.

L'éclat du feu dansait sur le visage de Kieran, illuminant ses yeux. C'était fascinant, pensa-t-elle en s'efforçant de détourner le regard.

Vous êtes en sécurité ici.

Julie sursauta et le regarda de nouveau.

— Je vous ai demandé d'arrêter ça, dit-elle sèchement. Je ne veux pas de vous dans mon esprit.

— Alors, faites ce qu'il faut pour l'empêcher, répondit-il le plus naturellement du monde.

— Comment?

Un sourire se dessina sur ses lèvres et Julie faillit tomber à la renverse. Cet homme aurait dû sourire plus souvent. Cela dit, s'il le faisait, elle risquait d'avoir de gros problèmes.

— Aucune réponse à vos questions, dit-il, visiblement amusé par son trouble.

Superbe. Quelle idiote elle avait été d'accepter de le suivre chez lui!

— Vous savez quoi? dit-elle en repoussant son assiette pour se lever brusquement. Je n'ai plus faim. Merci pour le repas.

Elle se dirigea vers la porte donnant sur le jardin, mais s'arrêta sur le seuil.

— Oh, et si cela ne dérange pas votre seigneurie, je vais faire un tour dehors.

— Ne sortez pas de la propriété, c'est tout.

— Comment voulez-vous que je franchisse votre grille d'entrée? En sautant à pieds joints, peut-être?

Elle sortit en claquant la porte derrière elle. Un long silence s'installa dans la cuisine.

Au bout de quelques minutes, Nathan leva les yeux vers son ami.

— Explique-moi... Pourquoi l'as-tu amenée ici? Je sais que je suis nouveau parmi vous et que je ne connais pas encore toutes les coutumes des Gardiens, mais je croyais que nous étions censés rester discrets. Secrets, mystère et tout le tralala.

Kieran poussa un bref soupir et but d'un trait le

reste de son vin blanc. Il reposa son verre et regarda un instant l'homme assis en face de lui.

Nathan Hawke n'était mort que depuis trois ans. Il était donc une toute nouvelle recrue parmi les Gardiens et, selon la tradition, il lui fallait apprendre le métier chez un Gardien plus expérimenté, en l'occurrence, Kieran.

En tant qu'ancien de la Navy, Nathan possédait déjà les compétences qui lui serviraient pour toute l'éternité. Il ne lui restait plus qu'à apprendre comment s'en servir pour chasser les démons.

— C'est une journaliste, quand même! reprit Nathan, avec un geste vers la porte du jardin. On dirait que tu cherches les ennuis.

— Oui et non.

Kieran se sentit soudain fatigué, comme si ses quatre cent soixante-quatre ans venaient de s'abattre d'un seul coup sur ses épaules.

— C'est en effet une journaliste, elle va donc poser des questions et tenter de trouver la vérité. C'est son travail. Mais elle ne se servira pas de ce qu'elle aura pu découvrir. C'est sa nature.

— En es-tu vraiment sûr? demanda Nathan, d'un ton peu convaincu.

— Absolument certain, dit Kieran en se levant de table pour, à son tour, gagner la porte du jardin. Tu n'auras qu'à ranger tout ça lorsque tu auras fini. Mme Rosen va nous tuer si elle découvre à son réveil que nous avons laissé sa cuisine en désordre.

— Nous sommes immortels, lui rappela Nathan, avec un sourire rusé.

— Crois-moi, elle peut faire de ton éternité un vrai cauchemar, si elle le veut. Range tout.

Sans rien ajouter, Kieran ouvrit la porte et sortit sur le patio dallé de pierres.

La maison et le jardin étaient entourés d'arbres gigantesques qui dépassaient même les créneaux du chemin de ronde, protégeant ainsi la propriété des regards des curieux. Il existait d'autres demeures imposantes dans ce quartier ; la plupart étaient visibles, au moins partiellement, depuis l'autoroute ou le sommet des collines. Mais, lorsque Kieran avait fait construire cette maison, il avait tout planifié pour la rendre invisible.

Des pins, des chênes, des érables… Il avait recherché les essences les plus hautes et les avait plantées de façon stratégique pour assurer la tranquillité nécessaire à son identité secrète.

Oui, il était connu en ville comme un philanthrope. Il ne rechignait jamais à donner de l'argent pour aider quelque noble cause. Et il était souvent sollicité. La plupart des gens respectaient sa discrétion légendaire et ne cherchaient pas à percer le voile mystérieux qu'il avait tissé autour de lui. Peut-être avaient-ils tout simplement peur de le mettre en colère et de se retrouver privés, par leur indiscrétion, de ses généreuses donations ?

Cela fonctionnait ainsi depuis cinquante ans.

Jusqu'à l'arrivée de Julie Carpenter dans sa vie.

Son regard, aussi vif dans la pénombre qu'en plein

jour, scruta le jardin, s'arrêtant sur chaque bosquet, chaque parterre, chaque fleur, chaque fontaine, chaque banc. Rien à signaler.

Puis, en dirigeant son regard vers la pelouse, il l'aperçut, assise sur un banc en séquoia, sous le grand chêne qu'il avait fait venir adulte depuis l'Ecosse. En souvenir de sa vie. Et de la façon dont celle-ci avait pris fin.

Précaution bien inutile, car jamais il n'oublierait ce jour.

Il traversa le patio et s'avança sur la pelouse impeccablement entretenue.

La gouvernante et son mari, qui faisait office de jardinier, étaient à son service depuis quarante ans. Ils connaissaient l'existence des Gardiens, car ils étaient nés dans une des familles qui avaient juré de leur rester fidèles et de servir leur cause. Lorsque les Rosen seraient trop âgés pour travailler, ils partiraient prendre leur retraite dans une maison que Kieran leur avait déjà achetée aux Bahamas. Puis, leur fils et sa femme s'installeraient au château pour reprendre le flambeau.

Ses pas étaient étouffés par l'herbe humide. Il aurait pu devenir entièrement invisible et s'approcher d'elle à son insu, mais il doutait qu'elle puisse supporter la moindre frayeur supplémentaire. Même si cela l'énervait au plus haut point, et malgré le brusque virage qui venait de s'opérer dans sa propre vie, il se rappela que l'univers de Julie était sans doute encore plus chamboulé. Elle n'avait pas été préparée à affronter cette nouvelle situation. De plus, même s'il rechignait à l'admettre, il ne lui avait pas du tout facilité la tâche.

Elle leva les yeux à son approche et se mit brusquement debout, comme pour s'apprêter à s'enfuir en courant. Puis, elle sembla soudain changer d'avis, se raidit et lui fit face avec arrogance.

— Même une prisonnière a le droit à un peu d'intimité, dit-elle sèchement.

— Vous n'êtes pas prisonnière.

— Vraiment ? Ne m'avez-vous pas interdit de quitter la propriété, il y a quelques minutes à peine ?

— C'est pour votre propre sécurité.

— Et comment puis-je savoir que je suis vraiment en sécurité ici ?

— Vous le sentez.

— Arrêtez de me dire ce que je ressens ou non.

— Je ne devrais pas avoir à le faire, dit-il en s'approchant à pas lents, comme s'il essayait d'amadouer un animal sauvage.

— Pourquoi ne répondez-vous à aucune de mes questions ?

— Vous le savez parfaitement. Parce que vous êtes journaliste.

— Faut-il vous le répéter ? Je vous ai donné ma parole que je n'écrirai aucun article sur vous, répliqua-t-elle, vexée. En plus, je ne vois vraiment pas qui pourrait acheter un article de ce genre... Un magazine pour fantômes ? *La Semaine du psychopathe* ? Personne ne croirait un seul mot de ce que je pourrais écrire.

Elle se passa nerveusement la main dans les cheveux avant d'ajouter, pour elle-même :

— Moi-même, j'ai du mal à y croire et, pourtant, je suis en reportage direct sur les lieux.

Kieran perçut toute la confusion qui s'exprimait dans ce murmure. Elle était, non pas au bord du désespoir, mais sur le fil de l'abandon. Et cela, il se l'avoua, le mettait mal à l'aise. Cette nature déterminée et fougueuse, bien que profondément agaçante, le rendait admiratif. Aussi cela le troublait-il profondément de voir ces fondations aussi solides se fendiller, vaciller.

— Venez avec moi, dit-il en lui tendant la main.

— Pourquoi ? demanda-t-elle en regardant avec méfiance cette main tendue.

— Ecoutez, jeune femme, êtes-vous obligée de poser ainsi des questions en permanence ? N'avez-vous donc aucun courage, que vous ne soyez pas prête à prendre le moindre risque ?

— Non mais dites donc, vous ! rétorqua-t-elle. Je vous rappelle que ces deux derniers jours n'ont pas été de tout repos !

— Bon. Vous venez, oui ou non ? reprit-il, se retenant de ne pas grincer des dents de rage.

Elle croisa frileusement les bras pour se protéger du froid de janvier et le considéra avec attention pendant une longue minute. Pendant ce temps, Kieran enlevait sa chemise noire à manches longues et, s'approchant encore d'elle, la déposait sur ses épaules.

— Pourquoi faites-vous ça ?

— Vous avez froid, dit-il en éloignant aussitôt ses mains.

Elle enfila la chemise qui était bien trop grande pour elle et lui dissimulait les mains. La chaleur et le parfum de son corps d'homme qui flottaient encore sur le tissu la troublaient tout en la réchauffant bien plus qu'une couverture en cachemire.

— Et vous ? Vous n'avez pas froid ? demanda-t-elle en le voyant torse nu sous la lune.

Un léger sourire illumina un bref instant son visage, puis disparut aussitôt.

— Non.

Comme elle le dévisageait toujours avec curiosité, il la gratifia d'un semblant d'explication.

— Je suis écossais. Pour moi, l'hiver californien ressemble à une douce journée d'été.

Julie posa la main dans la sienne et, lorsqu'il referma les doigts sur les siens, elle dit :

— Merci.

— Pourquoi ?

— D'avoir répondu à ma question par autre chose que oui et non.

Kieran ne put s'empêcher de sourire. Il s'en rendit compte et reprit aussitôt son air sérieux. Il ne se souvenait pas d'avoir souri autant depuis vingt ans. Cette femme changeait sa vie, sans même s'en rendre compte, et cela ne lui plaisait guère.

— Comment faites-vous ça ? demanda-t-elle soudain, tandis qu'il la guidait dans l'obscurité sans le moindre faux pas.

— Faire quoi ?

— Passer du sourire au sérieux en l'espace d'un battement de cœur.

— Encore des questions ?

— Quoi ? C'est déjà fini les réponses ?

Il ouvrit la porte donnant sur la cuisine, adressa au passage un bref signe de tête à Nathan, puis tourna sur la gauche et la conduisit vers un escalier qui montait depuis un cellier empli de suffisamment de vivres pour nourrir quatre personnes pendant des mois.

— Bigre, murmura-t-elle, en posant le pied sur la première marche de pierre. Vous avez l'intention de tenir un siège dans les prochains jours ?

— Encore des questions.

— Et toujours pas de réponses, répliqua-t-elle avec bonne humeur.

— Vous êtes vraiment douée pour mettre les gens hors d'eux, Julie Carpenter.

— Ce n'est pas la première fois que j'entends ça, admit-elle, en tentant de suivre le rythme de ses longues jambes. Où allons-nous ?

— Patience, dit-il, en lui serrant la main.

— Je vous arrête. Je crois que vous n'avez pas encore compris : moi, c'est Julie, et la patience est quelque chose qui ne m'est pas familer.

— J'avais remarqué.

Il s'arrêta sur un palier au dernier étage de la maison. Julie coula un regard vers le long couloir qui s'ouvrait devant eux. Des appliques en forme d'anciens becs de gaz répandaient une douce lueur dorée sur le plancher poli. Des tableaux étaient alignés sur les murs. Remarquant un Monet, Julie se demanda s'il s'agissait d'un vrai. Vu la fortune colossale que semblait posséder cet homme, elle était prête à parier que oui.

C'était stupéfiant. Elle allait de surprise en surprise.

Ce château.

Ce décor somptueux.

Et cet homme.

Il ouvrit une lourde porte de bois, au sommet en ogive, et s'écarta pour la laisser passer. Un autre escalier les attendait, mais celui-ci permettait d'accéder au toit. Au-dessus d'eux, les étoiles dansaient dans un ciel si vaste et si noir qu'il semblait infini. Julie leva le visage, l'offrant à la nuit et laissant le vent frais du soir lui caresser la peau. Elle tourna lentement sur elle-même, admirant la vue imprenable sur les environs.

— Oh mon Dieu…

Au-delà des grands arbres, elle apercevait un océan de lumières qui s'étendait sur des kilomètres. Il y en avait tant et tant que l'horizon semblait disparaître. Un souffle de vent agita la cime des arbres, glissant comme un murmure dans les aiguilles des pins. Les branches nues des chênes et des érables se mirent à grincer émettant un son comparable au rire d'une vieille femme.

Julie fit quelques pas sur le toit et, l'espace d'un instant, elle eut l'impression d'avoir fait un bond dans le passé. L'illusion était telle qu'elle parvenait presque à entendre le cliquetis des armures et le sifflement aigu des flèches tirées dans les airs. Pour un peu, elle se serait penchée pour observer des chevaliers en train de s'entraîner dans la cour en contrebas.

Elle se retourna pour regarder Kieran qui s'avançait

vers elle et sentit soudain un éclair brûlant, sauvage et complètement envoûtant la traverser. L'éclat de la lune se reflétait sur son torse nu, dont la blancheur était accentuée par ses longs cheveux noirs. Ses yeux semblaient des étincelles dans le noir. Il avançait, silencieux, avec une grâce aérienne qui rappelait celle de la panthère ou du tigre en chasse.

A présent, elle savait exactement ce que ressentait une gazelle dans la même situation.

Qui était cet homme ?

Il y avait tant de mystère, tant de choses en lui qu'elle ignorait, des choses qu'elle ne pouvait même pas imaginer. Il avait affirmé que le tueur qu'il recherchait était un démon. Mais lui, qu'était-il ?

Dire qu'elle avait accepté de le suivre, seule, ici…

— Vous vous demandez qui je suis.

Julie se raidit.

— Je vous ai déjà demandé de ne pas faire ça.

— Je n'ai nul besoin de lire dans vos pensées quand votre expression vous trahit aussi clairement.

— Génial. Moi qui croyais avoir composé mon masque impassible de journaliste.

— Il existe une connexion entre vous et moi, dit-il soudainement, sa voix grave résonnant comme un écho lointain du tonnerre. Vous devez vous rendre à l'évidence. Que cela nous plaise ou non. Vous ne pouvez cacher vos sentiments envers moi.

— Je peux au moins essayer, répondit Julie, tout en sachant qu'il avait sans doute raison.

— Et je ne doute pas que vous allez essayer. Mais venez, je veux vous montrer quelque chose.

— Encore ? s'étonna Julie.

Un autre sourire de Kieran faillit la faire se pâmer. Sérieusement, le pouvoir de cet homme était trop grand pour être honnête.

— Oui.

Il la prit par la main pour la conduire à l'autre extrémité du toit, où un télescope dernier cri était dressé sous un auvent amovible.

— Cela semble un peu déplacé, murmura-t-elle, tandis qu'il retirait l'auvent pour effectuer quelques réglages sur l'appareil. Trop… moderne.

Il lui adressa un bref coup d'œil, et le bref sourire apparut de nouveau.

— Je ne vois pas pourquoi il serait interdit d'apprécier à la fois le passé et l'avenir.

— Bigre, dit Julie en s'appuyant contre le parapet de pierre derrière elle. C'est très Renaissance comme état d'esprit.

— Plus que ne vous le croyez, dit-il simplement, avec un éclat étrange dans les yeux.

— Avez-vous encore des petits secrets de ce genre ? demanda-t-elle à voix haute, même si elle savait très bien qu'il ne lui répondrait pas.

— Trop, répondit-il doucement, avant de balayer ses questions d'un geste. Venez voir.

Elle s'approcha de lui et se laissa guider jusqu'au télescope. Elle sentit ses mains qui se posaient sur ses hanches, chaudes, puissantes et impérieuses, pour l'aider à s'orienter. Se penchant légèrement, elle se positionna pour regarder.

— C'est absolument merveilleux, chuchota-t-elle, subjuguée.

— C'est vrai.

A travers le télescope, la lune paraissait se trouver à portée de main, brillant d'un éclat surnaturel qui semblait frémir dans l'obscurité. Les journées précédentes, leurs craintes, leurs inquiétudes, l'impression inconfortable, ô combien ! de ne pas savoir de quoi le lendemain serait fait, tout cela fut, à cet instant, inexorablement balayé pour laisser place à un sentiment de crainte respectueuse devant la grandeur de l'univers.

Devant la vie.

Lentement, comme à contrecœur, Julie s'arracha à cette contemplation qui la transportait et se redressa. Elle tourna son regard vers Kieran et, silencieuse et pensive, le fixa un long moment.

— Vous êtes un homme intéressant, Kieran MacIntyre, avoua-t-elle. Ermite. Multimillionnaire. Chevalier chasseur de démons armé d'une épée. Astronome amateur. Autre chose à ajouter ?

— Une ou deux, oui, admit-il, en s'approchant d'elle.

Son parfum subtil se mêla à la brise légère, s'en roulant autour de Julie, comme pour la noyer dans cette sensation.

— Vous voulez qu'on en parle ? murmura-t-elle d'une voix rauque, forcée de lever la tête pour le regarder.

— Peut-être, concéda-t-il en se penchant vers elle.

Cela ne résoudrait rien du tout, pensa-t-elle tout

en se dressant sur la pointe des pieds pour venir à sa rencontre.

Mais à cet instant, elle s'en fichait complètement.

8

A l'instant même où il posa sa bouche contre la sienne, Kieran perçut nettement que les liens qui les unissaient déjà se resserraient avec force. Lui qui s'était cru prêt et paré à toute éventualité sentit son univers basculer.

Le simple contact de sa peau, l'arôme de sa bouche l'emplissaient d'émotions et de sensations qu'il n'avait pas ressenties depuis de nombreuses années. Comme subjugué, il gémit, savourant avec avidité l'élan de désir qui lui tordait le ventre. Il la désirait de façon désespérée, avec une faim soudaine et féroce, qui manqua de le faire tomber à la renverse.

Une petite voix insistante à l'intérieur de sa tête lui intimait de s'arrêter, de prendre du recul, de garder ses distances et de maintenir cette connexion au strict minimum. De se servir de Julie uniquement pour le pouvoir et le renouveau de puissance qu'elle était en mesure de lui apporter. Pourtant, il ne prêta aucune attention à cette voix de sagesse et de logique.

Au contraire, il s'ouvrit complètement à ce lien naissant, laissant les pensées de Julie exploser dans sa propre conscience, l'éblouissant de leur rythme haché, brisé, sans logique. Son esprit était sauvage et indompté, à l'image de la jeune femme elle-même.

Elle était pleine de couleurs — de vie.

Il laissa sa langue se mêler à la sienne. Les mains de Julie se perdirent dans ses cheveux pour l'attirer davantage contre elle, pour le serrer encore plus fort. Kieran passa les bras autour de sa taille et, à son tour, attira tout son corps contre le sien. Il sentait chaque courbe, chaque ligne de son corps comme une braise incandescente qui fondait leurs deux corps en un seul.

Le lien entre eux s'intensifia encore.

Kieran inspira bruyamment lorsque l'être entier de Julie, sa personnalité profonde, se jeta à l'assaut des remparts de son existence solitaire. Incapable de se décider à rompre ce baiser, il voulait plus. Julie gémit doucement et ce doux bruit éveilla en lui un besoin, un désir qu'il n'avait jamais connu auparavant.

Il prit tendrement son visage dans ses mains pour l'accepter tout entière, prendre tout ce qu'elle avait à lui offrir — exigeant en silence qu'elle se donne toujours davantage. Il se sentait comme un affamé à qui on venait de servir un festin de roi.

Le torrent de couleurs, de pensées et de souvenirs se solidifia dans son esprit.

Désir. Peur. Incertitude.

Les images d'un autre homme.

Kieran sentit la jalousie le déchirer comme une lame, lacérant son âme — jusqu'à ce qu'il comprenne ce que les souvenirs de Julie racontaient.

La trahison.

L'homme qu'elle avait un jour aimé la quittant pour une autre femme.

Une amie.

Il goûta les larmes de Julie.

S'étouffa sur sa fureur et la partagea.

Puis, la fierté s'engouffra en lui, devant la joie qu'elle éprouvait à reconstruire sa vie. A réussir dans le métier qu'elle aimait.

Puis, de nouveau la peur, plus forte encore cette fois-ci. Peur de lui. Peur de ce qui était tapi dans l'ombre.

Peur de ses sentiments.

Le lien qui les unissait était une chaîne de passion, un nœud serré, dont ni l'un ni l'autre ne pouvait ni ne voulait se défaire. Kieran glissa à tâtons la main sous son chemisier, dévoré par le désir de sentir la douceur de sa peau. Un coup de vent frais balaya le toit et les créneaux, s'abattant sur eux comme une main invisible qui aurait tenté de les désunir.

En vain.

A cet instant précis, Kieran savait qu'aucune force au monde n'aurait pu l'arracher aux bras de Julie.

Elle frissonna contre lui, puis soupira lorsqu'elle sentit ses doigts remonter le long de ses côtes, jusqu'à la limite inférieure de son soutien-gorge... Puis, ils glissèrent, repoussant le fragile tissu pour caresser la naissance de son sein, tandis que chaque cellule de son corps explosait de désir.

— Non.

Julie interrompit brutalement leur étreinte, à bout de souffle. Les cheveux au vent, elle se dégagea, le repoussant pour le regarder avec stupeur.

— Non, répéta-t-elle.

Le corps de Kieran était en feu. Dur, brûlant et prêt, il n'avait qu'une seule envie : la coucher sur le sol de pierre, lui arracher ses vêtements et la prendre. Il savait que, s'il s'unissait à elle, la connexion qu'ils partageaient serait soit renforcée, soit brisée net. Il voulait savoir avec certitude. Il ne pouvait plus attendre. Ce lien fragile qui frémissait entre eux, trop faible encore pour lui être d'une quelconque utilité, trop puissant déjà pour qu'il puisse l'ignorer, était insupportable.

— Vous avez envie de moi. Je le sens.

Julie tenta encore d'apaiser sa respiration et eut un petit rire sans joie.

— Oui, c'est ça. Et je veux aussi du vrai chocolat qui ne fait pas grossir, mais c'est impossible.

Kieran secoua la tête, refusant d'être ainsi rejeté. Bon sang, il la désirait tant que cela en était douloureux. Un autre baiser, juste un autre baiser et elle serait prête à se donner à lui.

Un seul baiser. Une simple caresse...

Comme si elle avait lu dans ses pensées, elle recula encore d'un pas, les mains levées devant elle, comme pour le tenir à distance.

— A quoi jouez-vous, jeune femme ? demanda-t-il d'une voix tendue, encore rauque de désir. Vous n'êtes plus une enfant qui a peur de regarder en face ses propres désirs. Qu'est-ce qui vous retient ?

— Ce n'est pas de mes désirs dont j'ai peur, bon sang ! Et ce n'est pas un jeu.

Julie eut de nouveau un bref éclat de rire, aride

et sans joie, qui trahissait davantage la douleur ou la détresse que l'amusement.

— Un jeu, reprit-elle. Seigneur, si seulement les choses étaient aussi simples !

Ses yeux s'embrasèrent alors même qu'elle tendait vers lui un doigt accusateur.

— Lorsque vous me touchez, je vois... des choses. Des choses qui n'ont aucun sens. Des choses que je ne devrais pas être capable de voir.

Ces paroles firent l'effet d'une douche froide sur Kieran, annihilant son désir sur place. Quel idiot il était ! Il s'était précipité avec un tel abandon dans les pensées de Julie qu'il en avait oublié de protéger les siennes et n'avait pas veillé à empêcher celle-ci d'avoir accès à ses trop nombreux souvenirs.

A ses projets aussi.

Regrets.

Qu'avait-elle vu ?

Que savait-elle ?

Il tendit la main vers elle, mais elle l'esquiva et recula encore.

— Non. Laissez-moi. Ne me touchez plus. Ne faites plus rien, tant que vous ne m'aurez pas expliqué... tout ce qui se passe.

Sa voix se brisa et Kieran se passa la main sur le visage, ne sachant plus que dire ni que faire. Il l'avait poussée trop loin, trop vite — se perdant lui-même pour quelques instants volés. A présent, il devait assumer les conséquences de ses actes.

— Racontez-moi ce que vous avez vu, demanda-t-il gravement.

Hésitante, Julie se passa la langue sur les lèvres, inspira brièvement et commença :

— J'ai vu un combat. Un château de pierres noires, étincelant au soleil. Des navires. Des navires anciens, avec des voiles. Des canons qui tirent des boulets et de la fumée partout dans les airs. Et ce bruit..., ce bruit permanent, assourdissant. J'ai entendu des hommes qui criaient tandis que des explosions faisaient vibrer le ciel. J'ai aussi vu des... chevaliers.

Elle se couvrit vivement la bouche de la main, comme pour effacer le dernier mot qu'elle venait de prononcer. Mais il était trop tard.

Elle leva ses yeux pleins de larmes vers Kieran. Celui-ci ressentit une immense tristesse en voyant son regard d'émeraude noyé de chagrin. Existait-il épreuve plus difficile à supporter pour un homme que de voir pleurer une femme de ce tempérament ?

— Et puis, je vous ai vu, vous.

Elle s'arrêta de nouveau.

— Non, ce n'est pas exact. Je ne vous ai pas vu. J'*étais* vous. Je voyais à travers vos yeux. J'observais le déroulement de la bataille, en criant aux hommes de se mettre à couvert. Je maniais une énorme épée. Puis...

— Quoi ? demanda-t-il avec anxiété, la gorge nouée, tandis qu'il lui semblait revivre lui-même les souvenirs qu'elle évoquait.

— Un homme est sorti de la fumée et du vacarme infernal des canons. Son armure était différente. Avec une sorte... de crête sur le pectoral. La bataille ne semblait pas l'intéresser. Manifestement, il n'était pas venu pour se battre... mais pour tuer.

— Julie...

Il serra les poings, redoutant la suite. Julie l'interrompit en poursuivant vivement. Les mots jaillissaient de sa bouche comme si elle ne parvenait pas à les en empêcher.

— Il était là pour vous tuer.

Les yeux effarés, elle recula d'un pas. Une larme solitaire roula sur sa joue et scintilla un instant sous la lune comme une goutte d'argent liquide.

— Oh mon Dieu ! Il vous a tué ! Cette épée... C'est impossible ! C'est...

Sa voix se brisa de nouveau et elle se mit à sangloter, les mains jointes, tentant en vain de chasser les images qui la hantaient.

— J'ai ressenti tout ça. La pointe de l'épée. Il vous a d'abord frappé à la tête. L'acier contre la chair. La douleur. Une douleur atroce. Inattendue.

— Julie.

Il se sentit imploser. La douleur était tellement présente qu'il fut surpris de ne pas voir son sang couler. Cela faisait bien longtemps qu'il n'avait pas évoqué les souvenirs de ce jour funeste. A vrai dire, il ne s'était jamais autorisé à s'en souvenir. Il s'était toujours contenté de tirer des leçons du jour de sa mort.

— C'est impossible, chuchota-t-elle, incrédule et visiblement choquée. Rien de tout cela n'est vrai. Dites-moi que ça n'a jamais existé. Que c'est impossible. Donc, si ce n'est pas vrai, c'est moi qui suis devenue folle. Comme lui. C'est contagieux, la folie ?

Elle continua à marmonner à mi-voix.

— Comment ai-je pu le voir mourir alors qu'il est là, debout devant moi ? C'est insensé !

Elle leva brusquement les yeux vers lui et il lut toute sa tristesse et sa rancœur dans ce regard vert.

— Rien, plus rien n'a de sens dans ma vie depuis que vous avez fait irruption dans ma cuisine, l'autre soir. Pourquoi ? Pourquoi êtes-vous venu chez moi ? Pourquoi m'avez-vous embrassée et proposé de me protéger ? Expliquez-moi. Qu'est-il en train de m'arriver ?

— Je ne peux vous donner les réponses aux questions que vous vous posez, lui répondit-il doucement. Du moins, pas toutes.

Kieran s'avança lentement vers elle. Il ne savait pas encore ce qu'il devait faire. Elle avait vu et ressenti ce qui s'était passé le jour de sa mort. Elle avait *vécu* sa mort. Il savait qu'il allait devoir répondre à certaines de ses questions, car elle venait d'ouvrir la trappe d'un puits sans fond : celle de sa mémoire.

Elle avait trouvé les recoins cachés où il gardait jalousement les souvenirs du jour de sa mort, et ces images dansaient à présent dans les airs, entre eux. Il sentit une fureur vieille de plusieurs siècles resurgir… aussi puissante qu'autrefois.

C'était une chose qu'il ait pu plonger dans les pensées et les sentiments de Julie. Mais c'en était une tout autre qu'elle ait pu plonger dans son passé à lui, l'explorer et ressentir l'immense douleur qu'il gardait jalousement cachée depuis si longtemps. Cela ne lui plaisait pas du tout. Bon sang, il n'avait que faire de sa compassion. Il n'avait pas besoin de ses larmes. Plus rien n'était donc sacré ?

— Ce n'est pas la mort qui vous a vaincu, murmura-t-elle, sans réaliser ce que ses paroles pouvaient signifier pour lui. Vous étiez préparé à mourir. C'était prévisible. Non, c'est la trahison qui vous a blessé, plus que le fil de cette épée. Une douleur encore plus insupportable. Si atroce que, lorsque l'homme vous a donné ce coup d'épée, vous avez à peine senti la lame.

— Assez ! coupa-t-il avec colère, laissant de côté les efforts qu'il avait faits jusque-là pour rester courtois et compréhensif. Cela suffit. Je refuse de discuter de cela avec vous. La mort d'un homme est un sujet intime et d'ordre privé.

— Privé ? répéta-t-elle. Votre mort ? Privée ?

— C'était il y a bien longtemps.

— Vous êtes mort, reprit-elle simplement. Il y a bien longtemps.

— Oui.

Elle le regarda des pieds à la tête, l'air sceptique.

— Vous ne m'avez pas l'air bien mort.

— Cela n'a pas duré.

— Je vois.

Elle éclata brusquement de rire, un rire au bord de l'hystérie.

— C'était juste une petite mort de rien du tout, c'est ça ? Un truc temporaire. Ou alors, non. Peut-être était-ce... quoi ? Voyage aux frontières de la mort, le nouveau spectacle des *Chevaliers de la Table ronde* ?

— Non, ricana-t-il quand elle évoqua le nom de ce restaurant où le personnel était déguisé en chevaliers ou en dames de la cour.

Santos et lui avaient assisté au « spectacle », un soir, mais ils étaient partis bien avant la fin, car les anachronismes étaient bien trop flagrants à leurs yeux pour qu'ils puissent s'amuser devant les reconstitutions de prétendues joutes et de combats. La situation était similaire pour Nathan qui, lorsqu'il allait voir des films de guerre, hurlait d'indignation devant les erreurs tactiques et militaires grossières qu'il voyait.

A chacun son époque.

Julie le regardait sans rien dire, comme si elle s'attendait plus ou moins à le voir disparaître comme une brume, dans un cliquetis de chaînes.

— Je ne suis pas un fantôme, dit-il d'une voix sérieuse.

— Non, reconnut-elle, en frottant doucement ses lèvres encore meurtries de leur baiser. Vous êtes bien trop réel pour ça. Mais…

Kieran soupira et adopta inconsciemment une attitude défensive. Prêt pour le combat.

De son vivant, il avait appris qu'une conversation avec une femme pouvait parfois suffire à faire regretter le monde simple et binaire des champs de bataille. Bras croisés, il tenta d'évaluer jusqu'où il pouvait lui dire la vérité sans risquer de lui faire perdre la raison et de la voir sombrer dans l'hystérie.

*
* *

Le regard de Julie se durcit ; elle releva le menton et se redressa instinctivement de toute sa hauteur. Il se passait ici des choses qui dépassaient son entendement. De cela, elle était sûre. Elle reprenait peu à peu ses esprits, mais ne parvenait toujours pas à croire aux images qui s'étaient gravées dans son esprit, malgré la certitude profonde que tout cela était *vrai*. D'une façon incompréhensible, elle avait eu accès à l'esprit de Kieran et avait vu bien plus que celui-ci ne l'aurait souhaité.

A présent, il était trop tard. Impossible de revenir en arrière. Elle ne pouvait pas défaire ce qui avait été fait. Elle ne pouvait fermer les yeux sur ce qu'elle avait déjà vu. Comment oublier ces images ? D'ailleurs, elle n'avait pas l'intention de se voiler la face.

— Je crois que vous me devez quelques explications, dit-elle en repoussant une mèche de cheveux que le vent ramenait sans cesse devant ses yeux. Que se passe-t-il, Kieran ? Dites-le-moi. Rassurez-vous. Je ne vais pas m'effondrer, et je pense que j'ai mérité que vous me donniez quelques réponses.

Après une longue minute de silence, il finit par acquiescer.

— C'est vrai. Je vais vous dire ce qu'il m'est possible de vous révéler.

Il fit une pause, comme s'il réfléchissait pour choisir ses mots avec soin.

— Je vous ai déjà dit que le tueur qui rôde en ville n'est pas un homme, mais un démon.

— Oui, mais..., protesta Julie qui, jusqu'alors, ne l'avait pas cru.

— je vous ai dit aussi que j'étais le seul à pouvoir le capturer.

— Oui…

La lune disparut derrière des nuages, les laissant seuls dans l'obscurité. Julie frissonna et resserra sur elle les pans de la chemise qu'il lui avait prêtée.

Kieran poussa un bref soupir, regarda Julie droit dans les yeux et commença doucement :

— Je suis un Gardien. Nous sommes nombreux.

Se préparant à affronter le reste de l'histoire, Julie demanda :

— Qu'est-ce qu'un Gardien, exactement ?

— C'est un guerrier. Au final, c'est tout ce que nous sommes.

Son regard se porta au loin, vers les lumières de la ville qui scintillaient à l'infini. S'approchant du parapet, il posa les deux mains sur le rebord de pierre, comme s'il voulait scruter la nuit.

— On nous donne le choix, poursuivit-il dans un murmure qui se perdit presque dans le vent. Au moment de notre mort naturelle, nous pouvons choisir de rester mort, de laisser notre esprit… notre âme… continuer son chemin. D'aller vers ce qui nous attend de l'autre côté, dans l'éternité. Ou bien, nous pouvons choisir de continuer le combat.

— Mais… comment ?

Julie parvenait à peine à croire qu'elle avait posé une telle question. Croyait-elle vraiment ce qu'il venait de dire ? Pensait-elle vraiment que Kieran était un guerrier qui aimait trop se battre pour accepter de mourir comme tout le monde ?

Kieran tourna la tête et jeta un regard par-dessus son épaule, et ses yeux clairs semblaient noirs à présent. Il n'y avait aucune lueur, aucune chaleur en eux. Seulement… de la résignation.

Devant son destin ? Ou devant l'incrédulité de Julie ?

Elle n'était pas certaine.

— Nous devenons immortels.

— C'est impossible.

— Croyez-vous ?

Il fit volte-face avec une telle rapidité qu'elle le vit à peine bouger, puis il appuya une hanche contre la pierre froide du rebord et se mit à la regarder attentivement.

Il semblait se fondre dans le décor. Son torse nu et puissant luisait doucement dans la pénombre. Ses cheveux longs flottaient dans le vent et ses yeux n'étaient plus que deux fentes impénétrables.

— Ce château que vous avez aperçu lorsque nous nous sommes embrassés… La pierre noire qui scintillait dans le soleil.

— Oui.

Elle le revit aussi clairement que si elle y était née.

— C'était le château d'Edimbourg, murmura-t-il avec respect. Une forteresse à nulle autre pareille. On aurait qu'il avait été façonné dans la roche par la main de Dieu lui-même. En contrebas, la mer venait s'écraser contre les rochers, et les navires que vous avez vus faire feu sur le château battaient pavillon *anglais*.

Il cracha ce dernier mot comme une insulte.

— Ces maudits Anglais nous ont attaqués en l'absence de ma reine.

— Votre reine ? demanda Julie, interloquée, d'une voix à peine audible.

— Mary Stuart, répondit-il, en se mettant instinctivement au garde à vous. Reine d'Ecosse.

— Oh mon Dieu…

Il se détourna pour contempler à nouveau l'obscurité constellée de lumières et poursuivit, comme s'il se parlait à lui-même.

— La bataille faisait rage. Nous avions été pris par surprise. Nous nous sommes battus comme des lions pendant des jours, mais les boulets tirés depuis la mer nous ont vaincus. Nous ne pouvions plus résister aux salves constantes de l'ennemi.

Julie s'était perdue dans la douleur qui noyait les paroles de Kieran. Sa voix n'était plus qu'un murmure qui lui tordait le cœur, alors même que sa raison se débattait encore avec la vérité.

— J'ai dirigé mes hommes du mieux que j'ai pu, dit-il en serrant les poings. Nous avons tenu bon et le bruit des épées s'abattant sur les armures était presque une douce musique à nos oreilles. Puis, soudain, ce fut la fin.

Sa voix se durcit tandis que sa mâchoire se crispait et il frappa la roche du poing, comme si l'ennemi était encore présent.

— Comment tout cela est-il possible ? demanda Julie, sans vraiment espérer de réponse.

— Un chevalier anglais a chargé à travers les lignes écossaises, repoussant les cadavres du pied pour courir vers moi. J'ai tiré mon épée…

Le regard perdu dans le vide, il voyait la scène se dérouler de nouveau devant lui. Tout comme Julie, dont le cerveau repassait sans cesse les images qu'elle avait vues quelques instants auparavant.

Elle vit de nouveau le chevalier charger parmi les corps, marchant dans des mares de sang qui luisaient sur la pierre noire. Elle le vit lever son épée pour l'abattre sur Kieran.

Elle ressentit le choc de Kieran, lorsqu'il para ce premier coup avec la lame de sa propre épée tandis que l'arme de son ennemi ne faisait qu'effleurer sa tête. Elle le vit ensuite esquiver ce premier coup, seulement pour vaciller sous le choc du second assaut de son attaquant, qui hurla : « Pour Madeline ! »

— Je suis mort ce jour-là, acheva-t-il d'une voix blanche.

Il se tourna vers elle avec un air de défi, avant d'ajouter :

— C'était au mois de mai de l'an de grâce 1573.

9

Malgré sa confusion, Julie comprit immédiatement que Kieran était sincère et qu'il croyait fermement à ce qu'il venait de lui dire. Vrai ou pas, c'était de toute évidence sa propre vérité.

— Je ne sais même pas quoi répondre, finit-elle par admettre.

« Ni même quoi penser », se dit-elle.

— Vous n'avez pas besoin de répondre, répliqua-t-il. Je ne vous ai pas raconté tout cela pour gagner votre pitié. Ni subir vos railleries…

— Kieran…

— Ne niez pas, coupa-t-il. Je lis de l'incrédulité dans votre regard. Pourtant, vous l'avez vu par vous-même, lorsque nous nous sommes embrassés.

— C'est vrai, vous avez raison, souffla Julie en s'approchant de lui, mue par un besoin irrésistible de le toucher.

Elle posa une main sur son bras et sentit ses muscles puissants sous sa paume.

— Je ne comprends pas comment cela est possible. Ni pourquoi. Comment puis-je croire que ce que vous dites est vrai ? Immortels ? Démons ? On dirait un mauvais film de série B.

Avec une rapidité, une fluidité qu'elle ne vit pas venir, Kieran la prit par la taille et l'attira tout contre lui. Son torse était solide et dur comme l'acier… tout comme une autre partie de son anatomie.

— Jeune femme, dit-il avec lassitude. Vous exigez des réponses et, lorsque vous les obtenez enfin, vous refusez de les entendre. Ecoutez-moi bien, car c'est tout ce que vous avez besoin de savoir : je suis un Gardien. Je suis ici pour chasser les démons qui s'échappent de leur propre dimension, afin de pénétrer dans les nôtres par des portails. Ensuite, je les renvoie dans leur enfer. C'est ma mission. Voilà qui je suis.

Julie sentit la chaleur de son corps puissant se glisser contre elle, chassant définitivement les frissons apportés par le vent ou par ses paroles. Sa force l'entourait, ses yeux exigeaient son attention. Mais de là à croire ce qu'il disait ? Comment le pouvait-elle ? Tout cela était trop fantastique. Et pourtant…

— Il existe des portails entre les dimensions ? dit-elle doucement, en se demandant pourquoi cela ne la surprenait pas davantage.

— Oui.

— Combien ? demanda-t-elle en s'efforçant de cacher sa confusion derrière son instinct professionnel qui la poussait à rassembler le maximum d'informations. Combien de dimensions ?

— Un nombre infini, répondit-il laconiquement en posant les mains sur son dos pour la caresser de ses doigts puissants à travers le matériau soyeux de la chemise qu'il lui avait prêtée.

— Et de portails ?

— Autant. Sinon plus.

Le problème, quand on posait des questions, c'était que les réponses n'apportaient pas de solution et qu'elles pouvaient parfois être dérangeantes.

— C'est trop, dit-elle d'une voix qu'elle sentait tremblante, même si elle savait que les caresses de Kieran y étaient pour autant que ses paroles. Comment voulez-vous que je croie tout cela ?

— Peu importe. Cela ne change rien.

Il était si grand que Julie devait pencher la tête en arrière pour continuer à le regarder. L'étreinte de Kieran se raffermit et il la tenait serrée si fort contre lui qu'elle parvenait à peine à respirer.

— Alors pourquoi avez-vous voulu que je sois ici ? répliqua-t-elle du tac au tac. Si cela ne change rien, pourquoi me raconter tout cela ?

— Parce que nous sommes « connectés », admit-il, tout en ne semblant pas vraiment ravi par cette constatation.

— Cette histoire de télépathie ?

— Oui.

Les mains de Kieran commencèrent à monter et descendre lentement le long de sa colonne, allumant des feux qui n'attendaient qu'un signal pour se transformer en véritables incendies. Essayait-il de la séduire, de l'apaiser ou de détourner son attention ? Les trois fonctionnaient, en tout cas. Avec un soupir, elle ferma les yeux et s'appuya contre lui.

— Ça ne marche pas avec n'importe qui, alors ?

— Non.

Il défit l'agrafe de son soutien-gorge entre le pouce et l'index avec une facilité qui trahissait son expérience. Elle soupira en sentant ses mains se glisser vers sa poitrine et englober ses seins dans ses paumes chaudes.

Son sang se mit à frémir et tout son corps se tendit en avant. Les doigts de Kieran agaçaient le bout de ses seins, faisant naître une sensation douce et fulgurante à la fois, qui la traversa de part en part.

— Oh, mon…

Incapable de finir sa phrase, elle s'ébroua, tentant de continuer à réfléchir, malgré le bouleversement total qui l'envahissait. « Réfléchis, Julie… Fais fonctionner ta tête. » Mais c'était quasiment impossible avec les mains de Kieran sur son corps.

— Pourquoi cela marche-t-il avec moi, alors ?

Tout en continuant à lui torturer délicatement les seins, il pencha la tête, les yeux fermés, pour venir goûter la peau fine de son cou.

— Taisez-vous, murmura-t-il, en caressant de son souffle sa peau parfumée.

Elle sentait ses lèvres et sa langue goûter avidement sa chair, allumant des flammèches impatientes dans tout son corps. Son cerveau s'échauffa, faisant fondre sa raison jusqu'à ce qu'elle s'abandonne tout entière au désir qui l'étouffait presque. Comment avait-elle pu laisser la situation lui échapper à ce point ? Pourquoi s'était-elle laissé distraire aussi facilement ?

« Ah oui », pensa-t-elle, lorsqu'elle sentit que Kieran dirigeait la main vers la taille de son jean, puis sous le fin élastique de sa culotte, pour enfin se poser sur le foyer de son plaisir. « C'est pour ça… »

Elle s'agrippa à ses épaules, sachant très bien qu'elle aurait dû le repousser et le tenir à distance, tant qu'elle n'aurait pas obtenu de réponses à toutes ses questions. Mais cela faisait *tellement* longtemps qu'elle n'avait pas ressenti un tel plaisir…

Kieran caressait le centre même de sa féminité, jusqu'à ce que des feux d'artifice explosent derrière ses yeux. Ses genoux faiblissaient et elle manqua de s'effondrer. Gémissant doucement, elle se colla contre cette main, voulant toujours plus, réclamant cette caresse en elle. Elle s'accrochait à lui comme si sa vie en dépendait, agrippant de toutes ses forces ses épaules nues. Elle rejeta la tête en arrière pour mieux se soumettre aux assauts de douceur de la bouche de Kieran.

Une main posée sur le sein de Julie, Kieran effectuait du bout du pouce des va-et-vient incessants sur le mamelon, tandis que son autre main, toujours glissée dans son slip, caressait ce point si sensible.

— Kieran…, murmura-t-elle dans un souffle, laissant le désir enflammé monter en elle.

Une spirale délicieuse avait pris possession de son corps et elle se laissait faire, ondulant simplement des hanches contre lui.

Chaque parcelle de son corps vibrait d'une vie intense. Son ventre se noua, sa gorge se serra et elle sentit des vagues de plaisir s'élever de plus en plus haut, à travers tout son corps. Alors que la libération était si proche qu'elle pouvait presque la goûter, Kieran glissa sa main plus bas, plongeant un doigt, puis deux dans les profondeurs moites et chaudes de son corps.

Elle aurait voulu arracher ses vêtements, s'étendre sur le toit de pierre et laisser le corps de Kieran la pénétrer. Comment cet homme parvenait-il à lui faire ressentir de pareilles sensations par de simples caresses ? Par de simples baisers ?

Comment était-il possible de ressentir un tel désir ?

Kieran releva la tête pour la contempler. Sa main quitta le sein de Julie pour se poser sur sa nuque. Mêlant ses doigts à ses cheveux, il lui maintint fermement la tête et la regarda trembler et frémir sous son emprise.

— Pitié, murmura-t-elle, en le regardant à travers un voile trouble de passion. Oh mon Dieu, pitié...

— Maintenant, ordonna-t-il, les dents serrées. Laisse-moi te regarder jouir.

Des éclairs semblaient exploser dans les profondeurs bleues de ses yeux. Les cuisses de Julie s'ouvrirent, son bassin s'élança en avant pour accueillir la caresse de Kieran qui s'était faite plus rapide, plus précise. Il prenait possession d'elle par ses va-et-vient, caressant, tourmentant son corps jusqu'à la pousser au bord du précipice, puis dans le précipice.

Julie cria son nom en sentant son corps entier exploser. Haletante, elle le sentit prendre de nouveau sa bouche et glisser une langue conquérante en elle. Elle perçut son désir affamé, aussi nouveau et puissant que le sien. Jamais auparavant elle n'avait rien ressenti de tel.

Tandis qu'il l'embrassait, elle vit de nouveau ses

pensées mais, cette fois-ci, elle se vit elle-même. Nue, étendue sur un lit somptueux, Kieran au-dessus d'elle, plongeant en elle encore et encore jusqu'à ce qu'ils soient tous les deux à bout de souffle. Tandis que son corps étincelait et frémissait sous le coup d'une libération incroyable, elle sentit un désir nouveau, encore plus puissant, prendre possession d'elle immédiatement.

— Voilà pourquoi, dit-il, lorsqu'il arracha enfin sa bouche de la sienne. Voilà pourquoi nous sommes connectés. Il existe un lien entre nous. Un lien du destin.

— Du destin ? demanda-t-elle, éperdue, tandis qu'il la relâchait doucement et la reposait, tremblante, sur ses deux pieds.

— Nos corps, nos esprits. Notre union. C'est elle qui nous renforce.

Il repoussa une mèche de cheveux qui barrait le visage de Julie avec un geste d'une douceur inattendue, une sorte de caresse.

— Je ne vous attendais pas, avoua-t-il d'une voix aussi tranquille qu'une brise. Mais vous êtes bien là, et je ne peux le nier plus longtemps.

L'esprit de Julie vibrait encore du formidable orgasme qu'elle venait de ressentir quelques instants auparavant, et Kieran était là à lui faire la conversation ! Bon sang, elle n'était pas une machine avec un bouton « marche/arrêt » ! Pourtant, elle était sûre d'avoir entendu clairement ses propos.

— Nous nous renforçons mutuellement ?

— Oui.

— Donc, quand je vois vos pensées, vous voyez…

— Les vôtres, oui… Votre famille vous manque. Vos parents sont loin et vous ne les voyez pas aussi souvent que vous le souhaiteriez.

Julie cligna des yeux. C'était la vérité. Ses parents et son petit frère étaient toujours dans l'Ohio et l'éloignement était plus douloureux qu'elle ne l'avait imaginé. Le fait que Kieran ait pu « voir » cette réalité dans son esprit était pour le moins troublant.

— Je n'ai jamais eu de famille, reprit-il doucement, presque avec mélancolie.

— Aucun frère, aucune sœur ? demanda Julie, un peu déstabilisée.

— Ils sont morts en bas âge.

— Je suis désolée pour vous.

Que pouvait-elle dire d'autre ?

— Les temps étaient plus durs, alors. La vie bien plus brève.

— Dans l'Ecosse d'autrefois ?

— Vous me croyez ? demanda-t-il avec le plus léger des sourires.

— Je ne sais pas…

Pourtant, elle avait vu trop de ses souvenirs pour rester dubitative. Des images claires et nettes d'une époque passée, des images de moments que seul un homme qui les avait vécus pouvait reproduire.

— Vous êtes… plus que ce que j'attendais, beaucoup plus, dit-il, en arrangeant ses cheveux que le vent balayait. Il y a une douceur en vous qui m'attire.

— Je ne suis pas une mauviette, protesta-t-elle,

fière de sa force déterminée et de sa capacité à prendre soin d'elle-même, à rebondir.

— Une femme n'a pas à rougir de sa douceur.

— Dans votre monde, peut-être, dit-elle en tournant le visage vers le vent.

Seigneur, était-elle vraiment en train d'accepter que cet homme ait plus de quatre cents ans ? Son esprit pouvait-il vraiment s'ouvrir au point d'accepter la possibilité d'une telle situation ?

Si c'était le cas, qu'allait-elle devoir ensuite accepter d'autre ?

— Ici, aujourd'hui, poursuivit-elle, si une femme veut s'en sortir, s'imposer, elle doit être plus forte, plus dure, plus rapide et plus vive que tous les hommes avec qui elle travaille.

— Votre époque ne m'est pas étrangère, vous savez, dit-il avec ce petit sourire trop bref.

Julie en aurait redemandé.

— J'ai vu le monde changer, et certains changements sont pour le mieux.

— Super, merci… Je suis là, je vous regarde, je sens votre main sur ma joue, et pourtant je sais que c'est impossible. Je vous entends dire que vous avez lu dans mon esprit, je sais que j'ai lu dans le vôtre, et pourtant je continue à penser que c'est impossible.

Kieran reprit son air sérieux, qu'elle connaissait à présent par cœur.

— Allez-vous persister à nier ce qui existe entre nous ?

— Ce truc du destin dont vous avez parlé ?

Julie inspira profondément l'air frais de la nuit

qui avançait et regarda au loin, vers les lumières scintillantes de la ville.

— Comment ne pas douter ? Je ne crois pas au destin, à la fatalité. Je crois au libre arbitre. Nous créons notre propre destin.

— Alors comment expliquez-vous que j'en sache autant sur vous ? répliqua-t-il, la forçant doucement de la main à tourner le visage vers lui. Comment expliquez-vous que je sache que vous adorez la glace et détestez les sushis ? D'ailleurs, je suis entièrement d'accord avec vous : manger du poisson cru m'a toujours paru douteux. Je sais que vous aimez quand il fait froid, et que la chaleur vous est insupportable. Que vous préférez les jours de pluie. Que vous rêvez d'écrire des livres, mais que vous n'avez pas encore assez confiance en vous pour le faire.

— Assez, chuchota-t-elle, sentant un frisson glacé lui parcourir le dos.

C'est trop, hurlait son esprit. Il en savait trop. Rien ne lui échappait. Comment pouvait-il avoir eu connaissance de tout cela, ses goûts, ses aspirations ? Comment pouvait-il la connaître si bien ?

— Et puis, ajouta-t-il, comment expliquez-vous que je puisse savoir que l'homme que vous pensiez aimer vous a trahie ?

Julie se raidit.

— Cela vaut mieux pour vous, d'ailleurs.

— Pardon ?

— Votre mari, concéda-t-il d'une voix à peine audible. C'était un menteur et un traître, un être insignifiant Il n'était pas digne de vous.

— Vous avez vu...

Mortifiée et abasourdie, Julie le regardait sans rien dire, incapable de trouver les mots. Des souvenirs d'Evan se ruèrent dans son esprit et elle commença à le comparer à l'homme qui se tenait devant elle. Le résultat n'était pas tendre pour Evan.

Kieran MacIntyre était un homme complètement différent. Fort, sûr de lui et volontaire, il avançait droit devant lui dans la vie, avec détermination, faisant ce qu'il considérait être son devoir, que cela lui plaise ou non. Evan, lui, ne faisait que traverser la vie, tout comme il avait traversé leur mariage.

— Votre père ne l'a jamais aimé, dit Kieran. C'était un homme plein de sagesse.

— O.K., ça suffit maintenant, répliqua brusquement Julie. Je refuse de rester ici à vous écouter faire le malin et fanfaronner en récoltant des bribes de souvenirs dans mon esprit.

— Je ne fanfaronne pas.

Elle fit semblant d'ignorer sa réponse, ainsi que le regard offensé qu'il lui jeta.

— Oh et puis, tant qu'on y est, je ne veux plus jamais reparler de mon mariage. D'accord ?

— C'est entendu, approuva-t-il avec un bref hochement de tête aimable. En retour, je vous demande de ne plus jamais aborder le sujet de ma mort.

— Topez là.

Bon sang, elle venait de signer le pacte le plus bizarre qu'on puisse imaginer. « Tu ne fouines pas dans mes souvenirs et je reste à distance de ton passé. » Comment diable cela était-il possible ?

— Je vous ramène à l'intérieur, à présent, annonça-t-il en la prenant par le bras.

— Pourquoi ? demanda Julie en refusant d'avancer telle une mule rétive.

— Je dois sortir.

— Pour chasser le démon.

— Oui.

Il la guida vers l'escalier avec une fermeté contre laquelle il était inutile de lutter.

— Vous serez en sécurité ici.

Elle regarda une dernière fois derrière elle, vers les ténèbres qui enveloppaient le château..., vers les lumières de la ville... et le quartier de lune qui éclairait le ciel.

En sécurité ?

Le démon ne représenterait peut-être aucune menace ici. Mais Kieran MacIntyre... ? Rien n'était moins sûr.

Kieran traversa la maison, ruminant une sorte de contrariété qui montait en lui à toute vitesse. Il n'avait pas prévu ce qui venait de se produire. Pas prévu de la toucher et de se perdre ainsi en elle. Il n'avait pas prévu de plonger aussi profond dans son esprit au point de voir sa famille et l'amour qui unissait Julie à celle-ci. De sentir ce lien familial fort qui ne faisait que lui rappeler une fois de plus que lui-même n'avait jamais connu une telle intimité, ni même un tel lien.

En plus de quatre cents ans, il ne s'était jamais autorisé à s'attacher à un mortel. Leur vie était bien trop brève. S'ouvrir à l'amitié, à l'amour même, n'aurait été qu'une source de souffrance intarissable et sans cesse renouvelée. Il avait déjà tellement souffert dans sa vie qu'il tenait à se protéger dans l'éternité.

Il venait pourtant juste de rompre son propre code avec Julie Carpenter, et le fait que son pouvoir s'était nourri de cette union et s'était ainsi renforcé ne faisait qu'augmenter sa fureur.

Grâce à ce qu'il avait reçu, lors de leur rencontre sur le toit, il pouvait à présent percevoir la signature énergétique du démon, même ici, depuis sa maison. Il savait que ce qui s'était passé avec Julie valait bien cette colère qu'il sentait rugir en lui. S'il gardait Julie à ses côtés, s'il acceptait de laisser se développer ce lien entre eux, le démon serait arrêté beaucoup plus rapidement.

Il y aurait moins de victimes.

C'est ce qu'il devait faire.

Et pourtant...

Il grimpa l'escalier quatre à quatre, laissant ses bottes résonner avec force dans le silence du château. Le bord de son manteau de cuir noir s'enroula autour de ses jambes lorsqu'il atteignit la dernière marche et tourna brusquement pour s'engager dans le long couloir.

Il se laissa imprégner par l'aspect familier des lieux qui avait le pouvoir de l'apaiser. Les murs de pierre grise, les voûtes des portes, les portraits des vieux amis, peints par lui-même des siècles plus tôt, avaient sur lui un effet bienfaisant. Il traversa la salle à manger, remarquant à peine la table de banquet en châtaigner brut, ornée d'une urne d'étain garnie d'une douzaine de roses blanches en son centre. Au mur, des appliques, reproductions d'antiques torches, déversaient une lumière douce qui projetait des ombres dans la pièce. Mais c'était des ombres familières qu'il appréciait généralement. Il avait enfin trouvé la paix dans cette demeure.

Jusqu'à présent.

Il traversa l'entrée, en direction de la pièce dans laquelle il était sûr de retrouver Nathan : la cuisine. Son ami avait toujours faim.

D'un geste brusque, il ouvrit la porte et s'arrêta sur le seuil pour regarder Nathan d'un air agacé. Celui-ci n'avait pas bougé d'un pouce et tenait à la main un pilon de poulet, reste du repas du soir.

— Elle a déjà réussi à t'énerver? demanda-t-il, avec un bref coup d'œil à Kieran.

— Cela ne te regarde en rien.

— Compagne du Destin, hein? C'est ça? demanda innocemment Nathan en s'emparant de la dernière aile de poulet, avant de se caler dans sa chaise pour la grignoter tranquillement.

Kieran fronça les sourcils en se souvenant que le jeune homme avait parlé à Santos.

— Santos n'a jamais su tenir sa langue.

— Hé ! Ho! C'est juste un détail de plus dans toute cette histoire de Gardiens, non? C'est bien normal que je me renseigne...

Nathan avait l'air amusé, ce qui agaça profondément Kieran.

— Les Compagnes du Destin sont des légendes, affirma-t-il, comme s'il refusait de se souvenir de la puissance extraordinaire et de l'énergie qui s'étaient déversées en lui lorsqu'il avait touché l'intimité de Julie.

Tout comme il refusait de penser à la puissance incroyable et inexplicable qu'il pouvait récupérer si Julie et lui faisaient véritablement l'amour.

— Ce n'est pas l'impression que j'en ai, commenta Nathan, en agitant son morceau de poulet avec emphase. On peut presque voir ce qui se passe entre vous lorsque vous êtes tous les deux dans la même pièce. Sérieusement, ajouta-t-il avec un petit rire, j'étais pris d'une furieuse envie de fumer chaque fois que tu la regardais, c'est dire !

Kieran le fusilla du regard mais, comme à son habitude, le jeune homme ne se laissa pas impressionner.

— Donc, j'ai l'impression que cette légende comporte plus de vérité que vous ne semblez le penser, les gars. Cela dit, je ne cherche pas une femme pour l'éternité. Surtout pas ! Ma relation la plus longue avec une femme a duré un peu plus de deux mois. Alors l'éternité ? Non, merci. Très peu pour moi.

Kieran était parfaitement d'accord. Pourtant, si son esprit ne trouvait rien à redire, tout son corps réclamait Julie. Il lui démangeait de poser les mains sur elle, et son sang ne semblait couler dans ses veines que pour elle. Son désir étant assez puissant pour le pousser à grimper de nouveau l'escalier pour gagner la chambre de Julie, il préféra sortir par la porte de derrière, celle qui menait au jardin et au grand garage.

— Garde un œil sur elle, ordonna-t-il en jetant un dernier regard à Nathan.

— Tu pars en chasse ?

— Oui.

— T'es sûr que tu ne veux pas que je vienne ?

— Tu connais les règles, répondit Kieran en s'arrêtant un instant sur le pas de la porte. Un Gardien pour un démon. Ton heure viendra.

— Personne n'a jamais dit qu'il était interdit de demander des renforts.

C'était la stricte vérité. Plus d'une fois, des Gardiens s'étaient regroupés pour combattre une bête particulièrement vicieuse, mais, au final, c'était la tâche d'un seul homme — ou d'une seule femme.

— C'est plus important que tu restes ici. Protège Julie.

— Compte sur moi, dit Nathan en se levant paresseusement et en s'étirant.

Kieran leva un instant les yeux vers le plafond, comme s'il avait pu voir à travers les murs jusque dans la chambre de Julie, puis il regarda de nouveau Nathan. Il n'avait jamais ressenti cela ; il n'avait pas envie de quitter Julie, ce qui signifiait qu'il devenait impératif de s'éloigner de cette femme qui prenait si rapidement une place trop importante dans sa vie.

— Evidemment que je compte sur toi, dit-il enfin, avant de claquer la porte derrière lui.

Pur bonheur.

La joie infinie d'errer librement dans un monde plein de corps offerts, attendant d'être massacrés. Qui allait-il choisir ? Comment se décider devant un tel choix? La rouquine du cinéma le tentait encore, mais une jeune femme blonde assise non loin de là l'intéressait tout autant.

Cela dit, il avait déjà goûté à une blonde. Il fallait varier les plaisirs. La clé du bonheur dans son travail se trouvait dans la variété.

A la sortie du cinéma, sous les traits d'un agréable jeune homme au regard rieur et à la barbe légère, le démon s'avança vers la rouquine. Se servant de l'énergie envoûtante dont les dieux l'avaient gratifié, il se présenta. « Bonjour, je m'appelle Bob Robison. Je peux vous offrir un verre? »

Elle se tourna vers lui et lui sourit, sans deviner le moins du monde ce qui se cachait derrière ce visage affable. Sans réaliser une seconde que cette nuit serait la dernière et qu'avant le lever du soleil elle supplierait en hurlant pour qu'il abrège son supplice.

Pur bonheur.

Kieran quadrillait la ville, arpentant chaque ruelle, vérifiant chaque porche et chaque recoin. Il discuta avec la faune nocturne, questionnant les désespérés, les solitaires, mais rien ni personne ne semblait le mettre sur la piste du démon.

Chez lui, il avait eu la certitude qu'il mettrait un terme à sa mission ce soir même. A présent, le doute se glissait en lui comme l'humidité tranquille d'un brouillard se levant sur la mer.

Il huma l'air, à la recherche de la piste qui le mènerait jusqu'à sa proie. Clignant des yeux dans la lumière blafarde des néons, il espérait réussir à apercevoir un éclair d'énergie résiduelle que les démons laissaient inévitablement partout où ils passaient. Ses pas réguliers résonnaient sinistrement dans la nuit, tandis qu'il parcourait les ruelles jonchées de détritus de toutes sortes, exhalant des odeurs d'ordures et de rêves brisés.

Lorsqu'il comprit que la ville ne lui céderait aucun de ses secrets, il gagna de nouveau les collines.

Ce démon aimait particulièrement la vie urbaine, mais appréciait également un peu d'intimité pour commettre ses crimes. Parmi les buissons et les arbres des collines d'Hollywood, il trouverait l'une et l'autre réunies. C'était là qu'il fallait le chercher — quelque part dans les canyons emplis d'ombres, assez larges pour accueillir tous les secrets du monde.

Julie tremblait encore. Ni le long bain chaud qu'elle avait pris dans la baignoire capable d'accueillir une orgie, ni le peignoir épais et douillet qu'elle avait trouvé accroché derrière la porte de la salle de bains n'avaient réussi à calmer les frissons nerveux qui la parcouraient et à apaiser le trouble profond qui la tenaillait.

Elle avait passé deux ou trois coups de téléphone — d'abord pour prendre des nouvelles de Kate qui, Dieu merci, se remettait plus rapidement que ce que les médecins avaient pensé. Ensuite, elle avait appelé chez ses parents. Peut-être parce que Kieran avait évoqué sa famille, ou tout simplement parce qu'elle avait besoin de ce contact familier, normal et sensé. Pourtant, les quelques mots qu'elle avait échangés avec sa mère, la femme la plus sensée de la planète, n'avaient rien fait pour apaiser le malaise qui lui tordait le ventre.

Un froid persistant et tenace semblait avoir pris possession de ses veines, alors que certaines parties de son corps étaient si brûlantes qu'elle parvenait à peine à rester assise tranquillement une minute. Incapable de rester en place, elle faisait les cent pas dans sa chambre, s'efforçant de ne pas penser à la cage dorée dans laquelle elle se trouvait prisonnière.

Pourtant, ce n'était pas tout, il fallait bien l'admettre. Kieran MacIntyre avait fait irruption dans sa vie, avec son grand manteau, son épée, ses yeux fascinants et ses mains puissantes, et rien ne serait plus jamais comme avant. Elle était là, à peine plus qu'une prisonnière dans un château, et bon sang… elle avait laissé un homme qu'elle connaissait à peine la…

— Oh mon Dieu…

En dépit du froid têtu qui la faisait grelotter, elle ouvrit en grand la porte-fenêtre et sortit sur le balcon. C'était idiot, elle le savait, mais au moins, elle avait l'impression d'être un peu moins enfermée, de goûter à un peu de liberté. Une simple illusion, évidemment.

La réalité était bien moins séduisante.

Elle s'était laissé conduire dans cette maison où il n'y avait pas la moindre issue, pas la moindre chance de s'échapper. Elle ne savait même pas comment ouvrir ces fichues grilles de sécurité et elle était prête à parier qu'il était impossible de les escalader. Et puis, si jamais, par miracle, elle réussissait à franchir les grilles, elle n'avait pas de voiture et la route était longue jusqu'au centre-ville.

Eh oui ! Une brillante manœuvre, en vérité. Quelle idée de venir ici !

Gardiens. Démons. Destin.

Rien de tout cela n'était vrai.

Impossible.

Les yeux mi-clos, elle scruta la mer de lumière qui s'étendait à l'horizon. Elle avait besoin de plus d'informations. C'était son domaine. Creuser sous la surface de ce que les gens présentaient au monde. Elle n'avait fait qu'une recherche rapide sur Kieran, après leur première rencontre. A présent, elle devait mener plus loin ses investigations. Et tant qu'à faire, elle allait aussi se renseigner sur Nathan Hawke.

Elle avait son ordinateur portable avec elle, et Kieran lui avait déjà dit que le château était équipé en Wifi. Château ? Wifi ? Il lui semblait que ces deux mots étaient incompatibles dans la même phrase. A vrai dire, peu de choses autour d'elle semblaient avoir du sens, depuis quelque temps.

Même si elle ne trouvait rien, cela lui occuperait au moins l'esprit et la libérerait de ses obsessions. Elle arrêterait peut-être de penser sans cesse à ces instants passés sur le toit avec Kieran.

Se frottant frileusement les bras, elle contempla les ténèbres qui semblaient ceindre le château. Il y avait… quelque chose dehors. Les mâchoires serrées, elle poussa un soupir et refoula l'impression d'être observée par des yeux curieux, attentifs, vigilants. Elle refusait de céder de nouveau à cette peur irraisonnée qui n'était que le fruit de son imagination affolée par un homme qui savait s'y prendre. Il n'y avait personne en bas, tapi dans l'ombre.

Personne ne la surveillait.

Et pourtant…

Frissonnante, elle s'éloigna de la balustrade de pierre. Puis, s'intimant mentalement de se reprendre, elle se détourna du balcon et rentra d'un pas déterminé dans la chambre, ferma la porte-fenêtre et s'installa devant son ordinateur.

Les cris de la rouquine résonnaient encore à ses oreilles. Le démon éclata de rire, savourant l'instant. Il baissa les yeux vers le corps à présent inutile de la jeune femme, vidée de son âme qui s'était éparpillée en enfer.

Il avait bien fait de choisir la rouquine, finalement. Elle l'avait beaucoup amusé en se débattant comme une folle, tentant futilement de se libérer. Son sang avait le goût de l'ambroisie.

Chérissant ce souvenir riche et fort, le démon soupira d'aise. Mais la bête n'avait pas de temps à perdre. Impossible de se reposer sur ses lauriers. Il y avait tant à faire pour préparer le cadavre pour le Gardien. Cette fois-ci, le démon laisserait son trophée là où MacIntyre serait certain de le trouver.

Chantonnant à mi-voix, le démon s'empara d'un poignard et se mit joyeusement au travail.

*
* *

Internet pouvait être un outil dangereux.

Julie s'adossa à sa chaise, s'efforçant de retrouver son calme. En vain.

— Oh mon Dieu. Et maintenant?

Une heure plus tôt, elle avait entré le nom de Nathan Hawke dans son moteur de recherche préféré. Elle était alors persuadée de découvrir que Nathan était aussi vivant qu'elle, ce qui lui permettrait de rapidement mettre un terme à toute cette mascarade. Pour se prouver que rien de tout ceci n'était vrai.

Bien mal lui en avait pris.

Elle jeta un œil au bloc-notes posé à côté de son ordinateur portable encore ouvert et relut la ligne qu'elle avait soulignée d'un trait noir.

Nathan Hawke, Navy SEAL, mort le 25 mars 2003.

Une photo du jeune homme avait même été publiée dans le journal de sa ville natale, dans la rubrique nécrologique. « Un jeune homme de Rhode Island tué au combat » annonçait l'article. La photo de Nathan semblait avoir été prise cet après-midi même, pensa Julie.

Secouée, mais loin d'être découragée, ou convaincue, Julie avait alors entrepris des recherches plus approfondies sur Kieran. Mettant de côté le fait que Nathan était mort, puisqu'elle l'avait vu de ses propres yeux se goinfrer de poulet rôti quelques heures auparavant, elle se concentra sur l'homme qui l'avait entraînée de force dans toute cette histoire.

Elle abandonna les recherches superficielles pour faire appel à toutes ses compétences journalistiques et écarter tous les rideaux de fumée que l'homme avait érigés autour de lui pour se cacher du monde.

Au final, elle n'avait rien trouvé de rassurant. Simplement davantage de questions. Davantage de doutes. A présent, elle contemplait une photo sur l'écran de son ordinateur.

Celle-ci avait été prise en décembre 1955. Un groupe assez important d'hommes était rassemblé pour une cérémonie officielle organisée à l'occasion de la pose de la première pierre d'un nouvel hôpital pour enfants. La photo était floue et de mauvaise qualité, mais elle parlait néanmoins d'elle-même.

Au dernier rang, Kieran MacIntyre se tenait un tout petit peu à l'écart. Ses yeux pâles regardaient l'objectif, comme s'il avait voulu faire fondre la lentille. Il n'avait pas l'air heureux d'être ainsi immortalisé sur la pellicule. Et Julie comprenait pourquoi.

En voyant cette photo, n'importe qui aurait pensé que l'homme en question n'était autre que le père de Kieran et que la ressemblance entre les deux hommes était simplement un de ces exemples stupéfiants des mystères de l'hérédité que l'on rencontre quelquefois.

Julie, en revanche, savait qu'il n'en était rien.

Elle connaissait ce visage.

Et il n'y avait qu'une seule explication logique : tout ce que Kieran avait dit était vrai.

Elle recula sur sa chaise et posa la main sur son estomac qui s'était brusquement mis à protester. Elle repensa à tout ce qu'il lui avait dit, sur le toit — à propos de cette connexion entre eux.

A propos de son devoir.

Du destin.

Sur leur union qui était censée les rendre plus forts.

Etait-ce pour faire renaître cette force qu'il l'avait conduite jusqu'à ce refuge romantique sur le toit ? Qu'il l'avait caressée de façon si intime ? Qu'il lui avait donné du plaisir comme jamais elle n'en avait connu, la laissant secouée jusqu'aux os ?

Pour gagner de la force pour sa mission ?

Avec un gémissement sourd, Julie comprenait enfin la vérité.

Kieran MacIntyre ne l'avait pas amenée ici, dans sa propre maison, pour la protéger, mais pour se servir d'elle.

10

Vêtue d'un jean, de son pull gris et d'une paire de baskets, Julie descendit furtivement l'escalier. L'idée lui avait semblé bonne quelques minutes auparavant, mais, à présent qu'elle la mettait en application, elle n'était plus aussi sûre d'elle.

Son estomac ne cessait de se contracter et son cœur battait aussi fort que les tambours du Bronx. Si elle acceptait de croire que Kieran était l'homme qu'il prétendait être, alors elle devait aussi accepter le fait qu'un démon courait librement dans la ville.

Cette idée la terrorisait purement et simplement.

Elle ne se sentait pourtant pas davantage en sécurité dans la forteresse. Comment l'aurait-elle pu ? Ce n'était pas pour assurer sa sécurité que Kieran l'avait amenée ici. Il ne l'avait fait que parce qu'il souhaitait renforcer ses propres pouvoirs.

Il allait être déçu.

Elle refuserait d'être sa petite dose de vitamine C.

Elle ne resterait pas une seconde de plus dans cette prison dorée.

Elle devait réfléchir.

Il n'y avait qu'un seul endroit dans L.A. où elle se rendait toujours lorsqu'elle avait besoin de se retrouver seule pour reprendre ses esprits, régler un problème ou prendre une décision.

Ce soir-là, elle devait faire les trois d'un coup.

Après tout, il ne s'agissait pas de se comporter comme ces héroïnes décérébrées, qui, dans les films d'horreur, couraient se jeter dans les bras d'un monstre stupide. De toute façon, même en dehors du château, elle resterait connectée à Kieran. Impossible d'être véritablement seule dans ces conditions. Il saurait où la trouver et elle serait donc aussi en sécurité n'importe où dans la ville que dans l'enceinte du château. Se trompait-elle ?

Bien sûr que non…

Le problème était de sortir de ce fichu château.

Elle descendit encore quelques marches, regardant furtivement de tous les côtés, s'attendant plus ou moins à voir Nathan, le Navy SEAL *mort*, surgir à tout moment. Ces hommes n'étant pas tout à fait morts, peut-être pouvaient-ils se transformer, par exemple en brouillard… ou en chauve-souris ?

« Oh mon Dieu, pensa-t-elle. Non. Pitié, pas des chauves-souris. »

Le couloir était vide et elle continua son chemin. Elle avait tout prévu tandis qu'elle s'habillait à la hâte dans sa chambre. Un homme aussi riche que Kieran possédait sans aucun doute plus d'une voiture. Pour conduire ces voitures, il devait également pouvoir ouvrir ces fichues grilles qui se trouvaient au bout de cette interminable allée. En général, les gens conservaient la télécommande d'ouverture de leur garage dans leur voiture. Elle était prête à parier que la télécommande des grilles y serait aussi.

Tout ce qu'elle avait à faire, c'était voler une voiture.

Un éclat de rire à moitié hystérique faillit s'échapper de sa gorge et elle dut serrer la rambarde de toutes ses forces pour se retenir. Elle allait donc devenir une délinquante, une voleuse de voiture.

Excellent. Bien joué.

Et puis, tant qu'à faire, autant voler un type armé d'une épée, bon sang !

Et dire qu'à peine quelques jours auparavant, sa vie était encore d'une normalité ennuyeuse. Le travail. Les amis. La maison. A présent, voilà qu'elle essayait de s'échapper d'un château, en volant une voiture, pour fuir un type mort depuis des siècles.

A part ça, on pouvait dire que tout était normal dans son existence.

En bas de l'escalier, Julie retint son souffle, l'oreille aux aguets. Elle n'entendit que le tic-tac étonnamment puissant d'une vieille horloge aussi vieille que le temps lui-même. Une lueur pâle éclairait les murs de pierre grise et projetait des ombres douces sur la galerie de portraits dans le couloir. Elle étudia attentivement chaque visage en passant. Des chevaliers. Des dames. Etait-ce des amis de Kieran ? Des membres de sa famille ?

Non, il avait prétendu qu'il n'avait aucune famille.

Et bien sûr, elle l'avait cru, parce qu'il avait été d'une honnêteté sans tache avec elle jusqu'alors ! Julie se serait volontiers donné des claques. Elle continua sa route, se dirigeant vers la cuisine et la porte du jardin. Inutile de tenter une sortie par la porte principale. Nathan, en bon chien de garde, veillait sans doute. Peut-être pourrait-elle le convaincre qu'elle...

— Où allez-vous comme ça ?

Elle se figea sur place, porta une main à sa poitrine et fit volte-face.

— Ça ne va pas, non ! s'exclama-t-elle en le fusillant du regard. Vous m'avez fichu une frousse bleue ! La prochaine fois, allez-y carrément et assommez-moi tout de suite, ça sera plus efficace !

Nathan sembla hésiter, puis haussa les épaules.

— Désolé. Je ne voulais pas vous faire peur. J'ai été entraîné pour me déplacer en silence.

— Bravo, c'est réussi en tout cas, dit-elle en essayant de retrouver son souffle et de réfléchir sans perdre de temps. Je vous mets le maximum, vingt sur vingt en épreuve d'approche furtive.

Il lui adressa un sourire qu'elle aurait qualifié de désarmant si elle n'avait su avec certitude que Kieran lui avait donné l'ordre de garder un œil sur elle.

« Oh non, il ne voulait pas prendre de risque avec sa petite dose humaine d'énergie. »

— Alors..., reprit Nathan, laissant sa phrase volontairement en suspens.

— En fait, je...

Elle inspira profondément et se résolut à suivre à la lettre le plan qu'elle avait mis sur pied quelques minutes auparavant.

— ... je vous cherchais.

— Pourquoi ?

Le regard de Nathan était tranquille, attentif, et il semblait prêt à l'action. Les guerriers étaient-ils tous comme ça? se demanda Julie qui avait déjà remarqué la même attitude chez Kieran. C'était sans doute une des caractéristiques des Gardiens.

— Je crois avoir aperçu quelque chose par la fenêtre donnant sur le jardin.

Aussi souple qu'un chat, Nathan parcourut sans effort la distance qui les séparait et la regarda droit dans les yeux, l'air soudain grave.

— Quand ça? Où?

— A l'instant, mentit-elle, en remerciant en silence sa formation de journaliste qui l'avait entraînée à cela. J'ai jeté un coup d'œil par la fenêtre en haut de l'escalier et je vous jure qu'il y avait quelque chose, on aurait dit... une ombre, qui se déplaçait dehors.

Ce n'était pas véritablement un mensonge, après tout. Elle avait bel et bien senti une présence en train de l'observer lorsqu'elle était sortie sur le balcon de sa chambre. Bien sûr, il aurait pu s'agir de n'importe qui. Un voisin en train de faire son jogging, des jeunes à la recherche d'un coin discret, ou même un démon.

Non. Impossible que ce soit le démon. Et même si c'était lui, il était certainement déjà parti, à présent.

— Restez ici, ordonna brusquement Nathan. Je vais aller jeter un œil devant la maison.

— D'accord, répondit-elle, alors qu'il s'avançait déjà vers la porte d'entrée. Allez-y, je vous attends.

Dès qu'il fut parti, elle se rua vers la cuisine et la porte du jardin. Elle éprouva quelque remords à faire ainsi courir Nathan pour rien, mais elle chassa bien vite ce sentiment de culpabilité. Elle faisait ce qu'elle avait à faire. D'ailleurs, Nathan apprécierait sans doute d'avoir l'occasion de gambader un peu dans l'obscurité à la recherche d'une éventuelle menace.

Si elle parvenait à gagner le garage, elle savait qu'il ne pourrait pas l'empêcher de s'échapper.

L'air froid de la nuit la surprit, mais elle ignora le frisson qui la parcourut tout entière et, se glissant dans l'ombre, elle se dirigea d'un pas décidé vers l'immense garage. Ses pas semblaient résonner avec force et elle pria pour que les Gardiens n'aient pas de superpouvoirs, comme des oreilles bioniques, en plus de toutes les qualités dont avait parlé Kieran.

Julie posa la main sur la poignée de la petite porte latérale, tout en priant pour que l'énorme bâtiment ne soit pas fermé à clé. Heureusement, la porte s'ouvrit et Julie se dit que ses espoirs étaient fondés. S'introduisant à l'intérieur, elle s'avança dans le garage principal. Aussitôt, des lumières s'allumèrent.

Des détecteurs de mouvement ?

Une rangée de voitures de toutes marques, de tous gabarits, était alignée devant elle. Des berlines de luxe, des voitures de sport et même un énorme véhicule tout terrain qui aurait fait pâlir d'envie un militaire ou un baroudeur. Il y avait même quelques motos dans le fond, mais elle ne leur prêta pas attention.

Julie se précipita vers le véhicule le plus proche, une petite voiture de sport noire à deux places qui, elle l'espérait, était nerveuse et rapide. La main sur la poignée de la porte, elle murmura une rapide prière en fermant les yeux et... ouvrit la portière. Comme elle l'avait escompté, les clés de la voiture étaient sur le contact et il y avait deux boutons sur le tableau de bord.

Elle se souvenait vaguement d'avoir vu Kieran appuyer sur un bouton similaire dans l'autre voiture, lorsqu'ils étaient encore sur la route de la colline, avant d'arriver chez lui. Il devait donc s'agir de la télécommande des grilles. Quant à l'autre bouton, ce ne pouvait être que celui qui commandait l'ouverture du garage.

Elle n'aurait qu'une minute ou deux après avoir mis en route le moteur. Nathan le mort-vivant serait rapidement sur ses talons et elle devait se tenir prête à partir dès que la porte du garage se serait ouverte. Julie ferma à clé les portières de la voiture, s'agrippa au volant et appuya sur le bouton d'ouverture de la porte du garage. Une fois le moteur en route, elle attendit que la large porte de métal se soit soulevée juste assez pour la laisser passer avant d'appuyer sur l'accélérateur.

Du coin de l'œil, elle aperçut Nathan qui se précipitait vers elle à l'autre bout du jardin, mais elle s'avançait déjà vers la première grille. Lorsqu'elle appuya sur le second bouton, la grille de métal s'ouvrit doucement et elle passa en trombe pour s'élancer sur la petite route qui tournoyait dans l'obscurité.

Elle était enfin libre.

Du moins pour l'instant.

*
* *

Kieran leva brusquement la tête. Tous ses sens furent subitement en alerte. Un violent éclair de colère passa dans ses yeux.

Julie s'était échappée.

Fichue bonne femme. Il concentra ses pensées sur elle, s'efforçant de pénétrer dans son esprit, et il perçut immédiatement sa satisfaction d'avoir réussi à être plus rapide et plus maligne que Nathan.

Celui-ci allait devoir lui rendre des comptes…

Retournez immédiatement au château ! ordonna-t-il, tentant par tous les moyens de la forcer à se connecter à son esprit. Elle savourait sa liberté retrouvée, mais il lui avait fallu, pour cela, quitter le château et la protection que celui-ci lui assurait.

Pourtant, sous la colère qui bouillonnait en lui, Kieran ressentait presque une pointe d'admiration. Elle avait réussi à détourner l'attention de Nathan — ce qui n'était déjà pas une mince affaire — et était parvenue en plus à voler une de ses voitures.

Cette femme était bien plus ingénieuse qu'il ne l'avait imaginé.

Il comprit que Julie ignorait ses injonctions mentales, ce qui ne fit que renforcer sa colère. A travers ses yeux, il voyait les images du paysage qui l'entourait tandis qu'elle conduisait à toute allure. Il sut ainsi exactement où elle se trouvait. Elle avait déjà descendu la colline et se dirigeait vers la voie express.

Comment avait-elle fait pour échapper à Nathan ?

Et pourquoi voulait-elle à tout prix s'enfuir ?

Il pensait qu'ils avaient fini par trouver un terrain d'entente, tout à l'heure sur le toit, qu'elle avait enfin compris le danger qui la guettait.

Jeune femme, murmura-t-il dans son esprit, *ma patience a des limites.*

Il crut un instant percevoir son éclat de rire, puis ce fut le silence.

Plus rien.

Comme si malgré son trouble et son agitation, elle avait trouvé un moyen de lui interdire l'entrée de son esprit.

— Bon sang, maugréa-t-il, en s'élançant sur le flanc de la colline.

Il aurait dû s'unir pour de bon avec elle, achever de forger le lien qui se construisait lentement entre eux pour en faire une connexion solide.

Tout était de sa faute. Il avait hésité à se servir d'elle.

Parce que, quelque part au fond de lui, il craignait de trouver des sentiments qu'il n'était pas prêt à admettre. Cette femme le hantait.

Sa voix. Ses yeux. Son esprit.

Il s'était plongé dans ses pensées et y avait découvert la vie.

L'amour, la joie, la douleur.

Le tumulte de son esprit, la richesse de son âme étaient irrésistibles pour un homme comme lui, qui vivait depuis des siècles avec sa propre solitude pour toute compagne.

La lune fit une brève apparition entre deux nuages et des ombres informes apparurent sur le sol autour de lui. L'écho lointain d'un autre esprit vint frôler le sien. Kieran s'arrêta brusquement, faisant rouler des cailloux sous ses bottes dans la pente devant lui.

Le démon.

Ses pensées étaient à peine plus audibles qu'un murmure, mais elles étaient bien là.

Excitation. Plaisir. Jubilation.

Tous ces sentiments glissaient sur Kieran comme une marée noire s'étalant sur la surface de l'océan.

Il huma l'air, mais chacune de ses cellules lui indiqua que le démon était à nouveau loin. Il n'y avait plus aucune trace de lui, à présent. Aucune traînée de couleur, aucune charge électrique dans l'air. Pourtant, le message du démon était clair. Si le pouvoir de Kieran croissait, celui du démon aussi. Plus longtemps il survivait dans cette dimension, plus il devenait puissant.

Les mâchoires serrées par la colère, Kieran s'élança de nouveau dans la pente, déterminé coûte que coûte à retrouver Julie le plus rapidement possible. Il se fondit dans les ombres qui l'entouraient, ne faisant qu'un avec la nuit. Au pied de la colline, il retourna rapidement vers la route pour retrouver sa voiture.

Une odeur le frappa brusquement en plein visage.

Celle du sang frais.

Dégainant son épée, il s'approcha de la voiture, aussi furtif qu'une ombre. Il n'y avait pourtant aucun besoin d'être invisible ni silencieux, car il savait que sa proie était déjà repartie.

Etendu en travers du capot de la voiture de Kieran

se trouvait le corps de ce qui avait autrefois été une grande et belle jeune femme aux cheveux roux. Ses grands yeux étonnés contemplaient le ciel noir comme si elle se demandait encore comment elle avait pu en arriver là.

Kieran, lui, le savait.

Tout comme il savait que, s'il ne retrouvait pas ce démon le plus rapidement possible, d'autres femmes seraient ainsi abandonnées comme autant de monuments à sa folie démoniaque.

— Pardonne-moi, murmura-t-il, en soulevant doucement le corps de la jeune femme pour le poser sur l'asphalte dur et froid.

Il n'avait pas envie de l'abandonner là toute seule, proie convoitée par le premier coyote venu, mais il n'avait pas le choix.

Il devait retrouver Julie.

Comme toujours, la jetée de Santa Monica était envahie par la foule. Des néons criards scintillaient partout, maculant de couleurs vives les visages des nombreux promeneurs. Un air de musique brésilienne flottait dans l'air, en provenance d'un des restaurants en terrasse, des mimes au visage peint en blanc harcelaient les promeneurs et, si le carrousel s'était arrêté pour la nuit, la grande roue brillait encore de mille feux. Des rires flottaient en cascades dans l'air chargé d'embruns, les jeux d'arcades clignotaient, tintaient et sonnaient, les clients glissaient des pièces dans les machines à sous, tiraient sur des canards en plâtre ou s'acharnaient sur des flippers.

Des bandes d'adolescents, accrochés les uns aux autres, arpentaient la jetée, à la recherche d'un mauvais coup, tandis que des pêcheurs éparpillés le long de la rambarde s'efforçaient tant bien que mal de faire abstraction de toute cette agitation pour se concentrer sur le flotteur de leur canne à pêche.

Julie avait découvert la jetée quelque temps après avoir emménagé à L.A. Elle savait que c'était le dernier endroit où envisager de se promener seule mais, d'une certaine façon, cette ambiance de fête foraine permanente, cette foule anonyme et la cohue qu'elle entraînait se combinaient pour former une sorte de brouillard qui l'enveloppait et lui permettait de se retrouver seule avec ses pensées. Perdue au milieu de toute cette vie urbaine et bouillonnante, elle se sentait alors moins isolée.

Julie inspira avidement l'odeur des hot dogs, des pommes d'amour et le parfum un peu écœurant de la barbe à papa qui se mêlaient dans l'air.

Tout cela, au moins, était normal. Et familier.

Le reste de sa vie, en revanche, avait échappé à tout contrôle.

Il y avait un commissariat en plein milieu de la jetée et Julie se sentit un peu rassurée par la présence du LAPD. Malgré les avertissements de Kieran, elle se sentait parfaitement en sécurité. Dans la foule, elle n'était qu'un visage de plus. Kieran n'était pas de cet avis, bien sûr. Elle savait qu'il était furieux, mais, bon sang, elle aussi était en colère.

Il s'était servi d'elle.

Malgré ce qu'elle avait ressenti lorsqu'ils étaient ensemble, malgré la chaleur de ses mains et le désir foudroyant qui émanait de lui… il n'avait fait que se servir d'elle.

Ruminant ces sombres pensées, elle décida de descendre les marches pour gagner la plage et marcha sur le sable jusqu'au bord de l'eau. Des vagues écumantes s'avançaient sur le rivage, avant de se retirer en chuchotant dans la nuit. C'était la marée basse, et le sable mouillé luisait faiblement sous la lune.

Contrairement à la jetée, la plage était presque vide, à cette heure-là. Seuls quelques rares promeneurs s'y étaient aventurés. Un peu plus loin, un couple enlacé contemplait les vagues.

Avec un petit soupir d'envie, Julie détourna les yeux du couple pour contempler l'étendue d'eau noire. Après l'échec de son mariage avec Evan, elle s'était fait la promesse de mieux gérer sa vie sentimentale, de surveiller plus attentivement la porte de son cœur, de ne plus laisser personne s'approcher. Pourtant, en dépit de tout…, du danger qu'il représentait, de la peur, de l'inquiétude dans lesquelles il l'avait plongée et de l'impossibilité même de son existence, elle avait laissé Kieran s'approcher.

Tout s'était passé trop rapidement.

Elle avait besoin de respirer, de laisser son esprit vagabonder sans craindre que Kieran ne vienne contrôler ses pensées. Les mains dans les poches, elle donna un coup de pied dans le sable.

Elle avait ressenti la colère de Kieran lorsqu'elle avait quitté le château. Son esprit avait pénétré le sien sans qu'elle puisse l'en empêcher. Tout comme elle l'avait craint, il avait suivi sa fuite et avait su exactement où elle se trouvait. Puis, soudain, plus rien.

Peut-être était-elle en sécurité, finalement.

Peut-être avait-il perdu sa trace…

Presque aussitôt, Julie perçut un changement dans l'atmosphère, aussi clairement que si quelqu'un venait de lui taper sur l'épaule.

Kieran ?

Elle regarda autour d'elle, scrutant la plage presque vide.

Rien.

Aucun homme grand et furieux, vêtu d'un long manteau noir. Inconsciemment, pourtant, elle se recroquevilla un peu sur elle-même, face à la mer, comme pour se protéger d'un regard inquisiteur.

— Jeune dame, ma patience est à bout.

Julie sursauta violemment et fit volte-face. Elle se retrouva nez à nez avec Kieran qui la regardait d'un air furieux. Un sentiment de soulagement auquel se mêlait de la crainte s'empara d'elle, mais, finalement, ce fut le soulagement qui l'emporta. Cette impression d'être perpétuellement surveillée était due à sa présence, évidemment. Elle tenta de le repousser de ses deux mains, mais ne réussit même pas à le faire vaciller.

— Vous m'avez fichu une de ces frousses ! pesta-t-elle. Et puis d'abord, comment avez-vous fait pour arriver en douce comme ça ?

— Peu importe. Pourquoi avez-vous quitté ma demeure, alors que je vous avais clairement stipulé d'y rester ? Répondez.

— Je ne reçois d'ordre de personne.

— C'était stupide, dit-il simplement, sans chercher à cacher sa désapprobation.

— Vous êtes un menteur ! répliqua Julie, en tendant un doigt accusateur vers lui. Vous ne m'avez pas emmenée chez vous pour me protéger, mais pour vous servir de moi. Vous ne valez pas mieux que mon ex-mari. Ma présence vous est simplement nécessaire pour que vous retrouviez plus de puissance.

— Vous me croyez donc ? Vous croyez tout ce que je vous ai dit ?

— Tu parles Charles, dit-elle en enfonçant rageusement les poings dans les poches de son jean. Oui, je vous crois, je suis sûre que tout ce que vous m'avez dit sur vous et moi est vrai. Je pense que Nathan est aussi mort que vous et je pense également que vous laisser vous approcher de moi a été sans doute la plus grossière erreur de ma vie. Heureusement, ajouta-t-elle, en passant à ses côtés, déterminée à le laisser en plan sur cette plage, c'est une erreur à laquelle je peux facilement remédier.

Il la rattrapa par le bras, la força à faire demi-tour et l'attira brusquement contre lui.

— Vous ne partirez pas.

— Vous ne pouvez pas m'en empêcher.

Le visage fermé, il la fixa d'un air résolu.

— Je crois que si, au contraire.

— Je m'enfuirai de nouveau... à la première occasion.

— Vous n'en ferez rien.

— Bon sang, Kieran, je refuse de jouer plus longtemps à ce petit jeu ! s'écria-t-elle pour couvrir le bruit des vagues. Je ne veux pas de ce rôle que vous me donnez. Je veux retrouver ma vie d'avant. Je veux oublier tout ce qui s'est passé. Je veux...

— C'est moi que vous voulez, voilà la vérité, trancha-t-il brutalement en la faisant taire d'un baiser brûlant comme un éclair de feu.

Mon Dieu, qu'il avait raison! C'était lui qu'elle voulait. Depuis cet instant où il avait fait irruption dans sa cuisine. Elle avait l'impression qu'il s'était écoulé des semaines entières, tant les choses s'étaient précipitées depuis cette soirée.

Pourtant, Kieran avait toujours été là dans les moments difficiles. Toujours. Dans son esprit. Dans son âme. Elle ressentait sa présence plus puissamment que tout ce qu'elle avait pu connaître jusque-là.

Peut-être n'était-ce pas lui qu'elle tentait de combattre, mais ses propres sentiments à son égard. Si c'était bien ça, cette guerre avait assez duré.

Mêlant sa langue à la sienne, elle abandonna toute résistance et se jeta dans cet élan de chaleur et de sensations qui la traversait. Les mains de Kieran glissèrent sous son chemisier, se posèrent sur ses seins, s'attaquant à ses mamelons jusqu'à ce qu'elle sente tout contrôle l'abandonner.

Avec un gémissement plaintif, elle se blottit contre lui, retira les mains de ses poches et passa les bras autour du cou de Kieran.

Abandonne-toi à moi.

Et toi, à moi, murmura-t-elle à son tour dans son esprit.

Le destin, murmura-t-il, laissant résonner ce mot encore et encore dans son esprit, envahissant les pensées de Julie, dissolvant ses dernières réticences, annulant tout, sauf son désir.

Une décharge d'énergie se répandit autour d'eux comme un arc électrique. Julie se recula un instant. L'air semblait vibrer et le monde extérieur était soudain lointain et flou.

— Que se passe-t-il?

— Nous sommes cachés, expliqua-t-il dans un souffle, l'attirant de nouveau contre lui pour couvrir de baisers la courbe de son cou. Personne ne peut nous voir.

Ses lèvres, ses dents, sa langue couraient sur sa peau, la faisant frissonner d'un désir à peine imaginable qui allait crescendo. Sa peau s'enflamma, tout son être brûlait. D'une main autoritaire, il lui enleva son pull et le jeta sur le sable. Dans la bulle qui les protégeait, elle ne ressentit pas le froid de la nuit. Elle ne sentait que la chaleur de Kieran.

— Je te veux, chuchota-t-il. J'ai tout essayé pour me tenir à l'écart de toi, mais le besoin est trop fort. Ma faim est trop grande.

— Je te veux aussi.

Elle lui prit soudain le visage à deux mains et le força à la regarder.

— Pourtant, je ne le voulais pas. Il faut que tu saches cela.

Il se pencha vers elle pour lui mordiller la lèvre. Julie tressaillit sous cette caresse.

— Tu as fait vibrer quelque chose en moi, Kieran. Quelque chose dont j'ignorais l'existence. Même si c'est sans doute une erreur monumentale, tu es tout ce que je veux. Maintenant.

Fébrilement, elle glissa ses mains sous le manteau de Kieran et dégagea ses épaules. Puis ses doigts s'attaquèrent aux boutons de sa chemise de soie noire. Impatiente, elle finit par déchirer le tissu, éparpillant les petits boutons brillants sur le sable.

Tout ce qu'elle avait pu se dire pour se convaincre de se tenir à l'écart, toutes ses résolutions s'envolèrent. A cet instant, elle ne pensait plus qu'à Kieran. Aux sensations que créaient sa bouche et ses mains sur sa peau.

Elle se fichait de savoir si c'était le destin ou non.

Elle se fichait de savoir si cet homme risquait de l'attirer vers des ténèbres incompréhensibles. Si elle ne s'unissait pas à lui dans les minutes qui suivaient, si elle ne sentait pas son corps aller et venir dans le sien, elle allait se flétrir et mourir comme une fleur sans eau.

Le torse de Kieran luisait comme du vieux bronze sous l'éclat de la lune qui dansait sur sa peau. Ses yeux étaient étincelants et leur couleur pâle qu'elle connaissait si bien prit une teinte argentée qui la transperça.

Mettant un genou à terre, il prit ses seins dans sa bouche, l'un après l'autre, et elle vacilla, tendant tout son corps vers lui, s'offrant tout entière à lui. Sa langue et ses lèvres dansaient sur sa peau ; elle avait l'impression qu'il buvait son âme pour l'attirer en lui.

Pourtant, cela ne suffisait pas.

Des promeneurs passaient près d'eux, pour gagner les marches ou le bord de l'eau. Mais Julie et Kieran auraient tout aussi bien pu se trouver sur une autre planète. Ils étaient comme cachés dans ce lieu ouvert et l'idée même de faire l'amour en public était si troublante que Julie gémit davantage et serra la tête de Kieran plus fortement contre sa poitrine.

Il entreprit ensuite de déboutonner son jean et de lui enlever ses chaussures, qui partirent rejoindre le reste de ses vêtements sur le sable. Puis, ses doigts remontèrent lentement le long de ses jambes nues. Chaque nerf de son corps vibrait d'une vie nouvelle, attendant avec impatience la prochaine caresse.

Lorsqu'il glissa ses doigts au creux de son intimité, elle s'ouvrit à lui, accueillant ce feu avec délices.

Il se baissa pour couvrir le bourgeon de son plaisir avec sa bouche, titillant ce coin secret de sa langue, tout en glissant ses doigts en elle, la caressant sans fin avec une lenteur infinie.

Les bruits de pas sur les planches de la jetée, la musique, les rires, les cloches, tout cela semblait lointain, étranger. Là, au pied de la jetée, il n'y avait plus que Kieran. Elle rejeta la tête en arrière et cria son nom, sentant un premier orgasme s'emparer d'elle avec la force d'un tsunami. Le sol sembla se dérober sous ses pieds, emportant avec lui toutes ses certitudes.

Ses premiers tremblements ne s'étaient pas encore apaisés que Kieran étendait son manteau sur le sable pour la coucher dessus. Puis il retira le reste de ses vêtements et s'allongea contre elle. Il s'arrêta un instant pour la regarder, comme s'il attendait sa permission pour aller plus loin et entrer en elle.

Julie leva les hanches vers lui en une silencieuse

invitation, puis passa les bras autour de son cou pour l'attirer contre elle et l'embrasser comme si sa vie en dépendait.

Avec un gémissement, Kieran prit ce qu'elle lui offrait. Leur langue et leur souffle se mêlèrent tandis qu'il se glissait avec douceur en elle.

Lorsque son membre viril la pénétra, elle s'ouvrit pour l'accueillir, ondulant des hanches pour le rejoindre dans cette danse de désir aussi vieille que le monde. Kieran plongea en elle encore et encore, sans jamais abandonner sa bouche. Leurs corps étaient à l'unisson sous la lune, et une musique s'éleva de leur union.

Un murmure d'acceptation.

Le destin.

L'âme de Julie vibra de joie et son corps s'ouvrit toujours davantage à cette invasion douce et puissante. Elle se tendit à l'approche du saut ultime, mais il la repoussait toujours plus haut, chaque assaut étant comme une caresse et chaque caresse comme une promesse.

Le corps de Kieran était dur et brûlant. Les muscles de son dos roulaient et se tendaient tandis qu'il bougeait en elle. Levant la tête, il plongea son regard d'argent dans ses yeux pour voir naître la première vague libératrice. Julie ne parvenait pas à détacher son regard.

Soudain, elle l'entendit murmurer dans son esprit des encouragements érotiques, des mots sauvages et sombres qui se déversèrent en elle.

Viens, Julie. Abandonne-toi. Accueille-moi en

toi, garde-moi contre toi et laisse-moi ressentir ton plaisir.

La tension était telle qu'elle ne parvenait plus à respirer, ni à faire le moindre mouvement. Peu importe. Tout ce qu'elle voulait, tout ce dont elle aurait jamais besoin commençait et s'achevait avec Kieran.

Il la poussa encore et encore, toujours plus loin, toujours plus haut, au-delà des limites qu'elle connaissait ; lorsque l'attente devint insupportable et que son désir se transforma en nécessité, il lui fit franchir les frontières de la raison.

Lorsqu'elle hurla son nom avant de sombrer dans l'abandon libérateur, Kieran s'autorisa enfin à la suivre.

11

Le souffle coupé, Kieran laissa sa tête reposer contre la poitrine de Julie. Il se sentait vidé, comblé, et pourtant, il sentait son membre durcir à nouveau au creux même du corps de velours de Julie. Il n'avait jamais rien connu de tel en plusieurs siècles de vie. Prenant appui sur ses coudes, il se redressa et se mit à la regarder comme s'il la voyait pour la première fois.

D'une certaine façon, c'était le cas.

Jusque-là, il ne l'avait connue que comme une femme qui lui tenait tête en permanence, jamais comme celle qui pouvait être sa Compagne du Destin.

A présent, il savait. Aucun doute n'était permis. En s'unissant à elle, il avait ouvert la porte à des mondes jusque-là inconnus. La force à l'état pur, brutale, et la puissance qu'il sentait en cet instant courir dans ses veines le laissaient sans voix. Son corps semblait plus vivant qu'il ne l'avait jamais été.

Son esprit était toujours connecté à celui de Julie. Avec étonnement, Kieran sentit des sentiments nouveaux le traverser. Il perçut sa joie et la partagea, vit des explosions de couleurs à travers ses yeux et se perdit dedans. Son corps réagissait au contact du sien et son désir était en train de renaître.

Les liens qui les unissaient tourbillonnaient dans les airs autour d'eux, prêts à se resserrer sans qu'il puisse les en empêcher. D'ailleurs, il n'en avait pas envie. Son corps semblait presque vibrer tant ces nouvelles expériences étaient fortes. Personne ne lui avait jamais expliqué qu'il vivrait un jour de telles sensations en trouvant une Compagne du Destin.

Pourtant, même si on le lui avait dit, il ne l'aurait pas cru. Rien ne l'avait préparé à cela.

Encore haletante, Julie eut un petit sourire et lui passa la main dans les cheveux.

— C'était incroyable, chuchota-t-elle.

— C'est vrai, dit-il en déposant un baiser, puis un autre sur ses lèvres.

— J'ai senti ce que tu ressentais, poursuivit-elle en se passant la langue sur les lèvres. Je me suis vue à travers tes yeux. J'ai ressenti ton corps glissant dans le mien. En fait, j'ai à la fois éprouvé mon orgasme et le tien. Comment cela est-il possible ?

— Nous sommes unis, murmura-t-il en bougeant ses hanches contre les siennes.

— Unis, répéta pensivement Julie.

Kieran perçut les battements saccadés de son cœur et sentit qu'elle abandonnait l'inquiétude qui avait commencé à renaître en elle. Il sut qu'elle venait de céder à l'attente qui était déjà en train de renaître en elle. Relevant les bras au-dessus de sa tête, elle poussa un bref soupir de contentement, les yeux fermés.

— C'est incroyable, Kieran. J'entends ta voix dans ma tête. Je *ressens* ce que tu penses.

Elle rouvrit soudain les yeux ; un sourire mutin se dessina sur ses lèvres.

— Non, mais dites donc, vous…

Kieran se pencha vers elle et laissa ses lèvres courir sur la courbe de son cou, caresser sa peau, la goûter, mordiller sa chair avec gourmandise, sentant qu'il serait bientôt de nouveau prêt.

— Ton désir me nourrit, souffla-t-il voluptueusement contre sa peau. Ton corps se fond dans le mien et nous ne faisons plus qu'un.

Le corps et l'esprit de Julie l'accueillirent, lui offrant tout ce qu'il n'avait pas connu depuis des siècles. Il se rua vers ce flot de sensations, savourant la connaissance et l'expérience de la jeune femme, goûtant tout ce que sa vie avait été. Chaque fois qu'il croyait en voir le bout, un autre pan de sa solitude s'effondrait pour être aussitôt comblé par une part de Julie.

Kieran prit tout ce qu'elle lui offrait, comme un homme assoiffé que rien ne devait pouvoir apaiser. Il ne serait jamais repu. Jamais il ne parviendrait à plonger assez loin en elle. Malgré sa force, sa taille, son pouvoir et ses connaissances, Kieran savait que son désir pour Julie resterait toujours inassouvi.

— Kieran, chuchota Julie, en enroulant ses longues jambes autour de sa taille pour l'attirer plus profondément en elle. Je te vois. Tout entier. Toutes ces années, cette douleur. Cette souffrance.

Il prit la main qu'elle venait de poser doucement sur sa joue et, l'espace d'un court instant, il s'y cacha le visage, sentant la confusion se glisser en lui. Il ne voulait pas qu'elle sache tout ce qu'il avait pu ou dû faire pour remplir son devoir. Tous ces hommes qu'il avait tués sur le champ de bataille, tous ceux qu'il avait blessés pour remplir sa mission. Pourtant, il lui était impossible de lui interdire l'accès à son esprit, tout comme elle ne pouvait l'empêcher de pénétrer dans le sien.

Elle lui caressa la joue, et cette simple caresse le toucha plus profondément que tout ce qu'il avait pu connaître auparavant. Les recoins sinueux et sombres de son âme se déployèrent et s'apaisèrent, les vieilles douleurs oubliées s'estompèrent et Kieran dut se contrôler pour ne pas perdre pied.

— Je te veux tellement, chuchota Julie en lui caressant le dos, le griffant doucement de ses ongles.

Elle levait ses hanches pour venir à sa rencontre, encore et encore, exigeant de lui qu'il donne tout.

Elle était menue, étroite et brûlante. Ses os semblaient fragiles sous lui et il savait qu'un homme de sa taille pouvait la blesser sans le vouloir.

Il la désirait comme jamais il n'avait désiré personne. Chaque cellule de son corps, chaque nerf, chaque muscle était tendu au point de rompre, tandis qu'il s'efforçait à de lents va-et-vient. Il se contrôlait de toutes ses forces pour ne pas la prendre sans retenue. Les dents serrées, il la saisit par les hanches pour la forcer à cesser ses mouvements. Il était si proche, si dangereusement proche du gouffre, qu'il devait réunir toute sa volonté pour se retenir. Soudain, Julie leva sur lui des yeux verts pleins d'un désir sauvage.

— Kieran, je ne suis pas si fragile. Tu ne me feras pas mal.

Elle ondula de nouveau vers lui, collant ses hanches contre les siennes alors qu'il essayait de la faire tenir en place.

— Ne sois pas doux. Prends-moi avec force. Fais-moi crier, Kieran. Fais-moi crier.

Dans un gémissement rauque, il la souleva du sol, se mit à genoux et, la maintenant collée contre lui, s'enfonça en elle avec une rage désespérée. Accrochée à lui, Julie suivait son rythme, lui lacérant les épaules, couvrant sa bouche de baisers, mêlant sa langue à la sienne. Dehors, à l'extérieur de la bulle, le vent s'était levé, le ciel s'était voilé de gros nuages noirs derrière lesquels la lune faisait de brèves apparitions.

Etouffant les cris de plaisir de Julie par ses baisers, il l'entraîna avec lui aussi loin qu'il était possible. Son esprit s'ouvrit, comme s'il volait en éclats, lorsque son corps explosa en elle. Il sentit tout ce qu'elle ressentait, connut tout ce qu'il y avait à connaître d'elle. Il savait aussi que Julie vivait exactement la même chose. Il ne pourrait plus rien lui cacher. Il n'avait plus d'autre choix que de tout partager avec elle.

La sentant frémir contre lui, il abandonna sa bouche pour prendre un sein entre ses lèvres. Elle se rua sur lui comme une furie, pantelante, haletante, prenant et donnant avec la même rage. En silence, il remercia le destin qui avait mis une telle femme sur son chemin.

Lorsque leurs deux corps explosèrent en même temps, Kieran sentit les fils du destin se nouer, les reliant l'un à l'autre pour l'éternité.

*
**

Il y avait du nouveau.

Quelque chose avait changé.

La bête huma le vent, cherchant la source de cette impression.

Un sourire se dessina lentement sur son visage.

Tandis qu'ils se rhabillaient en silence, Kieran observait Julie ; il perçut chez elle un certain malaise. A présent que leur passion était apaisée, une foule de questions se pressaient dans son esprit.

Des questions auxquelles il n'était pas sûr de pouvoir répondre.

— Heu… Je sais que tu n'en as peut-être pas envie, commença Julie en levant timidement les yeux vers lui, mais je crois qu'il faut vraiment qu'on parle.

Kieran ramassa son manteau, secoua le sable qui s'y était collé et l'enfila.

— Tu n'as plus besoin de me demander quoi que ce soit, répondit-il, sans comprendre. Tu as déjà vu les réponses par toi-même dans mon esprit.

— Les voir, c'est une chose… Les comprendre, c'en est une autre.

— Julie…

Il s'arrêta brusquement, les sourcils froncés, et leva une main pour lui demander le silence.

— Quoi ?

— Silence ! Il y a quelque chose par ici. Je le sens. Quelque chose…

— Le démon, souffla Julie en tournant lentement sur elle-même pour observer la plage presque vide. Tu crois qu'il est ici ?

— Oui.

Il ramassa son épée, qu'il avait abandonnée un peu plus tôt sur le sable.

— Tu restes ici, ordonna-t-il. N'essaie pas de partir. Ne parle pas.

— Tu vas me laisser seule ici ? s'écria Julie.

— Tu es en sécurité.

Il posa une main sur son épaule et, malgré le danger imminent qui rôdait, elle ne put empêcher son cœur de s'emballer à ce contact.

— Nous sommes unis. Tu partages à présent mon énergie et la sphère d'invisibilité restera avec toi. Tant que tu restes ici, tu ne risques rien.

Julie acquiesça. Elle était incapable de parler. Elle avait la gorge nouée, et une boule de peur froide et noueuse prit rapidement ses quartiers au niveau de son estomac.

— Je te protégerai, assura-t-il en lui caressant la joue. Je te le jure.

— Mais toi, qui te protège, Kieran ? demanda-t-elle avec peine.

Une ombre furtive passa dans ses yeux, voilant un instant les profondeurs bleues.

— Reste ici.

Julie le regarda partir. A l'abri de la bulle dans laquelle il l'avait laissée, elle tenta de suivre, sans le quitter des yeux, chacun de ses mouvements, mais Kieran semblait se fondre dans la nuit pour ne devenir qu'une ombre. Il se déplaçait avec grâce et fluidité ; et une puissance de mort émanait de lui, qui la fit frissonner en même temps de peur et d'une fierté étrange.

La lune passait tranquillement au-dessus de la plage et son éclat argenté ne faisait que souligner les longues bandes d'ombre qui s'étendaient sous la jetée. Le grondement paisible et régulier de l'océan contre le rivage se mêlait au vacarme qui lui parvenait depuis la passerelle de planches plus haut.

Frissonnante, elle s'efforçait de garder Kieran dans son champ de vision. Brutalement, tous ses doutes ressurgirent. Elle réalisa à nouveau dans quel bourbier elle s'était engagée. Elle s'était unie à un homme qui ne la désirait pas vraiment pour ce qu'elle était, mais juste pour la puissance qu'elle pouvait lui apporter. Un genre de démon furieux l'avait apparemment choisie pour cible, justement à cause de son lien avec Kieran. Pour couronner le tout, elle sentait qu'elle était en train de tomber amoureuse de ce guerrier sorti du passé.

Quelle femme aurait pu lui résister ? La douleur qui voilait son regard ne demandait qu'à être apaisée et la solitude languissante qu'il connaissait depuis des siècles résonnait encore en elle.

Il finançait d'innombrables associations caritatives grâce à sa fortune colossale, sans jamais rien exiger en retour, sans réclamer la moindre publicité, comme le faisaient la plupart des gens. Il avait passé des années à se battre contre des démons de tous poils, dans le seul et unique but de protéger le monde des mortels, qui ignoraient tout de lui.

Jamais elle n'avait connu un homme comme lui et…

Tiens, une petite nouvelle, susurra une voix inconnue dans son esprit.

Quelle surprise ! La dame du Gardien.

C'est sublime, tout simplement.

Julie sursauta, sentant son sang se glacer. Elle tourna sur elle-même, s'efforçant de se concentrer pour essayer de trouver d'où venait la voix.

Qui donc essayait ainsi de la contacter ?

Nous nous verrons bientôt, promit la voix.

— Kieran ! hurla-t-elle d'une voix rauque.

Elle cria encore et encore son nom, envahie par une terreur glacée qui figeait son sang dans ses veines et la faisait frémir de la tête aux pieds.

Un instant plus tard, Kieran était à ses côtés et elle se précipita dans ses bras, acceptant avec gratitude sa force, sa chaleur et la sécurité qu'il pouvait lui offrir.

— Que s'est-il passé ? demanda-t-il en la serrant contre lui, tout en scrutant le périmètre qui la protégeait, l'épée au poing.

— Le démon…, bafouilla-t-elle, tremblante, en se blottissant davantage contre lui. Il était dans mon esprit, là, à l'instant. J'ai d'abord pensé que c'était toi, mais quelque chose n'allait pas. C'était comme si une bête immonde se mettait à ramper sur moi. J'ai froid, Kieran. J'ai tellement froid.

Il rengaina son épée, tout en restant attentif à ce qui se passait autour d'eux.

Le démon n'était pas proche, ou alors il était déjà parti. Savoir qu'il avait pu atteindre Julie l'ébranlait plus qu'il ne l'aurait pensé. Il n'aurait jamais cru qu'il soit capable d'envahir l'esprit de Julie. Le capturer n'en devenait que plus urgent.

Il devait protéger Julie. Il devait retrouver la bête avant que celle-ci ne trouve Julie.

— Tu veux dire que Nathan est toujours en vie ? s'étonna Santos d'une voix où, malgré la communication satellite, perçait clairement l'ironie.

— Je n'ai rien eu à lui dire, admit Kieran, avec dépit. Sa propre culpabilité suffisait.

En réalité, le Navy SEAL était si furieux qu'une femme, une civile en plus, ait réussi à détourner ainsi son attention et à s'échapper, qu'il s'était enfermé dans la salle de sport du château et s'acharnait avec rage contre les équipements.

— Sa fierté en a pris un coup. Il s'en remettra.

— Moi, en revanche, c'est moins sûr, marmonna Kieran.

D'une voix sourde, il avoua brusquement ce qui l'inquiétait plus que tout :

— Je ne m'attendais pas à cela : le démon s'est connecté à l'esprit de Julie.

Après un long silence, la voix de Santos retentit de nouveau, grave et inquiète.

— Comment est-ce possible ?

— Je ne sais pas.

Kieran faisait nerveusement les cent pas dans la bibliothèque, sa pièce préférée dans le château, sans pour autant prêter attention aux murs couverts de livres, aux fauteuils et aux canapés de cuir, ainsi qu'aux flacons de cristal ouvragé du bar.

— Le démon est télépathe, reprit-il, réfléchissant à voix haute. Donc, lorsque Julie et moi avons…

Il se tut brusquement.

— Tu veux dire que... ? demanda Santos.

Il n'aurait pas été plus stupéfait si Kieran lui avait annoncé que des ailes lui avaient poussé dans le dos pendant la nuit.

— Oui, répondit Kieran, qui essayait encore de démêler les conséquences de cet acte.

Ce qui l'inquiétait le plus, c'était qu'en s'unissant avec Julie, il l'avait peut-être mise davantage en danger.

Santos gloussa dans le téléphone.

— Ah, mon ami. Pour une nouvelle, c'est une nouvelle ; je n'aurais jamais cru que tu serais le premier à te laisser passer la bride autour du cou.

— Il n'est pas question de bride.

Il veillerait à ce qu'il n'y en ait jamais.

— J'ai fait ce que j'avais à faire pour me mettre dans les conditions les meilleures pour capturer le démon.

— Je comprends, dit Santos, avec une pointe d'ironie. Tu veux me dire que tu t'es sacrifié pour ta mission, c'est ça ? Bravo ! C'est très courageux de ta part, mon ami.

— Tu joues avec le feu, Catalan.

— Toujours, Kieran. C'est ce qui rend l'éternité intéressante.

— Les choses sont un peu trop intéressantes à mon goût, par ici.

Debout devant une fenêtre, Kieran scrutait la nuit noire et silencieuse. Julie était retournée dans sa chambre. Il la sentait toujours terrifiée de l'intrusion du démon dans son esprit.

— Ta Compagne est-elle disposée à t'aider à capturer le démon ?

Kieran se raidit. La simple pensée de laisser Julie s'approcher du démon, de l'exposer à ce péril lui était insupportable.

— Elle ne prendra pas part à la mission.

— Donc, tu t'inquiètes pour elle.

— Pourquoi faut-il que tu me mettes hors de moi, chaque fois que je t'appelle ? tonna Kieran.

— Parce que, mon ami, tu as besoin de moi, et je suis le seul capable de te dire les vérités que tu refuses de reconnaître par toi-même.

Kieran frappa du plat de la main le verre froid de la vitre.

— Je ne veux pas d'elle dans ma vie, Santos.

— C'est dommage… pour vous deux.

— En effet, conclut Kieran, avant de raccrocher.

Les yeux toujours perdus dans la nuit, il ne parvenait pas à chasser de son esprit l'expression de Julie lorsqu'il avait fait l'amour avec elle. Une faim terrible se réveilla aussitôt en lui et le désir se fit bientôt si grand qu'il eut l'impression de n'avoir encore jamais touché Julie. Comme s'il n'avait pas été en elle, contre elle, sur elle à peine une heure auparavant. Il se sentait possédé.

Julie ne parvenait pas à dormir. Elle ne parvenait d'ailleurs même pas à rester assise assez longtemps pour se reposer un peu.

Impossible de réfléchir sans se demander si Kieran

entendait ses pensées, ressentait la même chose qu'elle, percevait son angoisse.

Derrière la porte-fenêtre, la nuit s'étirait et elle se demanda si le démon était tapi dans l'ombre, attendant une nouvelle occasion de l'attaquer de nouveau. L'estomac noué par la peur, elle se détesta d'être ainsi terrifiée. Elle aurait voulu se cacher. L'idée qu'une bête innommable la forçait à vivre sa vie dans la peur la rendait malade.

Comme pour se prouver le contraire, elle ouvrit délibérément la porte-fenêtre qui donnait sur la terrasse. L'air froid de la nuit lui sauta au visage comme un fauve qui attendait sa proie, tapi dans la nuit. Julie frissonna malgré le peignoir épais. Elle respira plusieurs fois profondément, puis finit par sortir sur la terrasse, se forçant à avancer, alors qu'en elle-même, elle aurait préféré aller se terrer sous son lit.

Les pierres étaient froides et rugueuses sous ses pieds nus. D'un pas hésitant, elle avançait toujours vers la nuit. Ses doigts se posèrent sur la pierre grise du rebord et elle s'y agrippa comme si sa vie en dépendait.

Ou du moins, sa raison.

Kieran.

Elle évoqua son nom, son appel teinté par le désir qu'elle ressentait.

Les yeux fermés, elle ouvrit son esprit vers lui, même si une part d'elle-même redoutait que le démon revienne se glisser furtivement dans ses pensées et se couler dans le moindre interstice de son être jusqu'à…

— Arrête.

Elle se tourna et vit Kieran qui s'approchait.

— Tu m'as entendue.

Oui.

Un seul mot, fort et rassurant comme une promesse.

— J'avais besoin de toi, avoua Julie, en se tournant de nouveau vers la nuit et les lumières de la ville au loin.

— J'ai aussi besoin de toi, dit Kieran en lui prenant la main pour la guider vers la chaleur de la chambre. Mais c'est risqué de chercher ainsi mon esprit, Julie. N'offre pas cette chance au démon.

— Je devais savoir s'il allait recommencer.

— Je ne le laisserai pas faire.

— Peux-tu vraiment l'en empêcher ? demanda-t-elle en le regardant fermer avec soin la porte-fenêtre.

— Je trouverai un moyen, assura-t-il. La bête ne peut pas entrer dans le château et ne peut prendre possession d'un corps sans son accord.

— Mais il peut me tuer, soupira Julie.

— Non !

Il la prit dans ses bras et la serra contre lui avec force.

— Il ne te fera rien. Tu seras en sécurité, je t'en fais la promesse.

Elle avait tant de questions à lui poser, tant de choses encore à apprendre. Pourtant, tout ce qui comptait pour l'instant, c'était d'être à ses côtés et de sentir son corps en elle.

Elle défit la ceinture du peignoir et laissa glisser le vêtement par terre. Les yeux de Kieran retrouvèrent aussitôt cette teinte argentée qu'elle aimait tant et elle sentit à nouveau son désir qui montait avec force en lui.

— Tu es une tentation à laquelle je semble ne pas pouvoir résister…

— Tu m'en vois ravie, dit-elle en se hissant sur la pointe des pieds pour lui passer les bras autour du cou. Ne résiste pas, Kieran. Je te veux en moi. J'ai besoin de ta chaleur, de ta force. Ne m'en prive pas.

Avec un grondement de bête fauve, il la repoussa jusqu'au lit et la coucha sur le bord, détachant ses bras qui étaient enroulés autour de son cou. Elle tendit la main vers lui, mais il recula et arracha sa chemise. Sans jamais la quitter du regard, il se déshabilla et revint vers elle.

Passant les mains sous ses cuisses, il la souleva du lit, laissant ses longues jambes pendre dans le vide, sans pouvoir trouver un appui.

— Kieran…

Le souffle court, Julie flottait en suspens entre ses bras.

— Abandonne-toi à moi, Julie, chuchota-t-il en couvrant de sa bouche le centre de son désir.

Julie gémit, frissonna et soupira, serrant dans ses poings la couette soyeuse sur laquelle reposait son corps nu. La bouche de Kieran s'attardait sur ses replis les plus intimes, sa langue et ses lèvres la tourmentaient dans un tourbillon de caresses.

Des sensations incroyables déferlaient en elle, comme autant de vagues d'un désir insatiable. C'était à la fois déjà trop et pas assez. Le temps s'arrêta, puis se mit à filer à toute allure, l'entraînant dans une course folle. L'attente se fit plus précise, plus puissante, et elle pensa un instant perdre la raison. Enfin, une vague libératrice la déchira en deux, la laissant tremblante, submergée par des larmes qu'elle ne put retenir.

Puis, Kieran fut en face d'elle, la couvrant de son corps. Dans ses yeux bleu pâle dansaient des reflets d'argent et elle reconnut le désir sauvage qui l'habitait.

Elle lui sourit, tendit une main vers lui et vit soudain ce regard familier s'assombrir et devenir celui d'un inconnu. Elle sentit la peur la gagner en voyant un reflet inconnu passer dans ses incroyables yeux bleus. Un reflet terrifiant.

Les yeux de Kieran étaient à présent deux puits noirs et sans fond, dans lesquels se perdait son reflet.

Julie tenta de se dégager, mais il la maintenait clouée au lit, tandis que l'expression de son visage s'altérait, devenant le masque hideux d'un inconnu. Son corps dur et puissant se tendit encore et il entra en elle. Avec un sourire, il caressa son esprit, et des ténèbres insondables s'ouvrirent sous ses pieds.

Le démon était de retour.

Dans le corps de Kieran.

12

Je te tiens...

La voix sombre et insidieuse se glissa dans son esprit, poisseuse d'une infamie démoniaque et de la promesse d'une souffrance infinie. Julie sentit son âme se froisser et se recroqueviller.

— Non ! hurla-t-elle en tentant de repousser ce corps bien plus lourd que le sien.

C'était comme si elle avait voulu essayer de soulever une voiture d'une seule main. Elle n'avait aucune chance de le vaincre sur le plan physique. La seule possibilité pour elle était d'atteindre le cœur de l'homme qu'elle connaissait.

— Kieran !

Julie le prit à deux mains par les cheveux et tira de toutes ses forces. Elle sonda avec une intensité désespérée les yeux noirs et vides, repoussant le spasme de dégoût qui montait en elle. Elle devait l'atteindre et le ramener pour chasser le démon.

— Kieran, bats-toi ! Résiste ! Reviens vers moi. Tout de suite.

Son visage se déforma. Il se tordit douloureusement, ses yeux s'éclairèrent un instant et il s'ébroua comme pour s'éveiller d'un long sommeil. Son corps la clouait toujours au matelas, même s'il n'était plus question d'amour, mais de pouvoir.

De force brutale.

De domination.

La lune entrait par la fenêtre en un pâle rayon qui ne parvenait pas à chasser les ombres tapies dans la chambre. Serrant les jambes autour de lui, elle se força à maintenir son regard au plus profond du sien et dirigea de toute sa force son esprit vers lui. Tout cela était tellement nouveau pour elle. Consciente de son incompétence en matière de télépathie, elle craignait plus que tout de se connecter par erreur avec le démon qui avait envahi de force l'esprit de Kieran.

Elle devait pourtant essayer.

Entends-moi, Kieran.

Elle se concentra, repoussant au fond d'elle-même sa peur, mobilisant tout son esprit pour le ramener.

C'est moi. Julie. Reviens, Kieran. Reviens. Maintenant.

L'homme ferma les yeux. Ses mâchoires se crispèrent et son emprise se resserra autour de son corps comme un étau, comme s'il avait voulu lui briser les os des bras. Pourtant, Julie ne faiblit pas.

Kieran, tu dois m'entendre. Tu dois revenir vers moi.

Les secondes s'égrainèrent, avec une insupportable lenteur. Elle sentait que sa vie et celle de Kieran étaient en jeu.

Je t'en prie, Kieran. Repousse cette chose. Reste avec moi. Pour me protéger.

Elle avait émis cette dernière pensée consciemment,

sachant que le guerrier qu'il était répondrait à un tel appel. Retenant son souffle, elle pria de toute son âme, les yeux toujours rivés sur les siens.

Julie ?

— Oh, merci mon Dieu, chuchota-t-elle en voyant les ténèbres reculer dans les yeux de Kieran, pour laisser place à un bleu de givre familier.

Il la lâcha immédiatement et s'éloigna d'un bond du lit, comme s'il ne se faisait plus confiance. Frissonnante, Julie s'empara de la couette qui était sous elle et la jeta sur ses épaules. Elle se leva, préférant maintenir une distance de sécurité entre eux, au cas où le démon serait toujours dans les parages.

— Tu es…

Il leva brusquement les yeux vers elle.

— Oui, c'est moi.

Il suffisait d'un simple regard pour savoir qu'il disait la vérité. L'âme de Kieran illuminait le fond de ses yeux et il n'y avait plus la moindre trace d'obscurité dans son regard. Que s'était-il passé… et comment cela avait-il pu se produire ?

— Explique-moi, exigea-t-elle, en serrant la couette autour de ses épaules.

Elle traversa la chambre obscure pour allumer une des lampes Tiffany posée sur la table de nuit. Un kaléidoscope de lumières bleues, vertes et rouges s'épanouit aussitôt sur le lit et le sol.

Le souffle incertain, le visage fermé, Kieran se tenait nu devant elle. Elle ressentait sa honte et sa fureur qui vibraient autour de lui, aussi puissantes que des éclairs pendant un orage.

— Est-ce que je t'ai fait mal ? demanda-t-il.

Elle devina combien la question devait lui coûter.

— Non, s'empressa-t-elle de répondre pour le rassurer, même si elle était encore fortement ébranlée. Non. Et de toute façon, ce n'était pas toi.

Il fronça les sourcils, mais elle n'avait pas peur. Elle savait que sa colère n'était pas dirigée contre elle. Il était aussi choqué qu'elle, mais s'efforçait tant bien que mal de le dissimuler.

— C'est de ma faute, chuchota-t-il.

— Comment cela peut-il être ta faute ?

— Le démon n'aurait jamais dû être capable de pénétrer ainsi mes pensées. Il n'aurait pas dû en avoir l'occasion.

— Comment est-ce arrivé, alors ?

— J'ai... relâché les barrières mentales que je maintiens en place en temps normal, admit-il, en croisant les bras. Je me suis perdu en toi et j'ai baissé ma garde...

Il releva le menton et conclut :

— Je suis responsable. J'ai mis ta vie en danger.

— Je suis saine et sauve et le démon est parti. C'est tout ce qui compte.

Un mince filet de peur continuait à vibrer en elle. En effet, si le lien entre Kieran et elle se renforçait, le démon serait-il capable de l'atteindre plus facilement ? C'était une question qui méritait réflexion. Plus tard. Lorsqu'elle serait seule et aurait la certitude que Kieran ne pouvait entendre ses pensées.

— Tu n'as rien à craindre de moi, affirma-t-il d'une voix tendue.

Elle sentit combien ces paroles lui coûtaient.

— Je vois que tu recommences à mettre le nez dans mon esprit dès que ça te chante. J'aimerais vraiment que tu arrêtes. Ça me fait peur.

— Je m'efforcerai d'y penser, à l'avenir, dit-il avec un petit sourire las.

— Merci.

Dans le silence qui s'installa, Julie se demanda si elle ne ferait pas mieux de fuir. Ce n'était pas la première fois qu'elle tentait de s'échapper du château. Peut-être, si elle mettait la plus grande distance possible entre Kieran et elle, le démon ne parviendrait-il pas à la retrouver. Peut-être également ne serait-il plus en mesure de se servir d'elle pour atteindre Kieran.

— Non, dit-il. N'espère pas t'enfuir une seconde fois. Cela ne marchera pas.

— Tu recommences.

— De toute évidence, j'y suis obligé, répliqua-t-il. Tu es une femme remarquablement têtue, Julie. Pour garder un temps d'avance sur tes projets, je dois absolument connaître tes pensées.

— Très bien, répliqua-t-elle sèchement. Tu sais ce que je pense. Ose seulement affirmer que j'ai tort. Nous sommes devenus si proches, à présent, que le démon peut me retrouver encore plus facilement si je suis avec toi. Si je partais...

— Eh bien, je consacrerais tout mon temps à te chercher au lieu de chasser le démon. Des innocents paieraient de leur vie.

Julie sentit ses poumons se vider comme un ballon crevé. Elle se sentait vide.

— Si nous restons ensemble, il lui sera encore plus facile de nous trouver. En revanche, pourquoi le démon me rechercherait-il si je n'étais pas avec toi, si je disparaissais ?

— Pour m'attirer, jeune femme, pour m'attirer, bien sûr, railla-t-il de nouveau. Puisqu'il ne pourra pas entrer de nouveau dans mon esprit, car j'ai dressé des barrières. Mais si tu pars seule, Julie, tu ne seras plus jamais en sécurité, où que tu ailles. Tu dois me croire. Même si tu as peur de moi en ce moment..., il n'y a qu'ici, avec moi, que tu ne crains rien.

— Je n'ai pas peur de toi, Kieran...

Voyant qu'il avait l'air perplexe, elle ajouta :

— Bon, d'accord, je ne suis pas rassurée. Mais avec ce qui vient de se passer, c'est un peu normal. Ce n'était pas toi. Tu ne me ferais jamais de mal. Je le sais.

— Tu prends ma défense ? demanda-t-il, incrédule. Après ce qui s'est passé ?

Julie essaya de sourire et se rendit compte qu'elle n'avait pas à se forcer.

— Oui, je prends ta défense. Et si je suis capable de le faire, alors tu n'as aucune raison de te culpabiliser ou de chercher à te punir.

D'un pas incertain, il s'avança vers elle et posa les mains sur ses épaules.

— Je ne m'attendais pas à ce que le démon se connecte à moi, avoua-t-il. Mais je suis prêt, maintenant. Cela n'arrivera plus.

Julie opina de la tête, acceptant sur parole ce qu'il venait de dire. Pour l'instant.

— Cela ne t'était jamais arrivé auparavant?

— Jamais.

Il la fit asseoir sur le lit et s'installa à son côté.

— Je t'ai déjà expliqué, rappela-t-il patiemment, que chaque démon est différent. Tout comme chaque Gardien est différent.

— Explique-moi de nouveau, s'il te plaît.

Kieran soupira et son regard se perdit un instant vers la porte-fenêtre et la nuit. Lorsqu'il reprit la parole, sa voix était douce, presque envoûtante.

— Les dimensions des démons sont emplies d'une infinité d'êtres qui ne cherchent qu'une chose : pénétrer dans notre dimension pour y trouver des proies faciles.

— Des proies… C'est-à-dire, nous, les humains.

— Oui. Tu dois savoir qu'il existe autant de différences entre les démons qu'entre les mortels. Certains ont des pouvoirs, d'autres ont des défauts. Certains sont malfaisants, d'autres ne le sont pas.

— Des démons gentils. Intéressant… Continue.

— De même qu'il y a toujours eu des démons, de même les Gardiens ont toujours existé. Nous restons immortels, sauf si nous décidons de notre propre chef d'arrêter le combat.

— Et ça arrive souvent?

— Non. Même si, après quelques milliers d'années, un immortel peut ressentir une certaine lassitude.

Elle n'aimait pas l'idée que Kieran puisse s'en aller vers son soleil couchant et disparaître; mais elle chassa cette image de son esprit, de crainte qu'il ne soit en train de lire en elle.

— Notre doyen est actuellement un ancien centurion de la Rome antique.

— Pas mal…

La simple pensée qu'un centurion romain puisse errer de nos jours, perdu dans le monde moderne, était un véritable défi pour l'imagination. Un bref sourire passa sur les lèvres de Kieran.

— Nous sommes des milliers de Gardiens et chacun d'entre nous possède des compétences différentes. On nous a donné un territoire à garder et nous ne le quittons que rarement.

— Qui décide de ça ?

— Tu es journaliste, ou quoi ? demanda-t-il avec un petit rire.

— Pas de panique. Ce n'est pas pour mon journal, c'est pour moi.

— Je le sais. J'en suis sûr.

Il lui toucha la main pour la retirer aussitôt, comme s'il craignait qu'elle s'éloigne en premier.

— Il s'appelle Michael.

— Michael ? Le Gardien en chef s'appelle Michael ? C'est tellement… banal.

— Je ne manquerai pas de lui transmettre ta remarque.

— Qui est-il ?

— Je crois que personne au monde ne connaît vraiment son identité. Il apparaît au moment où la mort se présente à toi et propose le choix dont je t'ai parlé. Si tu choisis l'immortalité, tu reçois un entraînement et des moyens sans limites…

— C'est pratique, constata-t-elle. Elle comprenait maintenant comment Kieran avait pu construire ce château somptueux.

— Ensuite, tu reçois des ordres de mission.

— Comment ? Une lettre ? Un télégramme ? Un coup de téléphone ?

— Parfois, répondit-il, amusé par sa réaction qui relevait de l'incrédulité ou de l'ironie, il ne le savait. Parfois, il ne s'agit que d'un message télépathique qui nous avertit qu'un démon vient d'entrer dans notre territoire.

— Cela t'arrive-t-il de regretter ton choix ? demanda-t-elle.

— Non, souffla-t-il en se détournant un peu.

— Pourquoi, Kieran ? Lorsque ton tour est venu de choisir, pourquoi n'as-tu pas décidé de partir au ciel ou ailleurs, comme tout le monde ? Pourquoi as-tu choisi de combattre pour l'éternité ?

— C'est la seule chose que je connaisse. C'est mon métier.

— Pourquoi ce chevalier anglais t'a-t-il tué ? demanda-t-elle doucement.

Elle sentait que le moment était venu de poser, de façon définitive, cette question qui l'obnubilait depuis qu'elle avait eu accès à son passé. Il lui avait bien demandé de ne plus l'interroger au sujet des circonstances de sa mort, mais elle savait que la culpabilité qui le rongeait à cet instant le ferait peut-être changer d'avis et le pousserait à lui raconter son histoire.

— Lorsque j'ai vu tes souvenirs, je savais qu'il était là pour te tuer. Pourquoi ?

Un sourire froid passa sur le visage de Kieran.

— C'était l'amant de ma femme, cracha-t-il, comme si les mots portaient une amertume insupportable. Elle voulait ma mort afin de pouvoir l'épouser. Et élever sa position à la cour.

C'était donc là le secret dissimulé qu'elle avait deviné derrière toute cette douleur. La trahison. Elle était bien placée pour savoir ce qu'il ressentait. Pour un homme de son époque, en revanche, la douleur avait dû être bien plus cruelle.

— Quelle sale…

Kieran laissa échapper un bref éclat de rire.

— Oui, je ne te le fais pas dire. Dommage que je n'aie pas compris cela plus tôt.

— Et tu es resté seul depuis tout ce temps ?

— Jusqu'à ce que je te rencontre.

Comment un tel homme pouvait-il dégager à la fois autant de puissance et de tristesse ? Et comment pouvait-elle se sentir aussi émue devant cette étrange combinaison ? Elle percevait sa force et, en même temps, de façon étrange, une certaine humilité. La force, la confiance et même l'arrogance qui émanaient d'emblée de cet homme semblaient si naturelles que Julie se sentait ébranlée de le voir ainsi aussi humble.

— Et tu penses que je suis ta Compagne du Destin.

— Je le sais. Toi aussi, tu le sais.

La couette qui entourait les épaules de Julie glissa lorsque Kieran la frôla de la main. Un arc d'électricité d'un blanc étincelant jaillit aussitôt entre eux. Julie ne pouvait plus nier la vérité.

Ils ne se connaissaient que depuis quelques jours et, pourtant, il faisait plus partie d'elle, de sa vie, que n'importe qui auparavant. Que signifiait tout cela ? Pour son avenir ? Pour sa vie ? Si elle était sa Compagne du Destin, allait-elle devoir abandonner tout ce qui comptait dans sa vie ? Son travail ? Sa ville ? Le bonheur simple d'aller faire quelques courses sans être pourchassée par un démon psychopathe ?

Kieran ne la quittait pas des yeux ; il donnait l'impression d'attendre fébrilement qu'elle reconnaisse ce qui vibrait entre eux.

— Oui, finit-elle par dire. Je le sais. Même si je ne sais pas ce que cela veut dire. Pour moi, comme pour toi.

Il sembla visiblement soulagé qu'elle ait au moins accepté l'inéluctable.

— Maintenant que nous avons fait l'amour, cela signifie que je possède enfin la force nécessaire pour capturer le démon.

— C'est pour cela que tu m'as amenée ici, n'est-ce pas ? Tu dois le reconnaître. Ce n'est pas tant pour me protéger que pour te servir de moi et obtenir la puissance qui te manquait.

— Oui, répondit-il, les yeux brillants de franchise. J'ai soupçonné, dès le début, qui tu étais et le pouvoir que tu pouvais m'apporter.

— Et mon avis ne comptait pas.

— Non.

Incapable de continuer à se justifier, en restant près d'elle, il se leva brusquement du lit et gagna la porte-fenêtre, toujours nu.

— Ce qui comptait pour moi plus que tout au

monde, c'était de capturer le démon au plus vite. Je devais accomplir le devoir qui m'était imposé. Julie, je vis depuis des siècles pour cette mission. C'est toute ma vie. J'ai juré de défendre les mortels.

Elle comprenait. Elle ressentait, en son for intérieur, les émotions confuses qui se livraient un combat sans merci en lui. Un mélange de frustration, de fierté et… non pas d'amour, mais de nécessité. Pourtant, elle ne put s'empêcher de demander :

— Et moi, quelle est ma place dans ta mission ? Ne suis-je pas aussi un de ces mortels que tu as juré de défendre ?

— Si.

— Pourtant, tu t'es servi de moi.

— Oui.

Il était sublime. L'éclat de la lune l'entourait, le baignant d'un halo argenté semblable à une aura. Sa peau avait l'éclat du bronze et, malgré la peur qui lui tordait toujours le ventre et la faisait frissonner, Julie le désirait avec une telle force qu'elle pouvait encore sentir le goût et l'odeur de sa peau sur ses lèvres.

— Et je recommencerais si mon devoir l'exigeait, ajouta-t-il. Je n'ai pas le choix. Je dois faire ce que j'ai à faire pour capturer ce démon.

— Capturer ? Pourquoi ne pas le tuer ?

Surprise par la violence soudaine de ses propres paroles, elle ferma brusquement la bouche.

— Les démons ne sont pas faciles à tuer, expliqua Kieran. Ils sont, pour ainsi dire, presque aussi immortels que nous. La seule façon de tuer, de façon définitive, un démon est d'utiliser le sang d'un innocent. Comme le meurtre d'un innocent, même s'il s'agit de détruire un démon, va à l'encontre de nos convictions, nous les capturons. Les Gardiens les pourchassent, les traquent, puis les renvoient dans leur propre dimension infernale. Plus ce démon passera de temps dans ta ville à tuer des gens, plus il renforcera son pouvoir.

— Mais tu es, toi aussi, plus fort, à présent.

— Oui. Je le retrouverai.

— Parce que nous avons fait l'amour.

Sans un mot, Kieran prit Julie dans ses bras. La couette tomba sans bruit sur le parquet. Kieran sonda le tumulte de sa conscience, sentant ses pensées se heurter les unes contre les autres, tandis qu'elle essayait de donner un sens à tout ce qu'il lui avait dit. C'était vraiment une femme d'une nature extraordinaire. Sa force intérieure et la souplesse de son esprit lui ouvraient des portes vers des vérités que la plupart des mortels n'auraient jamais pu affronter.

Il était toujours rongé par la culpabilité et un nœud de douleur continuait à lui serrer la gorge : il avait fait une terrible erreur en relâchant son attention pour mieux goûter la fusion de son esprit avec celui de Julie, pour savourer, jusqu'au sublime, la sensation unique d'être véritablement connecté à une autre âme.

Elle avait bien failli payer cet égoïsme de sa vie.

Il refusait que la violence inhérente à son existence rejaillisse sur Julie.

Sa décision était prise.

Il prit le temps de savourer le contact de sa peau,

la fraîcheur soyeuse de ses bras. Son regard s'attarda sur sa poitrine pleine, sa taille étroite et ses hanches rondes, avant de remonter vers ses yeux verts.

— Nous sommes unis, c'est vrai.

Il lui posa une main sur la joue, doucement, comme pour se faire pardonner ce qui était arrivé quelques instants plus tôt. Il ne pouvait supporter de lui avoir imposé une situation aussi inhumaine et de l'avoir contaminée avec la violence de sa propre vie.

Sa décision était prise.

— Tu sais tout cela. Lorsque ma mission sera achevée, lorsque le démon aura été renvoyé en enfer, je te laisserai partir.

— Pardon ? Tu veux dire que tu me donneras la *permission* de partir ?

— Tu n'es pas une femme qui a besoin de permission, dit-il avec un triste sourire. Je veux simplement dire que je ne chercherai pas à te retenir ici. Tu pourras retourner à ta vie d'avant.

— Et toute cette histoire de destin ? demanda brusquement Julie. Qu'en fais-tu ? Peut-on seulement se séparer ?

— Cela s'est déjà vu.

Sa caresse se fit plus tendre encore.

— Seuls quelques rares Gardiens ont trouvé la Compagne qui leur était destinée, mais aucun de ceux que je connais ne s'est séparé d'elle.

— Alors…

— Nous pouvons survivre l'un sans l'autre, chuchota-t-il sans la regarder.

Il savait pourtant, dans son cœur et dans son âme, que ni l'un ni l'autre ne se sentiraient jamais complets sans l'autre. Il refusait néanmoins de la retenir prisonnière d'une vieille tradition qui ne signifiait plus grand-chose dans cette époque moderne.

— Telle n'est pas la vie que tu as choisie pour toi, Julie Carpenter. Je ne te laisserai pas abandonner ce qui est important à tes yeux à cause de mon devoir. Lorsque tout ceci sera terminé, nous nous séparerons. Je quitterai Los Angeles. Tu ne me verras plus jamais.

Il lui sembla voir Julie vaciller un instant et il lut un grand trouble dans ses yeux. C'était certes peu glorieux de sa part, mais il fut heureux de voir que cette nouvelle ne la réjouissait pas.

Au contraire.

— Reste avec moi jusqu'à ce que tout soit fini. Laisse-moi te protéger et dépenser mon énergie de façon utile. Ensuite, tu seras libre de partir.

— J'accepte. Je ne tenterai plus de fuir. Seulement… Ne me laisse pas dans l'ignorance, Kieran. Ne te ferme pas. Ne me cache rien.

— C'est entendu, dit-il en la relâchant, symboliquement et physiquement.

Il préférait s'éloigner avant que son désir ne ressurgisse.

— Bien, dit soudain Julie en s'avançant de nouveau vers lui, les bras ouverts, les yeux brillant d'une faim gourmande. A présent, mon cher compagnon, je te veux en moi.

— Es-tu sûre? demanda-t-il, combattant l'incroyable désir qui s'était aussitôt dressé en lui. Après…

— Justement.

Elle colla son corps nu contre le sien et laissa

ses mains glisser sur sa peau, jusqu'à les refermer autour de son membre chaud et dur. Le souffle court, Kieran sentait les doigts de Julie sur lui, guidant son membre viril vers les secrets de sa féminité.

— Jeune femme, avoua-t-il, les dents serrées. Vous me faites perdre tous mes moyens.

— J'espère bien que non, chuchota-t-elle avec un petit sourire.

13

Les jours suivants s'écoulèrent avec lenteur.

Une tension presque palpable flottait dans le château, telle une brume épaisse et oppressante. Kieran et Nathan passaient le plus clair de leur temps à s'entraîner dans la salle de sport. Presque toute la journée, Julie entendait le fracas des épées qui ferraillaient et les cris rauques des deux hommes résonner dans le château.

Elle s'efforçait de ne pas les déranger et passait de longs moments dans l'impressionnante bibliothèque du château. Comme elle ne pouvait pas prendre contact avec son journal — Kieran lui avait interdit de révéler à qui que ce soit où elle se trouvait — elle avait commencé ce livre qu'elle rêvait d'écrire depuis toujours.

Elle avait pourtant bien du mal à se concentrer, incapable qu'elle était de ne pas penser à la terrible bataille qui les attendait. Le démon était toujours en liberté. Elle ne sentait pas, à vrai dire, sa présence, mais elle avait l'assurance qu'il était là, quelque part.

Lorsque Kieran ne s'entraînait pas, il partait à la recherche d'une piste. Chaque fois qu'il rentrait bredouille, elle percevait sa colère, comme celle d'une bête fulminante errant dans les couloirs du château.

Leur connexion n'avait fait que grandir, s'épanouir et se renforcer au cours de ces quelques jours. Lorsqu'il surgissait dans la chambre de Julie, au milieu de la nuit, leur étreinte était sauvage et tendre à la fois, comme si Kieran avait été déterminé à effacer les souvenirs de la nuit où le démon avait réussi à envahir son esprit. Julie aurait aimé le convaincre que cela n'était pas nécessaire, mais elle savait qu'il n'était pas prêt à la croire.

Confortablement installée en tailleur dans le large fauteuil en cuir, Julie reposa le livre qu'elle était en train de feuilleter et son regard s'évada par la fenêtre, pour contempler le jardin dans sa perfection. Même en plein mois de janvier, quelques buissons étaient en fleur et le gazon était aussi bien entretenu qu'un green dans un golf de luxe. Cet endroit semblait sorti tout droit d'un conte de fées. Y compris le prince noir qui était le maître des lieux.

— A quoi penses-tu ?

Elle tourna la tête et vit Kieran s'avancer dans la pièce avec un sourire forcé.

— Tu veux dire que tu n'es pas allé fouiner dans mon cerveau pour te rendre compte par toi-même ?

Il se dirigea vers un bar situé dans un coin de la pièce et ouvrit un flacon de cristal empli d'un liquide couleur vieil or. Il se servit un verre, reposa le flacon et revint vers elle.

— D'accord, j'avoue, dit-il après avoir bu une gorgée. Prince noir ?

Julie eut un petit rire. Il était décidément incorrigible. Elle ne se souvenait même plus de ce que ça faisait de ne pas partager ses pensées avec lui.

— Je peux t'apprendre à ériger des barrières, si tu veux protéger ta vie privée, proposa-t-il, en venant s'asseoir sur la table en face d'elle.

Julie aperçut une lueur de tristesse dans ses yeux, avant qu'il n'ait le temps de la dissimuler.

— A quoi bon ? Lorsque tu auras capturé le démon, tu partiras.

La vie sans Kieran.

Elle irait en voiture jusqu'au sommet de la colline pour regarder le château, tout en sachant que Kieran ne reviendrait jamais. Comment vivre avec cette idée ? Comment survivre sans l'esprit de Kieran tout contre le sien ? Sans ses mains sur son corps ?

Sans sentir sa présence ?

L'idée de retrouver sa vie d'avant, de reprendre ses activités, d'être de nouveau seule, lui semblait bien moins séduisante tout à coup. En quelques jours, Kieran était devenu le centre de sa vie. Sans lui, l'avenir s'annonçait d'un seul coup terne et morne.

— Je devrais déjà l'avoir capturé.

Sa main serra plus fort le fragile verre de cristal, au point que Julie craignit qu'il ne se brise.

— Il a tué une autre femme hier soir, ajouta-t-il, après avoir bu une longue gorgée.

— Je sais.

Elle s'efforçait de ne pas regarder les informations à la télévision, mais lorsque Kieran se trouvait à proximité, c'était inutile. Elle était aussitôt renseignée, rien qu'en sentant la fureur qui émanait de lui en longues vagues noires qui la laissaient aussi malheureuse que lui.

— J'ai retrouvé sa piste, dit-il en se mettant à faire les cent pas dans la bibliothèque. Je l'ai suivi jusque dans les collines, puis de nouveau dans la ville. De ruelle en ruelle, je l'ai suivi à la trace, toujours quelques pas derrière lui. La trace énergétique est claire, mais le pouvoir du démon s'est suffisamment renforcé pour qu'il réussisse à se fondre dans le capharnaüm de la ville, sans que je puisse le cerner. Ce qui s'était produit à Whitechapel recommence ici : il m'échappe et continue à tuer.

— Tu vas le retrouver.

Kieran s'arrêta net et lui lança un regard acéré.

— J'ai déjà laissé passer trop de temps à mon goût.

Julie se leva pour le rejoindre.

— Je ne l'ai plus ressenti, après…

— Non. Il n'est pas assez bête pour recommencer. Il ne prendra pas le risque de se connecter à nouveau avec toi, car il sait que je peux me servir de ce lien infime pour remonter jusqu'à lui.

— A vrai dire, je ne sais pas si je dois m'en réjouir ou non.

Il passa un bras autour de ses épaules et appuya son menton sur le sommet de son crâne. Julie soupira d'aise et se détendit un peu. Kieran était devenu un repère pour elle, un roc dans ce monde incertain où un danger guettait à chaque coin.

— J'ai un rendez-vous important cet après-midi. Je voudrais que tu viennes avec moi, afin que je sois sûr que tu es en sécurité.

— Quitter le château ? demanda-t-elle, abasourdie. Tu veux dire que tu me proposes de sortir de la propriété et d'aller en ville comme une grande ? Quelle question ! Bien sûr que j'en suis !

— C'est dur pour toi, de rester enfermée...

— Une prison, aussi dorée soit-elle, n'en reste pas moins une prison.

— Tu n'es pas prisonnière, pourtant.

— Non, je le sais bien. C'est juste que... Je n'ai pas l'habitude d'être obligée de rendre des comptes, de me plier à des interdits. J'aime mon indépendance et je trouve ça... agaçant d'en être privée.

— Tu le supportes bien, dit-il avec un pauvre sourire.

— Non.

Julie eut un petit rire moqueur en pensant que l'homme qui tentait de la rassurer à présent était celui-là même qui avait semé une belle pagaille dans sa vie routinière d'autrefois.

— Il faut que tu saches, en revanche, avertit-il en lui levant le menton, que si nous sommes tous les deux à découvert, le démon va être tenté de mettre un terme à tout ceci.

— C'est-à-dire, de me tuer.

— Je ne le laisserai pas faire, dit Kieran en la serrant contre lui, comme s'il pouvait la protéger par la simple force de sa volonté. Tu seras en sécurité avec moi, Julie.

— J'y compte bien, dit Julie, en s'efforçant de dominer ses craintes.

— Tu vas vraiment y aller ? demanda soudain une voix venue de l'extérieur de la chambre.

Nathan venait d'apparaître sur le seuil de la porte. Julie s'écarta de Kieran pour se tourner vers le jeune homme qui les regardait sans bouger.

— J'ai donné ma parole, expliqua simplement Kieran.

— Je pourrais y aller à ta place.

— Non, dit-il en reposant son verre de brandy sur la table. J'y vais et Julie vient avec moi.

— C'est vrai que tu ne me fais plus confiance pour jouer les baby-sitters, c'est ça ? demanda Nathan, visiblement vexé.

— Nathan, je vous ai déjà dit que j'étais désolée de ce qui s'est passé, répéta Julie, pour la dixième fois peut-être en quelques jours.

Mais, comme d'habitude, Nathan n'avait que faire de ses excuses. Il aurait même effacé complètement l'incident de sa mémoire, s'il avait pu.

— Il ne s'agit pas de ça, dit Kieran.

— Parfait, acquiesça Nathan, les poings sur les hanches. Mais un conseil : méfie-toi. Ce monstre est pire qu'une anguille.

— Je m'en souviendrai.

Un rendez-vous que Kieran refusait d'annuler parce qu'il avait donné sa parole. Julie ne savait pas trop à quoi s'attendre. Une réunion avec ses avocats ? Un duel à l'épée ? Une réunion d'immortels pour discuter d'un plan de bataille ? Pourtant, jamais elle n'aurait pu imaginer Kieran assis devant un parterre d'enfants captivés qui l'écoutaient, l'air ravi, raconter des histoires de chevaliers et de nobles dames.

Depuis qu'ils étaient arrivés au jardin d'enfants Camelot qui accueillait les enfants atteints de maladies chroniques, Kieran avait été accaparé par les bambins qui lui avaient réservé un accueil enthousiaste. Il était évident que ceux-ci l'adoraient et, si l'on en jugeait d'après l'expression d'une exceptionnelle chaleur dans les yeux pâles de Kieran, le sentiment était réciproque.

Kieran était manifestement un véritable héros dans cet endroit. Il avait créé cette structure afin de faciliter la scolarité des enfants malades et leur éviter d'être montrés du doigt par les autres enfants à cause d'une paire de béquilles, d'un fauteuil roulant ou d'une bombonne d'oxygène.

Julie sentit les larmes lui monter aux yeux en regardant un petit blondinet engoncé dans un corset qui avançait une main prudente vers l'épée que Kieran avait dégainée pour la lui montrer. L'émerveillement stupéfait dans les yeux de l'enfant était attendrissant.

Kieran se sentait de toute évidence comme chez lui. Les enfants le connaissaient, les parents ne savaient plus comment le remercier et le personnel s'empressait de répondre à la moindre de ses demandes.

Je vais rester ici un petit moment, chuchota Kieran

dans l'esprit de Julie. *J'ai demandé à quelqu'un de te faire visiter les lieux avant la cérémonie officielle.*

Julie sourit. Ces petites conversations privées allaient lui manquer. Dans la foule qui bavardait, elle lui répondit tout aussi silencieusement.

Ne t'inquiète pas. Amuse-toi bien.

Il lui adressa un bref sourire qui manqua de la faire s'évanouir, puis ajouta :

Tu es en sécurité, ici.

Je sais.

Toutes ses tensions s'étaient envolées, comme on retire un pull par une chaude journée. Elle ne ressentait aucune menace et éprouvait une réelle libération. Il n'y avait que des enfants à choyer et quelques officiels à pourvoir en petits-fours et boisson à bulles.

Ce jour-là, à Camelot — le nom avait certainement été suggéré par Kieran — une foule s'était rassemblée pour célébrer l'ouverture d'une nouvelle aile hospitalière. Une centaine de personnes se promenaient en discutant, s'attardant devant l'excellent buffet, une coupe de champagne à la main.

Les parents d'enfants malades se mêlaient aux médecins, au personnel hospitalier et à quelques personnages incontournables parmi les plus influents de L.A. Les seuls absents notables étaient les journalistes, ce qui ne manqua pas faire sourire Julie.

Kieran avait été très clair sur ce point, et la directrice des lieux n'avait manifesté aucune réticence à accepter. Personne n'avait envie de contrarier l'homme qui s'était personnellement engagé à ce que la structure qu'il avait lui-même créée n'ait jamais à s'inquiéter de trouver des financements.

— C'est merveilleux, ce qu'il a fait ici, dit Grace Johnson, la directrice de Camelot, tandis qu'elle guidait Julie loin de la foule vers le nouvel hôpital pour une visite privée. Les enfants sont ravis et leurs parents n'ont plus à s'inquiéter pour leur sécurité.

— C'est tout simplement stupéfiant, dit Julie, emplie de fierté devant l'œuvre de Kieran.

Le guerrier ténébreux et solitaire, coupé du monde et menant une existence qui aurait rendu fous la plupart des hommes, s'inquiétait du sort des enfants malades et se souciait de tout faire afin de leur rendre la vie un peu plus facile.

Comment ne pas aimer un tel homme ?

Cette pensée surprit Julie, puis son évidence la submergea totalement. Bien sûr qu'elle l'aimait. Elle avait pourtant tenté de se convaincre qu'il ne s'agissait entre eux que de désir, que leur relation s'était résumée depuis le départ jusqu'à maintenant à une succession de situations stressantes, dangereuses… et sexy.

Il y avait pourtant bien plus que tout cela.

« Regarde ce qu'il a accompli », se dit Julie. Elle contempla l'édifice, dont les deux tours ornées de fanions surplombaient l'océan et qui se situait à proximité de la jetée de Santa Monica où Kieran et elle avaient fait l'amour pour la première fois.

La vue du soleil descendant à l'horizon était incroyable. Un camaïeu de rouge et d'orange s'étalait dans le crépuscule, teintant les eaux salées de couleurs miroitantes d'une intensité presque aveuglante. L'instant était magique et Julie comprenait parfaitement le bonheur des enfants. C'était un monde à part, une parenthèse d'amour et de beauté dans la triste réalité de leur vie. Ici, il y avait de la place pour le rêve et l'imagination.

Les bâtiments étaient remarquablement équipés et la décoration du nouvel hôpital avait été conçue pour rendre l'endroit gai, familier et original. Les murs peints en bleu étaient décorés de dessins d'enfants. Quant aux lits, encore vides, ils avaient la forme de voitures de course pour les garçons et de chaussures de verre pour les filles. Les jouets, les petits fauteuils n'avaient pas été oubliés, jusqu'aux perches de perfusion auxquelles on avait donné la forme de sucres d'orge.

Tout avait été étudié dans les moindres détails pour repousser au maximum la peur et protéger l'estime de soi des enfants, malgré leur maladie.

— Vous ne pouvez pas imaginer à quel point les enfants apprécient les visites de M. MacIntyre, disait Grace, en la devançant fièrement dans le long couloir brillamment éclairé qui menait à l'hôpital.

— Il vient souvent ?

— Tous les mois, sans faute. Jamais il n'a fait faux bond. Quand cet homme fait une promesse, il la tient toujours. C'est tout simplement étonnant la façon dont il arrive à fasciner les enfants avec ses histoires de chevaliers en armure… Je vous assure qu'elles sont criantes de vérité. C'est impressionnant. On serait tenté de croire qu'il les a vécues lui-même !

— C'est un homme hors du commun, dit Julie, avec un petit sourire.

— Je ne vous le fais pas dire, répondit Grace en jetant un coup d'œil à sa montre. Si vous voulez bien m'excuser, je vais retourner m'assurer que M. MacIntyre ne manque de rien. La cérémonie ne commence que dans une heure ; prenez votre temps. Les amis de M. MacIntyre sont toujours les bienvenus ici.

— Je vous remercie.

Julie visita encore avec intérêt quelques pièces du nouveau bâtiment, car elle n'était pas pressée de regagner la salle bondée de monde où se déroulait le cocktail.

Puis elle descendit dans le couloir, ouvrit quelques portes au hasard et découvrit celle qui menait à la cour et au jardin où elle aperçut un bac à sable, des tricycles et même… un véritable château miniature, avec une rampe d'accès pour fauteuil roulant et un pont-levis.

Elle s'approcha en souriant pour jeter un coup d'œil à l'intérieur du château. Elle savourait cet amour qu'elle venait de découvrir en elle et se demandait comment elle avait pu envisager de vivre un jour sans cet homme. Il lui avait promis de la laisser partir et, comme Grace elle-même venait de lui rappeler, il tenait toujours ses promesses.

Quels que soient leurs sentiments respectifs, il avait donc décidé de s'éloigner et de sortir complètement de sa vie.

Soudain, une voix dans sa tête.

Le démon est ici…

Kieran.

Cours. Prends la porte de derrière. Les marches jusqu'à la plage.

Je te retrouve là-bas.

Cours. Maintenant.

Oh Seigneur. Une peur fulgurante, telle une flèche, la traversa, se bloquant dans sa gorge au point de lui couper le souffle.

Tous ces enfants. Leurs parents. « Non. Ne pense pas à ça », s'ordonna-t-elle, en courant vers la grille fermée de l'escalier menant à la plage. Kieran protégerait ces innocents. Tout comme il la protégerait.

D'un geste rapide et précis, elle souleva le loquet de la grille et s'élança sur les marches, veillant à bien la refermer derrière elle. Le vent se prit dans ses cheveux, les plaquant sur son visage et elle les chassa d'une main impatiente. Des vagues venaient s'écraser contre le rivage avec une régularité de métronome.

Les bottes noires de Julie heurtaient chaque marche avec un bruit sourd qui résonnait en elle. Tout en prenant appui avec force sur la rambarde de métal, elle dévala les marches, en s'efforçant de maîtriser son angoisse. A quoi bon échapper au démon si c'était pour se rompre le cou en gagnant la plage ?

Elle risqua un regard en haut des marches et s'inquiéta de ne pas voir Kieran derrière elle. Etait-il déjà en train de combattre le démon ? Un combat sans merci se déroulait-il sous les yeux mêmes des enfants terrorisés ? Kieran était-il en danger ?

Julie, vite !

Heureuse d'entendre ce bref ordre résonner dans son esprit, Julie accéléra le pas et bondit sur le sable instable. Le soleil avait presque entièrement disparu à l'horizon et le crépuscule était déjà bien engagé pour laisser la place à la nuit. Les premières étoiles étaient apparues dans le ciel ; le vent du large lui fouetta le visage comme pour la pousser à faire demi-tour.

Demi-tour.

— Vous voilà enfin…

Elle fit volte-face pour regarder l'homme qui s'avançait vers elle.

Ce n'était pas Kieran.

Il portait un petit collier de barbe impeccable et ses yeux étaient aussi noirs que le ciel de la nuit. Lorsqu'il sourit, Julie sentit un long frisson glacé la parcourir.

Une voix de nouveau dans son esprit :

Cours, Julie. Maintenant.

— C'était vous.

— Eh oui, dit le démon avec un enthousiasme non dissimulé, en se caressant la barbe. Je peux même vous dire que je n'ai pas eu autant de mal que je craignais à vous atteindre.

Julie regarda furtivement autour d'elle, à la recherche de… n'importe quoi, n'importe qui. Mais, curieusement, il n'y avait âme qui vive sur la plage, comme si tout le monde était au courant de la présence du démon et cherchait à se tenir à l'écart.

Tout le monde, sauf elle, évidemment.

— Que voulez-vous ? demanda-t-elle, en reculant

sur le sable qui cédait sous ses pieds, aussi perfidement que de la boue.

— Je crois que c'est évident.

Le démon, qui avait revêtu la forme d'un homme jeune, s'approcha d'elle avec un curieux sourire qui ne laissait rien présager de bon.

— C'est vous que je veux. Ensuite, ce sera le tour du Gardien.

Julie envoya un message silencieux à Kieran, espérant qu'il l'entendrait.

Sur la plage, Kieran. Le démon.

— Merci, dit le démon. Trop aimable, vraiment.

— Ce n'est pas pour vous que je le fais, répliqua Julie.

Elle se demandait comment un être humain avait pu accepter d'offrir ainsi son corps à un démon.

— Kieran va venir, ajouta-t-elle. Il va s'occuper de vous, vous botter les fesses et vous renvoyer en enfer !

Le sourire du démon s'éteignit et il s'avança vers elle, l'air furieux.

— Oh que non. Vous ne connaissez pas ma force. La liberté me rend de plus en plus fort, et comme je me promène depuis bien longtemps déjà...

J'arrive.

Julie sentit une vague de soulagement l'envahir, jusqu'à ce qu'elle perçoive la joie du démon. Peut-être parviendrait-elle à détourner son attention ? A le distraire jusqu'à l'arrivée de Kieran ?

— Si vous êtes si fort, pourquoi êtes-vous resté planqué tout ce temps ?

— Je ne me cachais pas, expliqua le démon avec patience. Je m'amusais.

Oh Seigneur…

— Les filles sont tellement jolies, par ici, expliqua-t-il avec un plaisir non dissimulé. C'est si bon d'être de retour parmi vous. Vous ne pouvez pas vous en rendre compte. Vous avez fait tant de progrès en un siècle ! Heureusement, il existe toujours des humains prêts à renoncer à leur corps.

— Comment l'avez-vous convaincu, celui-là ? demanda-t-elle en regardant de la tête aux pieds l'homme d'apparence banale qui abritait à présent le démon.

— Celui-là ? Il n'attendait que ma venue. Bob Robison présentait naturellement un potentiel énorme pour le Mal. Mais il manquait simplement de méthode. Jusqu'à ce que j'arrive…

Il salua avec emphase, comme un acteur devant son public.

— Nous nous entendons admirablement bien, je dois le reconnaître.

Un démon prénommé Bob. Julie ne comprenait pas pourquoi elle arrivait à trouver cela drôle. Elle devait être au bord de l'hystérie.

— Pourquoi ? demanda-t-elle.

Gagner du temps, le faire parler, donner le temps à Kieran d'arriver.

— Pourquoi avoir tué toutes ces femmes ? Alicia ? Pourquoi avoir blessé Kate ?

— Ah oui, vos charmantes amies, n'est-ce pas ! s'exclama le démon, en battant des mains. Cela ne me dérange pas de faire la conversation, vous savez.

J'avoue que c'est toujours un plaisir pour moi de partager mon expérience avec un public averti.

— C'est… c'est sûr, bégaya Julie, luttant contre la nausée qui montait en elle.

— D'ailleurs, rien ne presse. Ça ne me dérange pas d'attendre l'arrivée de votre Gardien avant de m'occuper de vous.

— Merci, marmonna-t-elle en envoyant un second message désespéré.

Kieran !

— Votre amie était délicieuse, ronronna le démon en se léchant les lèvres comme s'il se souvenait d'un repas particulièrement savoureux. Elle a pleuré et supplié pour que je lui laisse la vie sauve. C'était une musique bien douce à mes oreilles.

Julie sentit la rage l'envahir, faisant reculer la peur.

— Ah, soupira le démon, que sa réaction semblait remplir de bonheur. Si seulement elle avait eu autant de piment que vous… Cela aurait été encore un peu plus gratifiant. Quant à votre seconde amie…

Il s'arrêta, l'air chagrin.

— J'aurais dû prendre plus mon temps avec elle. Mais, après tout, dès que j'en aurai fini avec le Gardien… et avec vous, ma chère, peut-être lui rendrai-je une petite visite de courtoisie pour m'occuper un peu d'elle et finir mon travail inachevé.

— Vous n'avez pas intérêt à toucher à un seul des cheveux de Kate, menaça Julie.

— Vous êtes vraiment adorable ! s'exclama le démon en éclatant de rire. Quelle fougue et quel esprit ! Vous êtes une sacrée bonne femme. Pas surprenant que le Gardien se soit amouraché de vous.

Julie recula d'un pas.

— Espèce de monstre ! Kieran va te mettre en pièces.

— Excellent ! s'écria-t-il avec un petit rire excité. Vous êtes tellement drôle.

— Julie !

La voix de Kieran résonna par-dessus le vacarme des vagues et du vent.

Elle se tourna et l'aperçut, debout au sommet des falaises. Elle n'avait pas besoin de voir ses yeux pour percevoir la fureur qui émanait de lui.

— Je crois que tu vas moins rire dans quelques minutes, espèce de dégénéré !

Ignorant ces menaces, le démon s'avança brusquement vers Julie et la prit violemment par le cou pour l'attirer contre lui. Puis il se retourna vers l'homme qu'il attendait avec impatience.

— Gardien ! Viens jouer avec moi, et peut-être ta dame ne trépassera-t-elle pas avant la nuit !

Julie s'agrippa au bras du démon, enfonçant désespérément ses ongles dans sa peau, le griffant de toutes ses forces. Rien n'y fit. Autant essayer de déplacer une montagne. La force du démon était prodigieuse et sans commune mesure avec celle d'un humain. Pour la première fois depuis qu'elle l'avait rencontré, Julie craignit vraiment pour la sécurité de Kieran.

Certes, il était étonnamment fort, rapide et bien entraîné.

Et immortel.

Mais il pouvait être blessé. Sérieusement. Ne lui avait-il pas lui-même parlé de Gardiens qui avaient failli être détruits par un démon, en tentant d'assurer la protection d'innocents.

Tandis que la fureur du démon s'enroulait autour d'elle comme un python affamé autour de sa proie, Julie sentit la panique la gagner. Elle savait que le démon allait la tuer et elle n'avait pas encore eu l'occasion de dire à Kieran qu'elle l'aimait.

Elle éprouva brusquement une vive douleur en se rendant compte que, quoi qu'il arrive, son temps avec Kieran était compté.

Si elle mourait, il ne saurait jamais qu'elle l'aimait. Si elle survivait, elle le perdrait néanmoins à cause de son sens de l'honneur et de la promesse qu'il avait faite.

— Kieran, non ! hurla-t-elle, sachant que son avertissement était inutile.

Elle savait que rien ne parviendrait à empêcher Kieran de venir à son secours. Il ne fuirait pas une bataille pour laquelle il s'était de tout temps entraîné. Il ne manquerait pas à son devoir. Il ne l'abandonnerait pas.

L'instant d'après, Julie sut qu'elle avait raison.

Lorsque Kieran s'élança majestueusement du bord de la falaise, les pans de son manteau s'ouvrirent comme les ailes d'un oiseau de proie fendant les airs. L'épée en avant, il se rua vers le démon, une lueur meurtrière dans les yeux.

14

Kieran atterrit avec souplesse sur le sable et, s'étant rapidement rétabli, s'élança aussitôt, l'épée au poing. Malgré la peur qui la tétanisait, Julie ne put s'empêcher de se sentir impressionnée.

— Assez ! s'écria-t-il sans quitter le démon des yeux. Relâche-la et réglons cette histoire.

Julie perçut le flot d'adrénaline qui se déversait dans les veines du démon et elle sentit qu'il raffermissait sa prise sur sa gorge. Elle eut le souffle coupé et sa vision commença à se troubler. Elle regarda Kieran, persuadée de vivre ses derniers instants et savourant la fierté et l'admiration qu'elle éprouvait pour lui.

Il avait vraiment l'air redoutable. Ses cheveux noirs flottaient au vent et ses yeux bleus lançaient des éclairs. Tout son corps vibrait d'une puissance qui ne demandait qu'à s'abattre sur le démon. Sous le ciel constellé d'étoiles, il était l'image même du guerrier vengeur surgi du passé, et Julie n'arrivait pas à comprendre pourquoi le démon ne tremblait pas de peur en le voyant.

— Tu tiens à cette femme, on dirait, dit le démon d'un ton ironique.

Julie gémit, cherchant en vain à se libérer.

— Si tu la tues, je ne me contenterai pas de te renvoyer en enfer, répondit Kieran d'une voix tranchante. Je te suivrai là-bas pour m'assurer en personne que tu ne reviendras plus traîner par ici. Je suis prêt à passer l'éternité à te faire payer ce crime.

— Intéressant, s'amusa le démon en faisant un pas de côté, tirant Julie avec lui. Elle n'a pourtant rien d'extraordinaire.

— Relâche-la, l'avertit Kieran, en suivant les déplacements du démon. Cette bataille ne concerne que nous deux.

Il leva son épée, dont la lame acérée reflétait la lueur des étoiles.

— Tu m'as vaincu autrefois, c'est vrai, dit le démon, en relâchant légèrement son étreinte pour laisser Julie respirer un peu. Mais, cette fois, je ne suis pas disposé à me laisser faire.

— Ton heure a sonné, répondit Kieran tandis que sa lame fendait l'air avec un sifflement sinistre.

Julie trébucha et le démon la força, d'un geste brutal, à se remettre sur pieds.

— Je suis éternel, coassa le démon en le défiant du regard. Je commande une armée en enfer, et ce n'est pas aujourd'hui que je m'agenouillerai devant un Gardien, quel qu'il soit.

Kieran tournait autour de lui, les yeux rivés sur son ennemi, faisant tournoyer son épée en une danse étrange et hypnotique.

— Ton armée importe peu, démon. Elle est en

enfer. Ici, il n'y a que toi et moi. Cette femme n'a rien à voir avec tout cela.

Le démon éclata de rire et le son horrible sembla engluer l'air.

— Je m'occuperai d'elle plus tard, dit-il en caressant la joue de Julie. Ce sera très agréable et tu sauras, Gardien, qu'elle a payé pour ton insolence.

— Tu as l'intention de parler encore longtemps, démon ? demanda Kieran avec mépris. Ou bien vas-tu enfin venir te battre ?

— Finissons-en, puisque c'est ton souhait.

Le démon repoussa brutalement Julie, qui tomba lourdement sur le sol et roula à plusieurs mètres des deux adversaires.

Ceux-ci se faisaient face à présent. Comme attirés par la surcharge de puissance qui flottait sur la plage, de gros nuages noirs s'étaient accumulés dans le ciel, cachant la lune et les étoiles. Des éclairs déchirèrent soudain l'obscurité, et des grondements de tonnerre terrifiants retentirent.

Kieran et le démon n'accordèrent même pas un regard à la foudre qui tomba à quelques dizaines de mètres d'eux.

Le vent se mit à hurler ; il s'engouffrait dans leurs vêtements, se prenait dans leurs cheveux, soulevait le sable par poignées pour projeter chaque grain comme autant d'aiguilles qui déchiraient la peau. Des vagues furieuses déferlèrent sur le rivage, saturant d'embruns l'air électrisé.

Julie ne parvenait pas à arracher son regard de la scène. Elle vit le démon lever une main et une épée apparut, surgie de nulle part. Un éclair illumina la plage, suivi de près par un grondement de tonnerre. Les deux épées s'entrechoquèrent dans un bruit assourdissant.

Kieran semblait glisser sur le sable. Le vent s'accrochait à son manteau et soulevait ses cheveux en un halo noir au-dessus de sa tête. La mâchoire crispée, il serrait si fort le pommeau de son épée que ses articulations étaient devenues blanches.

Julie se redressa sur le sable et contempla le spectacle que donnaient les deux combattants, subjuguée par le pouvoir qui émanait des deux êtres, dans cette bataille qui faisait rage depuis la nuit des temps.

Le démon partit d'un rire sauvage et terrifiant qui s'éleva dans les airs et résonna dans l'esprit de Julie. Levant un bras devant ses yeux pour se protéger du sable, elle retint son souffle lorsqu'elle vit le démon charger en faisant tourner son épée au-dessus de sa tête.

D'un bond, Kieran esquiva le coup.

— C'est ton heure qui a sonné, Gardien ! hurla le démon, en faisant aussitôt volte-face, l'épée tendue vers le ciel comme pour cueillir la foudre. Le temps est venu pour moi de régner sur la Terre et sur cette dimension. Les humains nous appartiennent, à mes frères et à moi. L'ère des Gardiens touche à sa fin !

Kieran se jeta sur lui. La pointe de son épée mordit le flan du démon, lui arrachant un cri de douleur, bref, mais si agréable aux oreilles de Julie. Le démon riposta sur-le-champ, bondissant dans les airs par-dessus Kieran pour atterrir juste derrière lui et lui enfoncer son épée dans l'épaule.

Julie poussa un cri en voyant Kieran tituber. Un

nouvel éclair déchira le ciel. Julie tomba à genoux, enfonçant ses doigts dans le sable comme si elle pouvait par ce seul geste empêcher le monde de s'écrouler.

Kieran ressentait sa peur, même s'il ne pouvait prendre le risque de la regarder. Il ne pouvait se laisser distraire. Lorsqu'il l'avait entendue appeler la première fois depuis la plage, il avait ressenti une peur panique telle qu'il n'en avait pas connu depuis des siècles. L'idée que le démon la tenait prisonnière et pouvait la tuer d'un instant à l'autre l'avait, dans un premier temps, presque paralysée.

Il s'était échappé de l'école, faisant baisser d'un cran l'estime que tous avaient de lui en ces lieux. Devenu invisible, il s'était précipité vers les falaises, au bas desquelles son pire cauchemar était en train de prendre vie : Julie dans les griffes du démon qu'il s'était juré de combattre.

Le fait de la découvrir encore en vie l'avait rempli de joie et d'espoir. Mais s'il voulait la sauver, il devait se concentrer sur son devoir. Sur ce qu'il faisait mieux que n'importe qui sur cette planète.

Les pensées de Julie surgissaient dans son esprit comme des éclairs.

Sa peur. Son inquiétude.

Pour lui.

Il sentit toute sa puissance se ruer dans ses veines.

La force du démon était bien plus grande qu'elle ne l'avait été à Whitechapel. Il savait qu'ils étaient à présent presque de force égale et qu'il lui faudrait se battre avec encore plus de rage que jamais au cours de sa longue vie solitaire. Il devait gagner.

Pour sauver Julie.

L'épée du démon fendit l'air et Kieran l'esquiva, en se jetant de côté, attirant le démon pour l'éloigner de la jeune femme agenouillée sur le sable, les yeux écarquillés de terreur.

— Je vais te broyer, siffla le démon en se glissant sous la lame de Kieran avec une agilité mortelle et en manquant de peu son but. Quand tu seras étendu sur le sable, elle sera à moi et tu m'entendras la prendre, sans pouvoir rien y faire. Je la profanerai sous tes yeux. Je te jure qu'elle criera et ses hurlements te hanteront pour l'éternité, Gardien. Pour tenir compagnie à ta culpabilité.

L'arme levée, Kieran se jeta de nouveau sur le démon, manquant l'atteindre de justesse. En une fraction de seconde, le démon se glissa vers Julie, l'arme au poing.

La fureur de Kieran était à son comble. Pour capturer le démon, il devait d'abord l'immobiliser, ce qui signifiait qu'il devait blesser le corps humain que le monstre habitait. C'est seulement alors qu'il pourrait se servir du filet magique des Gardiens qu'il portait sur lui. Une fois capturé, le démon serait impuissant et pourrait être renvoyé dans sa dimension infernale.

Pourtant, Kieran se trouvait face à une situation nouvelle pour lui : il n'avait jamais eu à se battre en même temps qu'il défendait un humain. Encore moins une humaine. Et certainement pas une humaine qu'il aimait.

D'un bond, il fut sur le démon, prêt à le transpercer... mais celui-ci avait anticipé l'attaque. Se baissant rapidement, il se servit de sa propre épée pour tournoyer sur lui-même et attaquer à son tour.

— Kieran !

Le cri de Julie perça le tumulte de l'orage et traversa Kieran plus cruellement que l'épée du démon. Roulant sur le sable, il rassembla ses forces pour se préparer à attaquer de nouveau. Lorsqu'il ouvrit les yeux, il vit Julie qui se jetait sur le démon comme une possédée, une pierre à la main.

Non, Julie ! Recule-toi !

Il tenta de l'atteindre par l'esprit, mais elle n'entendait plus rien.

Ses yeux lançaient des éclairs et son visage était tordu par la rage et la peur. Lorsqu'elle s'approcha de la bête, celle-ci n'eut qu'à lever son épée pour qu'elle vienne s'empaler dessus.

— Julie !

La voix de Kieran s'éleva dans le vent. Sa douleur sauvage transforma ce simple nom en un hurlement de mort qui traversa les cieux. Un étonnement incrédule se dessina sur le visage de Julie. Elle avait senti la lame de l'épée la transpercer et savait qu'elle aurait dû souffrir atrocement. Pourtant, elle ne ressentait rien, comme si la douleur s'était réfugiée dans un recoin obscur de son esprit. Le chagrin de Kieran était plus fort que sa propre douleur. Plongeant dans les ténèbres abyssales du regard du démon, elle l'entendit qui riait et comprit que tout était fini.

Elle avait perdu. Tout perdu.

Elle ne pouvait plus bouger ; elle restait là, suspendue

à l'épée qui la transperçait, glissant inexorablement vers le pommeau serti de pierres précieuses. Le démon riait de son malheur, savourant sa douleur, se réjouissant de voir ses rêves se briser, son amour se réduire à néant, sa vie prendre fin.

Elle entendait Kieran comme à travers une brume et elle aurait voulu lui dire tant de choses. Lui dire qu'elle l'aimait, qu'elle se fichait bien qu'il soit immortel, que la différence entre leurs deux univers importait peu.

Tant de choses...

Toujours incrédule, elle tomba en avant contre la poitrine du démon, dans une parodie macabre d'étreinte. Elle sentait son rire vibrer en elle.

— Gardien ! hurla-t-il. J'ai pris ta Compagne. A présent je vais pouvoir savourer ma victoire pendant des siècles. Tu n'oublieras jamais le nom de celui qui t'a vaincu, Gardien !

Julie vit le monde vaciller et sombrer dans les ténèbres. Elle regarda son propre sang couler de son corps sur la poitrine du démon, puis tomber à terre pour former un étrange dessin sur le sable.

Chaque souffle devenait un effort.

Chaque battement de cœur, une victoire.

Soudain, le cri de victoire du démon se transforma. Repoussant Julie, il tituba. Celle-ci tomba sur le sol, incapable de bouger. Elle regardait le démon qui s'agitait, sans comprendre ce qui lui arrivait. La confusion et le désespoir tordaient ses traits en une affreuse grimace, tandis qu'il s'efforçait d'essuyer le sang qui maculait toujours sa poitrine.

La tache sombre s'étalait peu à peu sur son torse,

gagnant du terrain, comme douée d'une vie propre. Le démon poussa un nouveau hurlement de peur en voyant sa peau se mettre à fumer, tandis que de hideuses cloques apparaissaient çà et là. Tour à tour la fureur, la colère, l'incrédulité se dessinèrent sur son visage. Il tomba à genoux en grimaçant, les membres agités de spasmes.

Une main posée sur son flanc blessé, Kieran courut pour rejoindre Julie. Subjugué, il ne quittait pas la bête des yeux, assistant à un événement dont il n'avait jamais été témoin en plus de quatre siècles de vie.

Le démon était en train de mourir.

Prenant Julie dans ses bras, Kieran la serra contre lui comme s'il pouvait par ce simple geste retenir son sang et la vie qui peu à peu la quittait. Le démon poussa un dernier cri furieux, puis un éclair de feu sembla exploser en lui et il disparut.

Aussitôt, l'orage se calma, la mer s'apaisa et les vagues vinrent mourir paresseusement sur le rivage. Le vent tomba aussi brusquement qu'il s'était levé, quelques instants auparavant.

— Julie, supplia Kieran en lui caressant doucement les cheveux.

Elle était si pâle que sa peau semblait illuminée de l'intérieur comme la porcelaine la plus fine.

— Ne pars pas, implora-t-il en lui posant une main sur la joue. Je t'en prie, ne pars pas.

Son cœur saignait et son âme misérable et affligée se déchirait.

— Kieran.

— Je suis là, Julie. Je serai toujours là. Reste avec moi.

Fou de douleur, il couvrit sa plaie avec la paume de sa main, sans pour autant réussir à endiguer le flot chaud et vital. Pour la première fois de sa trop longue vie, Kieran se sentait impuissant. Sa force, son pouvoir, sa dextérité à l'épée étaient parfaitement inutiles. Agenouillé sur le sable, il regardait, impuissant, mourir lentement la femme qu'il aimait.

— Je dois te dire… chuchota-t-elle avec peine dans un souffle qui atteignit Kieran en plein cœur. Je… t'aime, Kieran. Depuis… le début.

Il sentit son âme voler en éclats, dans un éclair de douleur fulgurante qu'il n'avait jamais éprouvée auparavant. La femme qui l'aimait et qu'il aimait en retour était en train de mourir, et il n'y avait rien qu'il puisse faire.

— Je t'aime, dit-il en déposant un baiser tendre sur ses lèvres.

Il voulait sentir une dernière fois sa bouche contre la sienne, la caresse de son souffle sur sa peau. Il perçut soudain un flot de mots qui, surgis du passé, affleuraient dans sa mémoire. Prenant Julie par la main, il sentit le pouvoir de ces mots dans son esprit et un besoin urgent de parler l'envahit. D'une voix plus douce que le vent, mais plus puissante que la mer, il commença :

— Compagnons du Destin, pour l'éternité. Unis par des liens que la main de l'homme ne saurait défaire. Deux corps, mais un cœur pour deux. J'appelle ton nom et t'offre tout ce que je suis.

Dans un sourire, Julie poussa un dernier soupir et ferma les yeux.

La serrant contre lui, enfouissant son visage contre son épaule, il se perdit une dernière fois dans la chaleur de son corps avant que celle-ci ne s'évanouisse, s'enivrant du parfum fleuri de sa peau et du toucher soyeux de ses cheveux. Un gouffre s'ouvrait en lui, engloutissant son cœur et son âme, le laissant telle une coquille vide. Il vit les siècles s'étirer devant lui comme un tourment éternel. Levant les yeux au ciel, il hurla :

— Maudit sois-tu ! Rends-la-moi !

En réponse à sa fureur, l'orage reprit de la vigueur et se mêla aux pouvoirs terrifiants qui émanaient de lui.

Le démon était mort, mais Julie aussi. Quelqu'un allait devoir payer pour cela. Tenant le corps de Julie sur ses bras tendus, à la façon d'une offrande, Kieran se mit debout, hurlant de rage contre le Destin qui lui reprenait la Compagne qu'il venait juste de lui offrir.

— Michaël, entends-moi ! cria-t-il pour libérer la douleur qui le rendait fou. Rends-la-moi. Elle n'avait rien à voir avec tout cela !

La foudre tomba non loin de lui et ricocha contre le sable en un arc électrique d'une blancheur aveuglante. Kieran ne recula pas, prêt à affronter les forces de la nature s'il le fallait. Tout ce qui comptait pour lui… la seule personne qu'il ait aimée depuis quatre longs siècles gisait morte dans ses bras.

Il tomba de nouveau à genoux, vaincu, terrassé par la douleur qui lui broyait l'âme, et laissa couler les larmes qu'il retenait depuis une éternité. Lorsqu'un second éclair tomba juste à côté de lui, il ne prit même pas la peine de lever les yeux.

— Sois maudit, dit-il à l'homme qui se tenait à présent près de lui. Elle est morte.

— Je sais, dit simplement Michaël en s'agenouillant au côté de son vieil ami. Il accorda un bref regard à la tache noire qui indiquait l'endroit où le démon avait été tué. Le démon est mort. C'est elle qui l'a tué. C'est son sang. Rappelle-toi : « Le sang d'un innocent ». C'est le sacrifice qu'elle a accepté de faire qui a permis de bannir le démon pour toujours.

Kieran leva des yeux hagards vers le grand homme brun qu'il connaissait depuis si longtemps.

— Je me fiche de ce démon, Michaël, murmura-t-il en caressant doucement la joue de la femme qui gisait sans vie entre ses bras. Il n'y a qu'elle qui compte. Rends-la-moi, Michaël. Ce combat n'était pas le sien. Je refuse de l'avoir laissé mourir.

— Et si son destin était de mourir ?

— Au diable le destin ! Tu m'as ramené du royaume des morts. Fais la même chose pour elle.

Michaël le regarda longuement sans rien dire, puis tendit une main et toucha la joue de Julie. Aussitôt, celle-ci ouvrit les yeux et demanda d'une voix affaiblie :

— Kieran ?

Il sentit son cœur recommencer à battre et le froid quitter son âme.

— Julie. Dieu merci, tu es vivante.

— Je me sens bizarre, dit-elle en tentant maladroitement de se redresser.

Elle regarda autour d'elle pour tenter de comprendre où elle se trouvait et comment elle était arrivée là. Kieran dut lutter pour ne pas la serrer de nouveau dans ses bras. Quoi qu'il advienne, il n'interférerait pas dans ses choix. Il n'essayerait pas de la retenir. Il acceptait de la laisser partir, si c'était le prix à payer pour la voir revivre. Au moins, il saurait qu'elle était en vie.

En silence, il se leva et lui tendit la main pour l'aider à se remettre debout. Celle-ci regarda le second homme autour duquel un halo de lumière blanche semblait briller et demanda :

— Qui êtes-vous ?

— Je suis Michaël.

— Michaël ? demanda-t-elle, en jetant un rapide coup d'œil à Kieran.

— Oui.

— Je ne comprends pas... Que s'est-il passé ? Kieran... le démon ?

— Il est mort.

— Mort ? Comment ?

Elle regardait tour à tour les deux hommes, visiblement perdue.

— De quoi te souviens-tu ? demanda doucement Michaël.

— Le combat... Le démon avait touché Kieran et j'étais si furieuse que j'ai attrapé une pierre et que...

Elle s'interrompit brusquement.

— ... il m'a touchée. Je suis tombée et puis tu étais là, tu m'embrassais et puis... je suis morte.

Elle recula d'un ou deux pas, sentant une sorte de terreur s'emparer d'elle.

— Oh mon Dieu, je me souviens de ma mort ! La lumière blanche et tout le reste. Bon sang, Kieran, mais que se passe-t-il ?

Avant que ce dernier puisse parler, Michaël le fit taire d'un regard.

— Tu as tué le démon en t'offrant en sacrifice, expliqua-t-il de sa voix mélodieuse. A présent, l'heure des choix est venue.

— Des choix ? interrompit Kieran d'une voix agressive en s'avançant. Quels choix ? Elle vit et continuera à vivre comme avant, c'est aussi simple que ça.

— Personne n'a compris ce qui se passait, dit Michaël. Nous ne savions pas que vous étiez liés par le destin..., ni que Julie se sacrifierait pour te sauver, Kieran.

— Nous ? demanda Julie.

Michaël ignora sa question.

— Etant liés par le destin, vous êtes autorisés à rester ensemble. La question est de savoir comment... Kieran peut choisir d'abandonner l'immortalité et de se retirer de la lutte contre les ténèbres pour redevenir humain... Ou bien toi, Julie, tu peux choisir de devenir une Gardienne. Une immortelle.

Un lourd silence se fit. Enfin, Michaël reprit la parole :

— C'est à toi de décider, Julie, mais tu dois faire vite. Nous n'avons pas beaucoup de temps.

Ignorant son ami, Kieran prit Julie par la main et s'éloigna de quelques pas avec elle. Posant une main sur sa joue, il la regarda dans les yeux et sourit comme jamais il ne l'avait fait depuis des siècles.

— Je vais faire ce choix à ta place, Julie, chuchota-t-il. J'accepte de redevenir mortel. Je n'ai pas besoin de cette vie. Je n'ai besoin que de toi… si tu veux bien de moi.

Julie prit sa main dans la sienne, respirant lentement, avec hésitation, pour s'assurer qu'elle était en vie. Oui, elle était bel et bien vivante. Les paroles que Kieran avait prononcées alors qu'elle mourait résonnaient encore avec force en elle.

— Kieran… je sais que tu aimes ce que tu fais…

Il ouvrit la bouche pour parler, mais elle posa un doigt sur ses lèvres pour le faire taire.

— Et ce que tu fais est trop important pour que tu l'abandonnes.

— Non, dit-il en lui embrassant le bout des doigts. Rien n'a plus d'importance que toi.

— Merci. Dis-moi… si je devenais immortelle, pourrions-nous nous marier ? Je veux dire, un vrai mariage avec des invités, ma famille et tout le tralala ?

— Bien sûr.

— Pourrions-nous avoir des enfants ?

Le merveilleux sourire qui illuminait le visage de Kieran s'éteignit brusquement.

— Non, les immortels ne peuvent pas avoir d'enfants. En devenant immortelle, tu abandonnerais le droit de fonder ta propre famille.

— C'est pour cela que tu donnes tant pour les

enfants ? Pour cela que tu apprécies tant leur compagnie ?

— Nous pourrions partager cela, Julie. Nous pourrions prendre soin d'autres enfants. Et même, en adopter. D'autres immortels l'ont fait.

Julie hésita un instant, puis elle comprit qu'elle était en train d'abandonner son rêve de porter un jour un enfant.

— Pourrai-je rester en contact avec ma famille ?

— Certainement. Pendant un temps, en tout cas. Ensuite, tu devras te contenter de les appeler ou de leur envoyer des e-mails, car tu ne vieilliras pas, mais eux, si.

Ne jamais vieillir. Comme tout cela lui semblait étrange, irréel !

— Et tu seras là, à mes côtés ?

— Pour toujours, souffla-t-il.

Ses yeux n'étaient qu'un océan de désir et d'amour.

— Pour la première fois depuis des siècles, dans ma trop longue vie, je sais ce que c'est que l'amour. C'est toi, Julie Carpenter. Tu es mon cœur. Mon âme. Ma vie. Je t'aimerai pour l'éternité.

— Et moi, plus longtemps encore, Kieran MacIntyre... Mon Compagnon du Destin. Deux corps, mais un cœur pour deux.

Finalement, le choix n'était pas aussi difficile à faire. Comment refuser de vivre pour toujours en aimant Kieran comme au premier jour ? Ils se tournèrent tous les deux vers Michaël qui souriait, heureux du choix qu'ils venaient de faire et qu'il avait deviné avant qu'ils ne le lui révèlent. Il s'avança et posa une main sur le front de Julie. Immobile, elle sentit une vague de chaleur, de pouvoir et de puissance envahir son corps et traverser chacun de ses nerfs, chacune de ses veines.

Le vent lui sembla soudain plus vif, le murmure de l'océan plus pur et la lumière qui flottait autour de Michaël lui parut soudain si belle que cela lui fut presque douloureux. Tous ses sens semblaient s'être affinés et elle inspira pour la première fois de sa vie d'immortelle.

— Sois la bienvenue parmi les Gardiens, Julie Carpenter. Veille à ce que ton Compagnon t'entraîne bien.

Sur ces mots, Michaël disparut dans un éclair de lumière blanche.

L'orage se dissipa au-dessus des flots et la lune réapparut dans le ciel, baignant la plage où se tenaient Kieran et Julie d'une lueur argentée douce comme une caresse.

Julie passa les bras autour de la taille de l'homme qu'elle aimait et leva les yeux vers la falaise et l'école qu'elle avait l'impression d'avoir quittée dans une vie antérieure.

— J'imagine que les enfants t'attendent pour la fin de l'histoire…

Il l'attira contre lui et l'embrassa avec passion.

— Non, je crois qu'il est plus que temps qu'ils aillent au lit.

— Nous ne pouvons quand même pas tout simplement disparaître. Que vont-ils tous penser ?

— Que l'excentrique et mystérieux Kieran

MacIntyre voulait passer un peu de temps avec la femme qui lui a volé son cœur.

— Bon, dans ce cas...

Elle jeta un regard autour d'eux : la plage était vide.

— Dis-moi... Maintenant que je suis une Gardienne, puis-je aussi me rendre invisible ?

— Oui, dit-il, les yeux soudain brillants, car il venait de comprendre où elle voulait en venir.

— Dans ce cas, pourquoi ne pas profiter de ce petit avantage tout de suite ?

— Jeune femme, vous voulez ma mort, soupira-t-il en la suivant sous la lune.

— Ne vous inquiétez pas, mon cher... Après tout, nous sommes immortels.

Si vous avez aimé ce roman, ne manquez pas,
en octobre dans la collection Nocturne
le prochain volume de « La légende des immortels » :
Le visiteur de l'aube.

NOCTURNE

Si « Le gardien de l'ombre » vous a séduite, laissez-vous envoûter par le 2e titre de la collection Nocturne : « Fatale attirance », également en vente le 1er septembre.

En apercevant la belle inconnue assise seule, dans la boîte de nuit, Caine sent les battements de son cœur s'accélérer dangereusement. Que lui arrive-t-il ? Quel sort lui a donc jeté cette femme pour qu'il ait l'impression, lui le loup sauvage et solitaire, d'être devenu tout à coup une proie fragile et vulnérable ?
Mais alors qu'il tente en vain d'échapper à l'étrange emprise de l'inconnue, Caine croise son regard. Et la candeur qu'il lit dans ses yeux le stupéfie. De toute évidence, elle ignore tout des pouvoirs qui sont les siens. Elle se trompe également sur sa véritable nature. Car elle n'est pas humaine, elle est issue d'une race très ancienne, les Vélius, qu'une guerre terrible oppose aux loups-garous depuis la nuit des temps…

Fatale attirance, de Patrice Michelle

NOCTURNE n° 18

NOCTURNE

Votre prochain rendez-vous le 1er octobre

LE VISITEUR DE L'AUBE, **de Maureen Child - n° 19**

- *2ème volet de la trilogie :* La légende des immortels -

Le cœur battant, les yeux agrandis par la surprise, Erin ne quitte pas des yeux l'homme à la stature altière qui se tient devant elle et la caresse de son regard sombre. Ainsi l'inconnu troublant qui apparaît depuis peu dans ses visions existe réellement... Mais qui est-il, lui qui semble tout droit surgi du passé ?
Elle est loin de se douter que Santos, son étrange visiteur, est un Immortel, un Gardien chargé de la protéger de la menace qui plane sur elle et dont elle ignore tout. Car un terrible secret entoure la naissance d'Erin : dotée sans le savoir de pouvoirs immenses, elle est recherchée par son propre père, un démon très puissant qui veut la tuer pour s'approprier ses dons...

UN OBSCUR DÉSIR, **de Vivi Anna - n° 20**

- 1er volet de la trilogie : La communauté de la nuit -

En pénétrant pour la première fois dans Nécropolis, la ville où elle vient enquêter sur la mort mystérieuse d'une humaine, Eve Grant est envahie par un mélange de curiosité et d'appréhension. C'est donc ici que cohabitent, à l'écart des humains, les peuples de l'ombre : vampires, loups-garous et autres sorciers. Et c'est avec cet homme, Caine Valorian, vampire aux yeux de glace, qu'elle va devoir collaborer…
Mais au lieu de la crainte qu'elle devrait éprouver en sa présence, c'est une étrange fascination qu'Eve, désemparée, ressent vis-à-vis de Caine. Une attirance contre laquelle elle doit à tout prix lutter, car les règles de leurs deux mondes sont strictes : pas question pour une humaine de tomber amoureuse d'un vampire.

www.harlequin.fr

BestSellers

A paraître le 1er septembre

Best-Sellers n° 434 • suspense

Pour te retrouver - Heather Gudenkauf

Calli a été enlevée. Lorsqu'elle découvre que sa fille de sept ans a disparu, Antonia Clark s'effondre dans la chaleur étouffante de l'été. Qui lui a pris sa fille, ce petit être doux et rêveur qu'elle aime de tout son cœur et qui s'est étrangement enfermé dans le mutisme trois ans auparavant ? Elle a pourtant tout fait pour être la meilleure des mères, pour offrir, à Calli et à son frère, un foyer chaleureux. Et pour les protéger. Mais elle a sans doute commis des erreurs. De graves erreurs même. Désespérée, Antonia ne sait plus aujourd'hui à qui faire confiance. Doit-elle continuer à taire les lourds secrets qui pèsent sur sa famille, ou au contraire sortir de l'isolement et accepter l'aide que lui propose un ami d'enfance, le shérif adjoint Louis ?

Best-Sellers n°435 • suspense

Mortelle confidence - Heather Graham

Indigo. C'est le dernier mot prononcé par un inconnu qui s'effondre brutalement sur Jessy Sparhawk, en pleine nuit, un poignard planté dans le dos. A peine remise de ce choc, Jessy est assaillie par de terrifiantes visions de cet homme, animé d'un profond désir de vengeance. Cauchemars éveillés ? Divagations ? Et quel peut bien être le sens de cette confidence mortelle ? Terrorisée, Jessy se confie à Dillon Wolf, le détective en charge de l'enquête qui, immédiatement sensible à son récit, lui offre sa protection. Une protection bien utile car déjà, Jessy aperçoit l'ombre effrayante d'une nouvelle victime.

Best-Sellers n°436 • suspense

Dissimulation - Carla Neggers

Quand elle découvre que Norman Estabrook, l'un de ses amis, est en réalité un véritable traitre, Lizzie Rush, fille d'un célèbre agent secret, se retrouve face à un terrible dilemme. Car malgré ses réticences, elle ne peut passer sous silence le terrible secret qu'elle a découvert. Elle se résout donc à transmettre toutes les informations dont elle dispose au FBI, afin que Norman soit arrêté. Pourtant, en agissant ainsi, elle sait bien qu'elle se met en danger. D'autant que la police souhaite profiter de sa situation privilégiée auprès de Norman pour en apprendre davantage. Et c'est ainsi que bien malgré elle, Lizzie se désigne comme la cible de la vengeance de cet ex-ami .

Best-Sellers n°437 • thriller

Le cercle du mal - Karen Rose

Brisée lors de son adolescence par la mort violente de sa sœur jumelle, ainsi que par le suicide de leur mère, Alexandra Fallon n'a jamais voulu revenir à Dutton, sa ville natale. Mais l'horreur refait brusquement surface treize ans plus tard, lorsqu'un appel pressant émanant de sa ville natale lui demande de revenir au plus vite en Georgie : Hope, sa petite nièce de quatre ans, a été retrouvée enfermée dans un placard, en état de choc… Prête à tout pour venir en aide à Hope, mais aussi pour retrouver la mère de la fillette, Alexandra accepte de coopérer avec Daniel Vartanian, l'agent du FBI chargé de l'enquête. Mais à peine l'enquête a-t-elle commencé qu'une série de meurtres rappelant celui dont a été victime la sœur d'Alexandra vient de nouveau frapper la tranquille communauté de Dutton…

Une nouvelle enquête de l'agent Daniel Vartanian

Best-Sellers n°438 • roman

L'héritage des Selby - Lynne Wilding

Orpheline et enfant unique, Vanessa Forsythe a tout quitté pour suivre Bren Selby, un séduisant Australien qui incarne ce qui lui a toujours manqué. Car en l'épousant, c'est un clan qu'elle intègre. Un clan dont elle perpétue le nom en donnant naissance à un fils. Loin de Londres, la voici désormais maîtresse d'Amaroo Downs, un ranch perdu au milieu des terres inhospitalières de l'ouest australien. Mais les proches de Bren ne voient pas d'un bon œil l'arrivée de cette étrangère sur leurs terres. Avec courage, Vanessa s'en accommode. Jusqu'au jour où un scandale, surgi du passé, menace de détruire son bonheur si fragile. Se peut-il que l'héritage des Selby auquel elle croyait tant ne soit finalement qu'une chimère ?

Best-Sellers n°439 • thriller

Coupable innocence - Nora Roberts

A peine s'est-elle installée dans la maison que sa grand-mère lui a léguée à Innocence, Mississippi, que la célèbre violoniste Caroline Waverly découvre le cadavre d'une jeune femme sauvagement assassinée. Edda Lou a été torturée avant de mourir, et son corps porte la signature barbare du meurtrier : entailles, scarifications. Mais il y a pire encore : ce meurtre, le troisième commis dans la petite ville, est sans doute l'œuvre d'un habitant d'Innocence. Les soupçons se portent sur Tucker Longstreet, le dernier amant en date de la victime, qui avait eu une dispute avec elle juste avant sa mort. Caroline, elle, ne veut pas croire à la culpabilité de Tucker. Mieux même : le personnage la fascine.

Best-Sellers n°440 • historique

Le prince du scandale - Nicola Cornick

Pour sauver l'honneur de sa famille, Catherine Fenton a accepté d'épouser un scélérat, un félon qui soumet son père à un ignoble chantage afin de s'approprier son héritage. Un sacrifice auquel elle se résigne sans hésitation. Jusqu'au jour où elle rencontre le baron Benjamin Hawksmoor, un homme totalement infréquentable dont les liaisons sulfureuses et les dettes de jeu font jaser tout Londres. Subjuguée bien malgré elle par celui que tous surnomment le « prince du scandale », Catherine n'a d'autre choix que de lui résister. Mais Benjamin semble décidé à la conquérir et met tout en œuvre pour lui faire rompre sa promesse…

www.harlequin.fr

GRATUITS !

2 cadeaux surprise !

Pour vous remercier de votre fidélité, recevez 2 cadeaux surprise dans votre 1er colis de l'abonnement **Nocturne** ! Bénéficiez également de tous les avantages du Service Lectrices :

- **Vos romans en avant-première**
- **5% de réduction**
- **Livraison à domicile**
- **Cadeaux gratuits**

En acceptant cette offre, vous n'avez aucune obligation d'achat et vous pouvez retourner les romans, frais de port à votre charge, sans rien nous devoir, ou annuler tout envoi futur, à tout moment. Complétez le bulletin et retournez-le nous rapidement !

☐ **OUI !** Envoyez-moi 2 cadeaux gratuits dans mon 1er colis Nocturne. Sauf contrordre de ma part, j'accepte de recevoir chaque mois 2 livres Nocturne inédits au prix exceptionnel de 4,66€ le volume (au lieu de 4,90€), auxquels viennent s'ajouter 2,80€ de participation aux frais de port. Dans tous les cas, je conserverai mes cadeaux.

N° d'abonnée (si vous en avez un) ☐☐☐☐☐☐☐☐☐☐ **TZ0F09**

Nom : .... Prénom : ....

Adresse : ....

CP : ☐☐☐☐☐ Ville : ....

Téléphone : ☐☐☐☐☐☐☐☐☐☐

E-mail : ....

☐ Oui, je souhaite être tenue informée par e-mail de l'actualité des éditions Harlequin.
☐ Oui, je souhaite bénéficier par e-mail des offres promotionnelles des partenaires des éditions Harlequin.

Renvoyez cette page à : Service Lectrices Harlequin – BP 20008 – 59718 Lille Cedex 9

Date limite : **31 décembre 2010**. Vous recevrez votre colis environ 20 jours après réception de ce bon. Offre soumise à acceptation et réservée aux personnes majeures, résidant en France métropolitaine. Offre limitée à 2 collections par foyer. Prix susceptibles de modification en cours d'année. Conformément à la loi Informatique et libertés du 6 janvier 1978, vous disposez d'un droit d'accès et de rectification aux données personnelles vous concernant. Il vous suffit de nous écrire en nous indiquant vos nom, prénom et adresse à : Service Lectrices Harlequin - BP 20008 - 59718 LILLE Cedex 9. Harlequin® est une marque déposée du groupe Harlequin. Harlequin SA – 83/85, Bd Vincent Auriol – 75646 Paris cedex 13. SA au capital de 1 120 000€ - R.C. Paris. Siret 31867159100069/APE5811Z

Composé et édité par les
éditions Harlequin
Achevé d'imprimer en août 2010

CPI
Bussière

à Saint-Amand-Montrond (Cher)
Dépôt légal : septembre 2010
N° d'imprimeur : 100934 — N° d'éditeur : 15187

Imprimé en France